3月20日の新刊発

愛の激しさを知る　ハーレクイン・ロ

すみれ色の妖精		
縛られない関係		
プリンセスの隠れ家		
夜ごとのシーク（砂漠の掟III）		
書きかえたい過去	メラニー・ミルバーン／村山汎子 訳	R-2274
シチリアの花嫁	サラ・モーガン／山本みと 訳	R-2275
罪深き結婚	キャロル・モーティマー／吉田洋子 訳	R-2276
美しき傷跡	ジェイン・ポーター／漆原　麗 訳	R-2277

ロマンスだけじゃものたりないあなたに　ハーレクイン・スポットライト・プラス

ニューヨークの騎士	マリー・フェラレーラ／小林りりこ 訳	HTP-9
さよならは、いらない	ノーラ・ロバーツ／泉　智子 訳	HTP-10
熱く奪って（愛と欲望のテキサスI）	ヴィッキー・L・トンプソン／渡辺千穂子 訳	HTP-11
眠れぬ夜に見る夢は	ジーナ・ウィルキンズ／中野　恵 訳	HTP-12

人気作家の名作ミニシリーズ　ハーレクイン・プレゼンツ 作家シリーズ

バロン家の恋物語VI　彼の名は言えない	サンドラ・マートン／漆原　麗 訳	P-318
ボスには秘密！II		P-319
セクシーになりたい！	サンドラ・ポール／山田沙羅 訳	
罠に落ちたシーク	ジュリアナ・モリス／津田藤子 訳	

お好きなテーマで読める　ハーレクイン・リクエスト

ドクターは独身主義（恋人はドクター）	バーバラ・ボズウェル／沢田由美子 訳	HR-168
終わりなきシナリオ（恋人には秘密）	アン・メイジャー／斉藤潤子 訳	HR-169
賞品は億万長者！（億万長者に恋して）	ジュリアナ・モリス／沢　梢枝 訳	HR-170
涙にぬれたプロポーズ（ボスに恋愛中）	ジェイン・ポーター／三好陽子 訳	HR-171

HQ comics　コミック売場でお求めください　3月1日発売　好評発売中

幸せの蜜の味	鳥羽笙子 著／エマ・ダーシー	CM-47
ライラックが薫るとき	内村月子 著／ジョーン・ホール	CM-48
狙われたスワン	百瀬なつ 著／レベッカ・ウインターズ	CM-49
謎めいた美女（魅惑の独身貴族II）	村田順子 著／キャロル・モーティマー	CM-50

クーポンを集めて キャンペーンに参加しよう！

「10枚集めて応募しよう！」キャンペーン用クーポン　10枚 2008 3月刊行

会員限定ポイント・コレクション用クーポン　ポ 2008 上半期

♥マークは、今月のおすすめ

リッチでおしゃれな男女を情熱的に描くヘレン・ビアンチン

新たな人生に現れたハンサムで有能な弁護士。でも彼との愛に自信がなくて……。

『縛られない関係』

●ハーレクイン・ロマンス　R-2271　**3月20日発売**

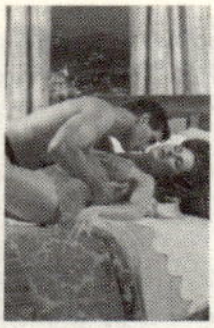

人気爆発! ジュリア・ジェイムズが描く身分違いの恋

容姿に自信のない私がハンサムなプリンスと結婚!?

『プリンセスの隠れ家』

●ハーレクイン・ロマンス　R-2272　**3月20日発売**

大ベストセラー作家ノーラ・ロバーツの隠れた名作を新訳で!

5年ぶりの再会が私に与えたものは、ビジネスのチャンスと本当の愛。

『さよならは、いらない』

●ハーレクイン・スポットライト・プラス　HTP-10　**3月20日発売**

実力派作家ビバリー・バートンの〈狼たちの休息〉シリーズ関連作!

17年前に行方不明になった婚約者。彼女に起きた衝撃の事件とは?

『失われた永遠』

●ハーレクイン・スポットライト・プラス・エクストラ　HTPX-1　**3月20日発売**

スザーン・バークレーの遺作、〈サザーランドの獅子〉第5話!

憎き敵を倒すまで、決して幸せは訪れない。たとえハンターと至福の時を過ごそうと……。

第5話『馬を駆る乙女』（初版:HS-107）

●ハーレクイン・プレゼンツ作家シリーズ別冊　PB-47　**好評発売中**

大人気のシークヒーローを選りすぐりリバイバル刊行!

ハーレクイン・ロマンス人気作家2人の豪華競演!

『シークに愛されて I』

ヴァイオレット・ウィンズピア
「砂漠の呼び声」（初版:R-518）

ジェイン・ポーター
「熱砂の誓い」（初版:R-1766）

●ハーレクイン・プレゼンツ作家シリーズ別冊　PB-48　**3月20日発売**

求婚の掟

ステファニー・ローレンス 作

杉浦よしこ 訳

ハーレクイン・ヒストリカル・ロマンス
東京・ロンドン・トロント・パリ・ニューヨーク・アテネ・アムステルダム
ハンブルク・ストックホルム・ミラノ・シドニー・マドリッド・ワルシャワ
ブダペスト・リオデジャネイロ・ルクセンブルク・フリブール

Tangled Reins

by Stephanie Laurens

Published by Harlequin K.K., Tokyo, 2008

◇作者の横顔

ステファニー・ローレンス　セイロン（現スリランカ）生まれ。五歳のとき、一家でオーストラリアのメルボルンに移り住む。大学では生化学を専攻して博士号を取得、その後、最愛の夫とともにロンドンに渡り、四年を過ごしたのち、帰国。研究活動に従事しつつ、十代のころから愛読していた歴史ロマンス小説を書き始める。現在ではアメリカでも人気が高まり、ベストセラーリストの常連に名を連ねている。趣味は海外旅行。

主要登場人物

ドロシア・ダレント……………………………貴族の娘。
セシリー・ダレント……………………………ドロシアの妹。
レディ・メリオン………………………………ドロシアの祖母。
ハーバート・ダレント…………………………ドロシアの後見人。
マージョリー・ダレント………………………ハーバートの妻。
マーク・セントジョン・ラルトン・ヘンリー……ヘイゼルミア侯爵。
アンソニー・ファンショー……………………ヘイゼルミア侯爵の親友。
ファーディ・アチソン＝スマイズ……………ヘイゼルミア侯爵のいとこ。
アンシア・ヘンリー……………………………ヘイゼルミア侯爵の母。

1

「うーん」ドロシアは目を閉じ、太陽に温められた野生のブラックベリーを味わった。これこそ夏に味わう最高の喜びだ。大きな茂みを眺めわたすと、熟した実のなる若枝が、小さな空き地の上に張り出している。あれだけあれば今夜のパイには充分だし、ジャムを作る分もたっぷり残るだろう。ドロシアは籠《かご》を地面に置き、作業に取りかかった。効率を考えながら、最良の実を手慣れたしぐさで落としていく。

そのあいだ、心は別のところをさまよっていた。妹ときたら、十六歳なのに子供みたいなんだから。ドロシアが隣の領地の森のこんな奥までやってきたのは、セシリーが夕食にブラックベリーを欲しがったからだ。茶色の瞳をきらきらさせ、金色の巻き毛をはずませながらセシリーは姉にせがんだ。ハーブを採りに行こうとしていたドロシアは、こうしてブラックベリーの茂みまで足を延ばすことになった。

ドロシアはため息をついた。ロンドンに行けば、あの気まぐれな性格は直るかしら？　そして、この平凡な姉はお役御免になるのだろうか？　姉妹の母親であるシンシア・ダレントが病に倒れ、亡くなってから半年になる。レディ・ダレントは、残された二人の娘の後見を姉妹のいとこであるダレント卿《きょう》ハーバートに託した。弁護士たちが遺言を詳細に調べるあいだノーサンプトンシャーのダレント・ホールで長い五カ月を過ごしたが、ドロシアはそのときに、その屋敷は楽しくないばかりか、つまらない場所だと確信した。はっきり言えば、ハーバートは退屈な人間で、妻のマージョリーは堅苦しくておもしろみがなかった。祖母がおとぎばなしの妖精《ようせい》よろしく現れなかったら、どうなっていたかわからない。

突然身動きがとれなくなったので、ドロシアは下を見た。ドレスの裾《すそ》が枝の刺《とげ》に引っかかっている。古い平織りのドレスを着ていてよかった！　おばのアグネスに文句を言われたが、ドロシアはブラックベリーを摘みに外を歩くのだから、喪服よりも流行遅れの緑色のドレスを着たほうが実用的だと言い張った。四角い襟の開きとウエストまでぴったりした身ごろは、今ではすっかりすたれたデザインだ。スカートはゆったりしているけれど、何層もの厚いペチコートを着けていないので、すらりとした体の線を見せている。

体をまっすぐに起こしたとき、ドロシアは改めて暑いと感じた。そして衝動的に両手を上げ、うなじで結った重いまとめ髪からピンをはずした。長い髪が赤褐色の滝となってウエストまで流れ落ちる。さっきより涼しくなり、彼女はブラックベリーを摘む作業に戻った。

少なくとも、ロンドンで何が待っているかはわかっている。どんなに祖母が努力しようとも、私が夫を見つけるのは無理だろう。ドロシアの大きな瞳にエメラルドのように緑色の光がひらめいた。たしかに私の瞳はいちばんの、そしてただ一つの長所だ。ほかの特徴に関しては、とくにまずいところはないものの、運悪くどれも時代遅れだった。髪はみんなに好まれる金髪ではなく暗い色だし、顔色は雪花石膏《せっこう》のように白く、セシリーのようにピンクがかったクリーム色ではない。鼻はまずまずだけれど、口は大きめで唇はふっくらしすぎている。昨今人気があるのは、薔薇《ばら》のつぼみのような唇なのだ。それに背は高すぎるし、はやりの豊満な体つきとは違って、ほっそりしている。おまけに年齢は二十二歳で、しかも独立心旺盛《おうせい》ときている！　上流社会の殿方の目を引きそうな女とはとても言いがたい。喉の奥で笑いながら、ドロシアは熟した実をふっくらした唇のあいだに押し込んだ。

行き遅れの仲間入りをすることに戸惑ってはいない。一生このまま気楽に生きていけるだけの財産はあるし、ここグレンジでの田舎暮らしを楽しみにもしていた。地元の紳士たちから好意を寄せられることもあったが、自由で誰にも頼らない生活を捨て、妻という立派な地位を獲得したいとほんのわずかでも思わせてくれる人はいなかった。同じ階級の女性たちが結婚指輪を手に入れようと策を弄《ろう》す一方で、ドロシアはほかの人たちにならう理由がわからなかった。愛だけが――心を動かす奇妙で強い感情だけが、今の気楽な生活を手放す気にさせてくれるのではないだろうか。実際、何不自由ない暮らしを捨ててもいいと思わせてくれる紳士の姿を想像するのは難しい。これまでドロシアは、あまりにも長いあいだ、独り立ちした女性として生きてきた。望むままに好きなことをして、忙しく、しかも安全な暮らしに満足していた。でも、セシリーは違うのだ。

活発なセシリーは、もっと華やかな暮らしに憧《あこが》れている。年齢は若いが、人にとても興味を持っているから、生活範囲の限られるグレンジでは彼女は満足できないだろう。若くてやさしいし、現代的な美人でもある。間違いなく、望むとおりの容姿の整ったすばらしい男性が見つかることだろう。姉妹二人でロンドンに出向く第一の理由はそれだった。

ドロシアはどうにか手の届きそうなところにある、とくに大きな実をぼんやりと見上げた。そして突然にっこりすると、誘いかける実に向かって白い手を伸ばした。だが笑みは驚きと衝撃にかき消された。ウエストに力強い腕が巻きついてきて、何が起こったのかわからないうちに、しっかりと抱き寄せられたのだ。浅黒い顔がちらりと見えたかと思うと、次の瞬間、ドロシアは巧みなキスを受けていた。

しばらく何も考えられなかったが、急に我に返った。キスの経験がまったくないわけではない。こういうときは何か行動を起こすより、反応を示さないほうが早く解放されるはずだ。現実的で実際的なドロシアは、意志の力で何も感じないよう努めた。

ところが、頭が間違いなく出した指示に対して、体が反抗した。ドロシアは全身に熱いものがかけ抜けるのを感じ、次いで、抱擁に身をまかせたいという圧倒するような衝動に襲われた。ここで屈してしまえば、さらに情熱が燃え上がるだろう。地元の崇拝者たちの中に、こんなキスをした人はいなかった。押しつけられた唇に応《こた》えたい欲求が徐々にふくらんで、どうにも抑えられなくなった。ドロシアはすっかり動転し、自由になろうともがいた。髪に差し入れられた長い指が頭をしっかりと押さえ、ウエストにまわされた腕が容赦なく締めつける。ぴったり重なった体の力強さに、ドロシアは無力な自分を感じたが、ぼんやりしてまとまらない頭で、ある結論に達していた。相手は流れ者でも宿なしでもない。地元の人ではないのもたしかだ。最初にちらっと見た姿には、無造作な優美さが備わっていたから。そのうちめまいがしてきて何も考えられない状態になり、奇妙な渦にのみ込まれそうになった。すると、まるで扉がばたんと閉まったかのようにキスはいきなり終わった。

頭がぐるぐるまわっていて、体が燃えるように熱かった。ドロシアは浅黒い顔を見上げた。明らかに楽しげなはしばみ色の瞳が、彼女の緑色の瞳をじっと見つめている。激しい怒りがわき上がり、ドロシアは狙《ねら》いすましてその顔に平手打ちをしようとした。だが、まばたきほどの速さで振り上げた手は、空中でしっかりとつかまれ、やさしく脇《わき》に下ろされた。

ドロシアを襲った人物は、美しい怒りの表情にすっかり魅了された様子で、挑発的な笑みを浮かべた。

「君には僕を殴れないと思うよ。どうやら君は、鍛《か》冶《じ》屋の娘ではないようだがね」

その声は明るく穏やかで、きちんとした教育を受けた男性のものだった。ドロシアは唇を噛《か》んだ。頬を薔薇色に染めながら、おかしなほど子供じみた気分になっている。着ているのは緑色の古い平織りのドレスだし、髪はほどけて肩に落ちているのだから、どういうふうに見えているかは想像がつく。

「それで」穏やかな声がさらに続ける。「もし鍛冶屋の娘じゃないとしたら、誰なんだい？」

やさしくからかうような口調を聞いて、ドロシアは反抗的に顎を上げた。「私はドロシア・ダレントよ。さあ、私を放してくださる？」

体にまわされた腕はぴくりとも動かなかった。そして、ドロシアをとらえる男性の眉はかすかにひそめられた。「ああ……ダレントか。グレンジの？」

ドロシアは小さくうなずくのが精いっぱいだった。こんなにぴったりと体を抱き寄せられていては、会話をするのも困難だ。いったい彼は何者なの？

「僕はヘイゼルミアだ」

彼は事実をぶっきらぼうに口にしただけだったが、ドロシアは、ちゃんと聞き取れなかったのだと思った。しかし、この力強い口元と傲《ごう》慢《まん》そうな笑いじわが刻まれた顔を持つ人はほかにいない。

ドロシアは噂《うわさ》を聞いていた。この森を取り囲む領地の持ち主はレディ・モートンという昔からの知人だった。彼女は姉妹がダレント・ホールにいるあいだに亡くなり、甥《おい》の息子にあたるヘイゼルミア侯爵がモートンの領地を相続したという話だったが、その知らせが、近隣に騒ぎを巻き起こした。社交界の有名人の一人が地元でもっとも広い領地の新領主になるかもしれないとなれば、人里離れた狭い田園地方では、否応《いやおう》なく関心を引く。問題の人物がヘイゼルミア侯爵となれば、誰もが興味津々だ。

あのとき、教区牧師の妻はさもいやそうに口元を堅苦しく引き結んでいた。〝まあ、あなた！　私は何を言われようと、そんな人を認める気はありませんよ！　そんな恐ろしい評判の人を。ひどい札付きなんですからね！〟ドロシアは不自然にならないように、どうしてそんなに悪い評判が立ったのかときいた。するとミセス・マシューズは突然誰を相手に話していたかを思い出し、スコーンを配ることを口実に、そそくさと逃げ出したのだ。ミセス・マナリムの家では、侯爵は、賭事《かけごと》や女遊びなどのいわゆる放縦《ほうしょう》と呼ばれる罪をすべて着せられていた。広い社会での経験は少ないとはいえ、ドロシアは常識だけは備えていた。ヘイゼルミア侯爵が社交界に出入りするかぎり、ゴシップは誇張されるだろう。それに、そんなに悪名高い男性が、あの立派なレディ・モートンと血縁関係にあるなんて考えられない。

魅入られそうなはしばみ色の瞳と、笑みを浮かべたくっきりした唇から意識を引きはがすと、ドロシアはそれまでのヘイゼルミア侯爵に対する見方を訂正した。結局、この人は評判以上に危険なのだ。

彼女の心の中の思いが、そのまま顔に出ているらしい。当惑に次いで安堵《あんど》の表情が浮かび、恐れと怒りを伴う確信へと変化する。侯爵のはしばみ色の瞳がきらめいた。本心をちらりとも明かさないにこやかな社交界の美女ばかりを相手にしてきたおかげで、すっかり感覚も麻痺《まひ》したはずだったが、その表情豊かな美しい面差しははてしなく魅力的に感じられる。

「そう、そのとおり」ヘイゼルミアはドロシアが再び頬を染めるかどうか確かめたくてそう言ったのだが、その欲求は充分に報われた。

ドロシアは怒った顔で視線を落として彼の左肩をじっと見つめた。彼女は決して小柄ではないが、巻き毛のてっぺんがどうにか彼の顎に届くくらいだ。つまり、すぐ目の前が侯爵の胸ということになる。

限られた経験からは、こんな状況にどう対処すべきかわからなかった。これほど無力な自分を感じたのは生まれて初めてだった。

目をそらしていたドロシアは、ついさっきまで彼女の唇を求めていた唇に今や笑みが浮かんでいることに気づかなかった。「それで、ミス・ドロシア・ダレントは僕の森に侵入して何をしていたんだ？」

ヘイゼルミアが想像していたとおり、その所有者然とした口調を聞いて、ドロシアの顔が再び上を向いた。「まあ！　あなたは本当にレディ・モートンから領地を相続したのね」

ヘイゼルミアはうなずくと、しぶしぶドロシアを放してほんの少しだけ脇にどいた。だがはしばみ色の瞳は彼女の顔から離さなかった。

ドロシアは危険な密着状態から逃れられたことにほっとして、なんとか理性を取り戻そうとした。できるかぎり尊大な態度を装って言い返す。「レディ・モートンはこの森で欲しいものがあればなんでも採っていいと言ってくださったの。だけど、あなたがこの領地の所有者となったからには――」

「もちろん、かまわないよ」ヘイゼルミアはあっさりと言った。「今後も君の望む時間に、望むものを採ればいい」そしてにっこりした。「それに、次回は、君を鍛冶屋の娘と間違えないと約束もしよう」

緑色の瞳をきらめかせながら、ドロシアは高慢な態度でさっとお辞儀をした。「ありがとう、ヘイゼルミア侯爵！　必ずヘティに警告しておきますから」

意図したとおり、その言葉を聞いたヘイゼルミア侯爵は答えにつまった。ドロシアは篭を取り上げた。心はいまだにキスの衝撃から立ち直っていない。こんなときには、ただちに退却するのが賢明だろう。

「それで、そのヘティというのは誰なんだ？」

逃げ出そうとしたところを引きとめられ、ドロシアは落ち着きを装って辛辣《しんらつ》に言い放った。「あら、もちろん鍛冶屋の娘のことよ」

ドロシアが魅入られたように見つめていると、冷酷とも言えるような顔立ちがゆるみ、皮肉な笑みが消えて、心からうれしそうな表情に変わった。ヘイゼルミアは声をあげて笑いながら、手を伸ばして籠をつかみ、ドロシアを引きとめた。「勝負は引き分けだな、ミス・ダレント。だから逃げないでくれ。君の籠はまだ半分以上空だし、この茂みにはまだたくさんの実がなっている」はしばみ色の瞳がからかうように彼女を見つめる。彼の笑顔がドロシアから警戒心を取り除いた。彼女のためらいを感じ取り、侯爵はさらに続けた。「そう、君はあの枝に届かないが、僕なら届く。君はただそこに立ってそんなふうに籠を抱えてくれればいい。二人で籠をいっぱいにできるだろう」

これまで紳士たちをあしらってきたやり方ではだめだとドロシアにもわかった。だが世知に長《た》けているわけでもないので、どうしていいか見当もつかない。もっとも、教区牧師の妻ならドロシアはすぐさま立ち去るべきだと言うだろう。だが、好奇心はここに残りなさいとせっついている。そもそも、逃げようとしても、この横柄な人物がそれを許すかは疑わしい。しかも、彼はドロシアがただ立ちすくんでいる今も高い枝から実を採って籠を満たしてくれているのに、立ち去るのは礼儀正しくない。結局ドロシアはそこにとどまり、この機に乗じて、彼女を悩ませる相手をじっくり観察した。

優雅で落ち着いているという第一印象は、狩猟用の上着のすばらしい仕立てによるところが大きいようだ。いや、正直に認めなければならない。すらりとした筋肉質の体の上にある広い肩幅が、男性的な力強さを効果的に際立たせるのに大きく貢献している。黒髪は今の流行に合わせて短く切ってあり、前髪が額に品よくかかっている。ヘイゼルミア侯爵の長所と思われるはしばみ色の瞳は、どぎまぎさせるほどまっすぐな視線をこちらに向けている。まさに貴族らしい鼻にくっきりした口元と顎は、彼が自分の世界をずっと支配してきた男であることを示している。とはいえ、ドロシアはあの目と唇が楽しげに笑い、近づきやすい男性に見えるところを目の当たりにした。あの微笑《ほほえ》みは、ドロシア以上に感受性の強い若い女性ならすっかり心を奪われるだろう。それに、育ちのいい婦人たちには決して好まれない種類の、とらえがたい魅力も持っている。彼の悪評の中に、放蕩《ほうとう》という言葉はなかった。とはいうものの、先ほどの彼の行動からして疑いの余地はない。まさに〝火のないところに煙は立たない〟のだから。

ヘイゼルミアは視界の隅でこっそりドロシアの顔を見守りながら、彼女の頭をかけめぐる脈絡のない考えを正確に解き明かしていた。彼女はまさに貴重な宝石だ！　豊かな濃い色の髪に縁取られた古典的な顔だけでも人目を引くだろうが、あの瞳ときたら！　二つの大きなエメラルドのごとく、きらきら輝く瞳は、彼女の思いを魅力たっぷりに映し出す。すでに味見をしたあの唇は……やわらかく従順で、甘く官能的だった。残りの部分にもまたそそられる。だが、彼女と親しくなるつもりなら、注意深く進めなくては。

ドロシアの手からいっぱいになった籠を取り上げると、ヘイゼルミアは空き地の向こう側に置いた猟銃を取りに戻った。そしてドロシアの不安そうな顔にはっきりと書かれた疑問を正確に読み取り、言った。「屋敷まで君をエスコートしよう、ミス・ダレント」静かできっぱりとした言葉に対して、反抗的な表情が返ってきた。ヘイゼルミアは心の中でにやにやしながら、ドロシアが口を開く前に先を続けた。「だめだ！　反論は許さない。僕の属する社交界では、若いご婦人は外を一人で歩いているところを見られてはならないという決まりがある」

そのいかにも高潔そうな口調に、ドロシアの瞳は燃え上がった。しかし、ヘイゼルミア侯爵の戦術に対抗するのはきわめて難しいとすでに気づいている。うまい言葉も見つからず、侯爵の決意を変えさせる方法もわからなかったので、ドロシアは彼が歩き始めると、しぶしぶ隣に並んだ。

「ところで」ヘイゼルミアは打ち解けた態度で、ドロシアが困惑する話題をさらに追及した。「好奇心からきくんだが、どうして君はメイドすら連れずに森の中を一人で歩いていたんだい？」

それは予測していた質問だった。なぜなら、答えようがないからだ。この不埒《ふらち》な人物は、やっぱり私をからかっているんだわ！　いらだちを抑えて、彼女は静かに答えた。「このあたりはよく知っていますから。それに、つき添いが必要なほど若くもないし」我ながら、なんとも下手な言い訳だわ。

当の不埒な人物がくすくす笑った。「それほど年齢がいっているわけでもないだろうに。しかも、つき添いに守ってもらわないといけないのは明らかだよ」

たった今、彼が実証したのだから、その点に関しては反論できなかった。それでもドロシアはかっとなり、おかげで用心も忘れてしまい、つい口走ってしまった。「ヘイゼルミア侯爵、今後、あなたの森を歩きたくなったときには、必ずつき添いを連れてきますわ！」

「それは賢明だ」彼は低い声でつぶやいた。

その口調が意味するところを理解できず、ドロシアは考えもせずに、もっともらしく指摘した。「でも、納得できないわ。あなただってこの次は、私を村娘と間違ったりしないと言ったでしょう」

「それは単に」挑発的な口調がドロシアの背筋にぞ

くぞくするような震えを起こさせた。「この次のときは、自分がキスした唇はわかる、という意味だ」

「まあ！」ドロシアははっと息をのみ、足を止めて怒りもあらわにヘイゼルミアを見上げた。

隣で足を止めたヘイゼルミアは声をあげて笑い、長い人差し指でドロシアの頬にそっと触れ、彼女の怒りをさらにあおった。「もう一度言う、ミス・ダレント。君にはつき添いが必要だ。僕の森であろうとどこであろうと、つき添いなしで外を歩いてはいけない。地元の男性たちから何も言われなかったと想定して言っておくと、君は一人でうろうろするにはあまりに美しすぎる。年齢を重ねているとしてもね」

そう告げるあいだ、楽しげなはしばみ色の瞳はずっとドロシアの瞳を見つめていた。その笑みの奥にひそむものを見て、ドロシアは何も答えられなくなった。いらだちと憤りを感じ、頭がくらくらする。

彼女はいきなり向きを変えると、スカートの衣《きぬ》ずれの音をたてながら、道をさっさと進んだ。

彼女のうろたえた顔をちらりと見ると、ヘイゼルミアの笑みはさらに広がった。彼は、死の前に大おばから浴びるように聞かされたいろいろな情報の中から、害のない話題を探した。「最近、お母上を亡くしたとうかがった。大おばから、君は北部の親戚《しんせき》のところで過ごしていると聞いた気がするんだが」

侯爵の予測は大きくはずれてしまった。ドロシアは彼を見つめて緑色の瞳を見開き、レディたるもの紳士の質問に対し質問を返してはいけないという金言を無視して、息切れしながら尋ねたのだ。「ということは、レディ・モートンに会ったの？ 亡くなる前に？」

どういうわけか、その不信の表情にヘイゼルミアの心がちくりと痛んだ。「驚くかもしれないが、ミス・ダレント、僕はときどき大好きな大おばを訪ねていたんだ。とはいえ、ほとんど日帰りだったから、この近辺の人たちが誰も気づかなかったとしても不思議はない。大おばが亡くなる前の三日間はつき添っていた。僕は相続人だから、彼女はこの地域に住む人々についていろいろと教えてくれたんだ」

ドロシアの頬が赤く染まった。しかしヘイゼルミアが予想していたように顔をそむけることはせず、彼の目をまっすぐに見た。「彼女とはとても親しくしていたの。二度と会えないと思うと、とてもつらいわ」

一瞬、はしばみ色の瞳がドロシアの視線をとらえた。それからヘイゼルミアは気楽な口調で言った。

「最期はまったく痛みもなかった。眠るように逝ったよ。それに、この数年のつらさを思えば、救いだったとしか考えられない」

ドロシアが目を伏せてうなずく。

空気を変えようと、ヘイゼルミアは再び口を開いた。「君たち姉妹はこの先ずっとグレンジにいるつもりかい？」

今度は彼のもくろみは成功した。ドロシアの顔は急に明るくなった。「あら、まさか！　年が明けたら、祖母のレディ・メリオンのところに行くのよ」

かつてのレディ・ダレントであり、今はレディ・メリオンとなったハーマイオニは、夏のそよ風のようにダレント・ホールの冷え冷えとした廊下に華やかなロンドンの温かさをもたらしてくれた。そして当然ながら主導権を握った。そのあと姉妹は、二人のつき添い役を務める年配の未婚婦人アグネスおばとともにダレント・ホールを去って、ハンプシャーのはずれにあるグレンジに戻った。ここで一年間の喪が明けるのを待ち、半年先の二月に祖母のいるロンドンのキャヴェンディッシュ・スクエアに向かうことになっている。それから先は、祖母の庇護《ひご》を受けるのだ。そう考えて、ドロシアはにっこりした。

「祖母は私たちを社交界にデビューさせるつもりでいるの」黒い眉がさっと上がるのを見て、彼女は言い訳するように続けた。「セシリーはとても美人なのよ。すばらしい結婚相手が見つかると思うわ」

「それで君は？」

どういうわけか突然ひどく侯爵を意識してしまい、ドロシアは意図した以上にきっぱりと言いきった。

「私は結婚に向いていないもの。ロンドンに行ったら、あらゆる観光名所を見て楽しむつもりよ」目を上げると、はしばみ色の瞳が熱心に彼女をじっと見つめていた。それから謎《なぞ》めいた笑みが浮かんだ。その笑みが自分に向けられたものなのか、何かを思い出したせいなのか、ドロシアにはよくわからなかった。「レディ・メリオンをご存じなの？」

笑みがさらに広がった。「ロンドンの社交界のみんながレディ・メリオンを知っているはずだよ。僕の母親のとくに親しい友人だしね」

「どんな人なのか教えてくださる？」今度はヘイゼルミアのほうが驚く番だった。だがドロシアはたたみかけた。「つまり、子供のころに会ったきりだから。今年になって、ロンドンに来るよう私たちに伝えるためにダレント・ホールを訪れたときにひと晩過ごしたのを除けば」

ヘイゼルミアがこれまでに魅力的な若い婦人たちとかわした会話の中で、これはもっとも変わった会話であるのは間違いなかった。彼は小道に入る踏み越し段を越えるドロシアに手を貸してから、レディ・メリオンを思い浮かべた。「とにかく、君のおばあさんはつねに流行の先端を行く人で、ロンドンでも重要人物とされる口やかましい年配婦人全員と深くかかわっている。レディ・ジャージーとエステルハージ侯爵夫人とも懇意だ。二人とも〈オールマックス〉の後援者だから、君も社交界に加わりたいなら、彼女たちから入場許可を得なくてはならない。

君の場合は、まったく問題ないだろうがね。レディ・メリオンは裕福で、二人目の夫メリオン卿ジョージが残したキャヴェンディッシュ・スクエアの邸宅に住んでいる。彼女は君たちのおじいさんが亡くなって数年がたったあと、彼と再婚し、五年ほど前に先立たれた。いささか口うるさくて、非常に頑固だ。だから君に忠告しておこう。つき添いなしでロンドンをうろつこうなんて絶対に考えないように！とはいうものの、彼女はすばらしいユーモア精神にあふれ、友人たちに対しては心やさしく寛大なことで知られている。いろいろな点で風変わりだし、田舎に住んでいる友人を訪ねる以外は決してロンドンを離れない。まあ、そういうわけで、君たち姉妹を首尾よく社交界にデビューさせるなら、彼女ほどうってつけのご婦人は見つからないだろうね」

ドロシアはこのかいつまんだ人物像について吟味し、物思わしげに感想を述べた。「まさに社交界にぴったりの人みたいね」

「そのとおりだ」ヘイゼルミアが同意した。

二人はすでに高い塀の門まで来ていた。その先にはまだ数百メートルほど小道が続いている。ドロシアは立ち止まり、籠を受け取ろうとした。「ここがグレンジの庭なの」

「だったら、ここで失礼しよう」ヘイゼルミアは即座に言った。ドロシアにつき添ってきたのは、あくまで彼女と一緒にいる時間を長引かせたかったからで、彼女といるところを人に見られるつもりはなかった。ただ目撃されるだけで必然的に生じるゴシップや憶測は、知りすぎるほど知っている。ヘイゼルミアは巧みにドロシアの手を取ると、唇を寄せた。彼の意味ありげな微笑みに応えて、緑色の瞳に怒りがひらめき、頬が薔薇色に染まった。「僕の忠告を忘れないように！　おばあさんに気に入られたいと思うなら、ロンドンをつき添いなしで歩いてはだめだ。若いご婦人が無謀にもロンドンの通りに一人でいれば、すぐにも誰かが寄ってくる。ごきげんよう、ミス・ダレント」

ドロシアは門を開け、その場から逃げ出した。庭を急ぎ足で進む。咲き乱れる花々から立ちのぼるむせるような香りにも気づかなかったのは、これが初めてだった。屋敷の古びた屋根が投げかける長い影は小道にまで伸び、昼間が終わりに近づいていることを示している。庭に面した広間で、ドロシアは立ち止まった。薄暗い板石張りの部屋の涼しさが、ほてる頰の熱さをいくらかましにしてくれた。廊下から、床にこつこつと響く使用人の足音が聞こえた。

ドロシアは戸口に向かい、使用人を呼び寄せた。

「このブラックベリーを料理人のところへ持っていってちょうだい、ドリス。そのあと乾燥棚に夏雪草を置いてほしいの」片手を振って、壁際のベンチの上に置かれたモスリンの布張りの木枠を指し示す。それからちょっと考え直してからつけ加えた。「あと、おばさまに夕食まで部屋で横になるからと伝えてくれる？　日に当たりすぎたみたいなの」ヘイゼルミア侯爵に当たりすぎたと言うべきだわ！　ドロシアは込み上げる怒りとともにそう思った。そして誰にも気づかれずに廊下を進み、階段を上って寝室の扉を閉めると、窓辺にしつらえられた腰かけに沈み込んだ。

すっかり影に覆われた庭を見つめながら、なおも波立つ心を懸命に静めようとした。ばかみたい！　屋敷を出たときには、落ち着いて自信に満ちた二十二歳の私は、自分だけの世界に満足していた。ところが一時間後の今は、地主の息子の注目を浴びたセシリーみたいな気分になっている！　キスをした経験だってあるし、誰がキスをしてもそう違いはないはずだ。だが実際は大きな違いがあり、その事実が、はしばみ色の瞳によってあおられた怒りをさらに募らせていた。あまりに洞察力の鋭いあのはしばみ色の瞳のせいだわ。ドロシアは、そのあとの十分を放蕩者に引かれる自分にお説教をして過ごした。

だがついに勇気をふるい、もっと冷静になろうと決めた。当然のことながら、私はもっと怒るべきだ。侯爵をいかがわしい悪党だと非難したくなって当り前なのだ。それでもドロシアは、いらだちながらも、自分の不適切な装いにも責任の一端があったと認めた。さらに、ヘイゼルミア侯爵の腕の中にいるのに気づいたとき、若いレディならばもっと違うふるまいをすべきだったのではないかとも思った。もし侯爵の腕の中で気絶していたら、意識を取り戻すまでは、彼だって待つ以外に何もできなかっただろう。そのあと、状況はもっと悪くなっていたかもしれない。そんなふうにあれこれ思いめぐらしたあげく、ヘイゼルミア侯爵に解放されたあとのことについては、とくに非難されるべき不謹慎なふるまいは何もしていないとドロシアは自分を納得させた。侯爵はドロシアの祖母について、貴重な情報を提供してくれたのだから。

ドロシアを悩ませつづけているのは、親密な抱擁から解放までのあいだに起こったことだった。指先で唇に触れると、侯爵のキスが巧みなものだったにもかかわらず、そこはほんの少し腫《は》れている。押しつけられた彼の硬い体の衝撃は今も消えていない。十五分ごとに打つ踊り場の時計の音が聞こえた。ドロシアは心を決めて、午後の出来事を心のいちばん遠い隅に押しやった。明日になればヘイゼルミア侯爵は私のことなどきれいさっぱり忘れるだろう。それだけはたしかだ。

古いドレスを脱いで、暖かい夜に備えて取り出しておいた小枝模様のモスリンのドレスに着替えながら、ドロシアは知らず知らずのうち、ヘイゼルミア侯爵と再び遭遇する確率について考えていた。地元の紳士たちはよく知っているが、この地域の集まりで彼と出会うことはありえないだろう。それに、侯爵自身も認めていたように、彼はモートンの領地に長居する習慣がない。つまり、私は安心していいのだ。それでも、心の平和を二重に確実にするためにドロシアは決意した――今後散歩のときには、無理にでも妹を連れていくことにしよう。

ブラシを取り上げると、ドロシアはほどいた長い髪を勢いよくとかし、ねじり上げて小さくまとめた。脚付きのたんすに立てかけた鏡に映る自分の姿をちらりと見る。ドロシアの人生にヘイゼルミア侯爵がちょっとだけ足を踏み入れたおかげで引き起こされた問題にも、充分うまく対処できた。彼女は満足し、夕食の席に向かうため階段を下りていった。

その二週間後、キャヴェンディッシュ・スクエアを挟んでメリオン邸の真正面にあるヘイゼルミア邸に侯爵が戻ってくると、大量の書状と招待状が待っていた。それらを仕分けしながら、彼はのんびりと書斎に向かった。束ねた手紙の中からとくに毒々しい紫色の封筒を抜き取り、そこから立ちのぼるむっとする香水の匂《にお》いを避けるために腕をいっぱいに伸ばして、眼鏡を手探りする。いちばん新しい愛人の流麗な文字を確認すると、侯爵の黒い眉がひそめられた。目がくらむほどの美女セリースには、彼女の身分以上に十二分に贅沢《ぜいたく》をさせてきた。ヘイゼルミアは手紙を開けて、そこに書かれた文面を読んだ。黒い眉がつり上がり、ドロシア・ダレントは見なかった種類の笑みが、表情豊かな唇をゆがめる。彼は便箋《びんせん》と封筒の両方を暖炉に投げ捨てると、机に向かった。

書斎のベルに応えて従僕がやってきたのは、それから十分後で、主人は手紙に封蝋《ふうろう》を押していたところだった。扉が開くとヘイゼルミアは目を上げ、蝋を乾かすために封筒をひらひらさせてから、それを差し出した。「これを急いで届けてくれ」

「かしこまりました、だんなさま」

部屋を出る従僕を見つめながら、ヘイゼルミアはあの丁重かつ無作法な書状はおそらく受け入れられるだろうと考えていた。これでまた一つの情事が終わった。長い脚を火のほうに伸ばし、頻繁に入れ替わる途方もない野心を抱く愛人たちについて思いをめぐらせる。噂の種を大量に提供する一方で、彼は結局は遊びでしかないつき合いに飽きがきたのを感じていた。ロンドンで十年以上を過ごし、社交界での堕落行為もほとんど試した。遊び歩く生活は先が見えてきて、うんざりするほどだ。

セリースを捨てたことに再び思いをめぐらせ、彼女の成熟した美しさと、ここのところずっと彼の心をかき乱す緑色の瞳の娘とを比べてみる。現状に対する不満のほとんどは、モートンの森での出会いのせいだった。もちろん、そもそもは自分のせいなのだが。

五代目ヘイゼルミア侯爵こと三十一歳のマーク・セントジョン・ラルトン・ヘンリーは、国内でももっとも裕福な貴族の一人だった。彼は大おばの死の前夜に思いを馳《は》せた。あのときの大おばとの会話で、ミス・ダレントの名を初めて聞いた。驚くほど率直な老貴婦人は、ヘイゼルミアに厳しいまなざしを据え、結婚の意思について問いただした。〝おまえの母親が何も言わないから、この瀕死《ひんし》の状況を利用するわ。私に文句なんて言わないでね！〟

大おばの策略を楽しげに受けとめ、ヘイゼルミアは今のところとくに計画はないと打ち明けた。そして腰を据えて、大おばの話に喜んで耳を傾けた。

〝毎年社交界にデビューする魅力ない娘たちの誰とも結婚したくないからといって、おまえが悪いなんて言えないわね。私だってああいう愚かな娘には耐えられないもの。でも、もっと広い世界に目を向けたらどう？　いろいろな事情でロンドンに行ったことのない魅力ある娘たちもたくさんいるのよ〟ヘイゼルミアの懐疑的な表情に気づいて、大おばは先を続けた。〝そういう娘たちが田舎にとどまっているのは、上流社会にそぐわないからだなんて考えちゃだめ。たとえばドロシア・ダレントね。若くてきれいで、遺産も持っているし、おまえと同じく生まれもいい。いまだに社交界に出ていないただ一つの理由は、未亡人となった母親の代わりに屋敷の切り盛りをして、この六年間を過ごしてきたからなの。何年もあの子を外に出さなかったなんて、シンシア・ダレントこそ大ばかだわ！〟そこでエッタ大おばはひと呼吸置き、亡くなったレディ・ダレントの罪について考えた。〝とにかく、今となっては遅すぎるわね。彼女は亡くなったんだから〟

〝誰がです？　美しいドロシアが？〟わけがわからず、ヘイゼルミアはきき返した。

〝違うわよ、シンシアよ。半年前に亡くなり、娘たちはしばらくダレント・ホールに行っているの。かわいそうに。もう一度ドロシアに会いたかったわ。あの子は魅力のない娘じゃないのよ〟

〝社交界にデビューしていないとはいえ、そんな絶世の美女がいまだに結婚していないのはどういうわけなんです？　地元の紳士だって、そんなにのんびりしているわけはないでしょう？〟

エッタ大おばがくすくす笑った。〝どの紳士も、あの子に結婚を促すそれ相応の理由を示せなかったんじゃないかしら。ドロシアの視点に立ってみればいいわ。立派な身分もあるし、一人で暮らしていくだけの富もある。なぜ結婚するの？〟

ヘイゼルミアがにやりと笑い返すと、レディ・モートンの目に笑みが浮かんだ。〝僕なら、いくつか理由を思いつきますがね〟

〝おまえならそうでしょうとも！　だけどそれは問題外なの。だって、おまえは彼女に出会えそうにないんだから。ただし、ハーマイオニ・メリオンがその気になれば話は別よ。私は彼女に一筆書いておいたから、きっとそうしてくれるでしょう。それにセシリーもいるわ。ドロシアの妹なんだけど、その子も美人なの。違う種類の美しさだけれど、でも、セシリーを相手にするには聖人なみの忍耐力が必要になるわ。それに、あの子はおまえに向いていないわね。ダレント姉妹の話はこれでおしまい。ただ例として挙げただけだから〟そのあと話題は別のことに移った。

エッタ大おばは、僕がドロシア・ダレントを花嫁候補として見るよう仕向けたのではないだろうか。あのすばらしい若いレディに会って間もなく、そんな考えが彼の頭に浮かんだ。

この十年間、社交場〈オールマックス〉や上流社会のパーティには、ヘイゼルミアの歓心を買おうとする若い女性が押し寄せてきたが、彼はその中の一人のことすら真剣に考えるのをかたくなに拒んだ。それはほかの家族たちに少なからぬ動揺を与え、とくに二人の姉マリアとスーザンは、しょっちゅうお気に入りの志願者を押しつけようとした。母親とエッタ大おばは、ヘイゼルミアの考え方を支持してくれたが――ただにこにこと笑う、見るからに愚鈍そうな売り出し中の娘たちと会話をしようとすると、彼はものの数分もたたないうちにうんざりして息がつまりそうになったが、そんな気持ちを二人は理解してくれているようだった。母親が息子に結婚してほしいとずっと願っているのは知っていた。ある知人には、社交界にデビューする娘たちがずっとあんな様子では、息子が結婚するのは望めないと語ったらしい。エッタ大おばのほうは、その夜まで一度も結婚の話を持ち出したことはなかった。

母親と同じくらいヘイゼルミアをよく知っていたことを考えれば、ミス・ダレントに彼の目を向けさせようと大おばがもくろんだのは間違いないだろう。レディ・モートンが、ミス・ダレントとの結婚を勧めるような下手なやり方をするということはありえない。そんなことをすれば、ヘイゼルミアがその娘とほんの少しでもかかわるのをいやがるのは知っていたはずだから。だから遠まわしなやり方でミス・ダレントの名前を出し、その娘は結婚相手にふさわしいとしか言わず、あとは彼の意思にまかせたのだ。まさにエッタ大おばらしい！　ヘイゼルミアは微笑みながら考えた。おばさま、僕はあなたのドロシアに会いましたよ。あなたでさえも想像すらしなかった効果的なやり方で！

2

低いうめき声がしたので、ドロシアはぱっと振り向き、ぼんやりした明かりの中で妹を見た。セシリーは馬車の向かい側の座席に座り、隅のほうでまるくなっている。目は閉じているが、眉間《みけん》のしわから、眠っていないとわかった。凍った道で馬の蹄《ひづめ》がすべり、四頭立て四輪馬車が轍《わだち》にはまってがたんと傾いた。ドロシアは投げ出されないように、揺れるつり革をつかんだ。馬車がなんとか体勢を立て直して再び前進を始めると、セシリーは顔をそむけ、隅に体を押しつけるようにして、さらに体をまるめた。

ドロシアは、道沿いの樹木や灌木《かんぼく》のむき出しの枝の向こうにちらちら見える陰鬱《いんうつ》な景色に注意を戻した。馬車の窓にぱらぱらと小雨が当たり、ときおり静寂を破る。やがて風よけの木々の黒い影の上方に〈スリー・フェザーズ・イン〉がぼんやりと浮き上がった。バース街道沿いのこの宿屋は、グレンジからロンドンまでの道のりの中間地点にすぎないのだが、ドロシアはここで一泊することにした。もし一人でロンドンに行くなら、一日の旅程ですませただろう。けれどもセシリーは乗り物に弱い。ひと晩休みを取るようなゆっくりした速度なら、うまくいけば、キャヴェンディッシュ・スクエアに着くころには体調のいい状態で祖母に挨拶《あいさつ》ができるだろう。

連れは、あとは中年の小間使いベッツィだけだった。ベッツィは姉妹が揺り籠《かご》にいたころから面倒を見てくれている。ドロシアの真向かいに座るベッツィは、毛織りの肩かけで体を包み、うつらうつらしていた。アグネスおばは同行しなかった。姉妹を呼び寄せるレディ・メリオンの手紙にはとくに書かれていなかったが、ダレント・ホールでこの話を進めたときには、アグネスおばはこれからも義務を果たしてキャヴェンディッシュ・スクエアまでつき添う役割を負うという暗黙の了解があった。とはいえアグネスおばのリウマチは語りぐさにもなるほどで、ドロシアも、愛しているとはいえ愚痴の多い老婦人と一緒にロンドンまで旅する気にはなれなかった。しかも、おばの男性に対する意見ときたらひどいものので、セシリーの夫を探すための手助けにはなりそうもなかった。結局、ロンドン到着の日を知らせるためのレディ・メリオン宛《あて》の丁重な返事には、アグネスおばについては触れなかった。

馬車は徐々に濃くなる霧の中をごとごと進んでいった。一日じゅう霧がかかっていたが、雨はほとんど降らなかったので、御者のラングは胸を撫《な》で下ろした。ロンドンまでの道は天気がよくても、絶えず危険と隣り合わせだ。起毛した毛織りの外套《がいとう》にくるまり、ラングは深い安堵《あんど》の念とともに馬の向きを変え、宿屋の門をくぐった。ここは、この地域ではいちばん繁盛している貸し馬車屋を兼ねた宿屋の一つだ。前庭は、主に馬を取り替えたりひと休みしたりする旅行者が使っている。一行の乗る大型の馬車はさらに進んでまた別の門をくぐり、馬車庭に入った。馬丁が走ってきて、汗をかく馬を馬車からはずした。そして、姉妹が宿の中に入るのに手を貸すために、宿屋の主人が近づいてきた。

しかし、ここである問題が起こった。

一行がこぢんまりとした天井の低い居間に入り、音をたてて燃える暖炉の炎の前で体を温めていると、主人のミスター・シムズが申し訳なさそうに謝罪の言葉を口にした。「村で拳闘《けんとう》の懸賞試合があるんですよ、お嬢さん。それで宿は満杯なんです。寝室はお一つ用意いたしましたが、個室の居間のほうは無理じゃないかと」中年で赤ら顔の主人は、娘たちと一緒に、若い婦人たちを心配そうに見つめた。

ドロシアは深く息を吸った。かたつむりほどの遅さで一日じゅう旅をしてきたあとでは、そこそこの部屋をあてがわれるかぎりは、近辺で何があろうとまったくかまわない。彼女はこぎれいな掃除の行き届いた室内を無意識に値踏みした。少なくとも、この宿屋なら湿ったシーツやまずい食事の心配もなさそうだ。個室の居間が取れないからといって、おおげさに嘆いてもなんの利益もない。ドロシアはまっすぐに背筋を伸ばすと、見るからに心配そうな顔をしたシムズに向かってうなずいた。「わかりました。どうしようもないようですものね。私たちがやすむ部屋に案内していただけるかしら？」

シムズは、複数の寝室と居間を所望したドロシアの手紙から、ダレント姉妹の身分を正しく判断していた。彼はめったに客を批判しないが、これほど美しい若い婦人たちが、使用人しか伴わずに旅をするのはとんでもないことだと思った。そしてこれから夜が終わるまでのあいだに起こりそうなことを想像して、宿屋の北側にある広い部屋を用意した。そこは増築を繰り返した大きな建物のもっとも古い部分で、ほかの部屋から離れているうえ、シムズの住居部分に近いほうの階段からしか行けなかった。

階段を上りきったところで、シムズが息切れしながら頑丈な扉を大きく開けた。「こちらのお部屋でございます。ここは離れた場所にありますからね。この宿屋にも間もなく拳闘を見に来た若い紳士がたが押し寄せてくるでしょう。うちの女房が、扉にかんぬきをかけて、お嬢さんがたは部屋から出ないようにと言っていました。食事やらなんやらの支度をする女房と娘たちしか上がってこられないように注意しますから。そうすれば、面倒は避けられるでしょう。ただちにお嬢さんがたの荷物を運ばせましょう」そう言うと、シムズはお辞儀をして立ち去った。

眉をつり上げたドロシアと、青ざめた顔のセシリーはびっくりして目を見交わした。

「ああ、なんてこと！」ベッツィが暖炉のそばの椅子にどさりと座り、目をぐるりとまわす。「このまま旅を続けるべきかもしれませんよ、ミス・ドロシア。おばあさまだって、きっとお嬢さまがたが野卑で騒々しくて無節操な若者と一緒に宿屋に泊まるなんて、望まれないでしょう！」

「この近くにほかに宿屋があるとは思えないわ、ベッツィ。それに、宿の主《あるじ》も言っていたように、扉にかんぬきをかけて私たちがこの部屋でじっとしているなら、何も起きはしないでしょう？」ドロシアはいつもの落ち着いた口調で言いながら手袋をはずし、旅行用の外套を椅子の上にかけた。

「お姉さまがよければ、私は旅を続けるよりはここに泊まりたいわ」セシリーが言った。

かぼそく甲高い声を聞けば、どれだけ妹の体調がすぐれないかがはっきりとわかる。ドロシアはベッドに近づき、上がけを引きはがした。シーツは乾いていてきれいだ。彼女は誘いかけるように枕《まくら》を叩《たた》いてふくらませた。「だったら、そうしましょう。夕食が届くまで横になったらどう?」

そのときためらいがちなノックの音がドアから響いた。「誰でしょう?」ベッツィが立ち上がる。

「私です。主の娘のハンナです」

ベッツィがドアを開けると、整った顔に布製の室内帽をかぶったがっしりした体格の若い娘が現れた。

「母がじきに夕食の用意ができると言っています。ほかに何がご入り用のものはありませんか?」ハンナは姉妹のかばんを部屋に運び入れると、問いかけるようにドロシアを見つめた。

「ええと……そうだわ! お湯が欲しいの。それにメイド用の寝台をここに運んでもらえないかしら? 彼女も私たちと一緒のほうがいいと思うの」

娘がうなずく。「すぐに戻ります」

五分後、ハンナは湯気の立つ湯の入った水差しを、次に寝台を持って現れた。珍妙な仕掛けの車輪付き寝台を相手にハンナとベッツィが悪戦苦闘するあいだ、ドロシアとセシリーは顔を洗って旅のほこりを落としたので、かなり気分はましになった。とうとう反抗的な寝台に言うことを聞かせたあと、ハンナが両手をエプロンで拭《ふ》きながらドロシアに声をかけた。「三十分もしないうちに夕食をお持ちします。私が出ていったら、しっかりドアにかんぬきをかけてくださいね」

ドロシアは礼を言うと、働き者のハンナが出ていくとすぐにかんぬきをかけた。セシリーはベッドの上でまるくなってうとうとしている。ベッツィは火の前の椅子に座って、退屈をまぎらすために持ってきた縫い物を始めた。

とりあえず必要なことを終えたドロシアは、落ち着きなく部屋をうろうろし始めた。馬車の中で一日過ごしたあとなので、閉めきって空気のこもった部屋で夜を明かす前に、ほんの少しでもいいから外の新鮮な空気を吸いたい。そのとき突然ラングのことを思い出した。明日は午前半ばにここを出発するつもりだったが、懸賞試合のことを考えた場合、もっと早いほうがいいかもしれない。部屋は宿屋の裏手に面していたが、窓の外をのぞいても騒いだり暴れたりする音が聞こえないということは、懸賞試合の観客はまだ到着していないのだろう。

ドロシアはベッツィの脇《わき》をさっとすり抜けて言った。「階下《した》に行ってラングに会ってくるわ。混雑を避けるために早朝に発《た》ったほうがいいから」そこで声を落とす。「あなたはここにいて、セシリーを見ていて。私はすぐに戻るわ」

ベッツィが抗議する前に、ドロシアは古びた旅行用の外套を取り上げてドアの外へ出た。階段を下りる前に外套でしっかりと身をくるむ。野卑な笑い声が聞こえてきたが、おそらく酒場のほうからだろう。静かに階段を下りて反対の方向に廊下を進み、馬車庭に通ずるドアに行き着いた。そこでは馬丁と馬が押し合いへし合いをしている。ドロシアは暗がりで立ち止まって目を凝らし、ラングを捜そうとした。

だが、どこにも見えなかった。個人付きの御者はときどき、こういった場合に馬丁に手を貸すこともあると思い出し、ドロシアは門をくぐって、厩《うまや》の方向をのぞき込んだ。

「おやおや！　こいつはなんだ？　若くてきれいな娘がおれたちの宴《うたげ》に花を添えてくれるってさ！」

ドロシアは息をのんだ。腕がウエストにまわされたときには心臓が止まりそうになったが、彼女が見たのは、物憂げに見つめるはしばみ色の瞳ではなく、焦点の合わない水色の瞳と、間の抜けた顔だった。男は酒を飲んでいたが、泥酔しているわけではないらしい。

彼は無我夢中でもがくドロシアを連れて角を曲がり、機嫌よく飲んで騒ぐ七人の紳士たちのほうに向かった。賭《かけ》に勝った彼らは、今夜は酒盛りを楽しむつもりなのだ。ドロシアは遅ればせながら自分の過ちに気づいた。宿屋正面の前庭は満員で、人があふれている。男の一人が手を伸ばし、ドロシアの外套のフードを払ったので、宿屋の入り口の明かりが顔に当たった。ドロシアは必死にもがいたが、若い男はなおもしっかりと腕をつかんでいた。その手に力が込められたとき、彼女は身を縮めた。

だが次の瞬間、騒音の中をゆったりした声が響き渡った。「そのレディを放せ、トレムロー。僕の知り合いだ。それ以上彼女を困らせるな」

その声が誰のものかに気づいたとき、ドロシアは地面に穴が開いて、自分をのみ込んでくれたらいいのにと願った。

声の効果はてきめんだった。ドロシアの腕をつかんでいた手がすぐさま離れ、それと同時にヘイゼルミア侯爵の黒い影が集団の端から浮き上がった。

「ああ、すまない、ヘイゼルミア！　彼女がレディだとは思わなかったんだよ」

小声で言われた最後のひと言に、ドロシアの頬が燃えるように熱くなった。こんなふうにヘイゼルミアに守られるのはどんな女性なのかとばかりに、男たちがじっと見つめる。彼女はフードを再びかぶった。

ヘイゼルミア侯爵はゆっくりと男たちをかき分け、ドロシアの視界をさえぎるようにして前方から近づいてきた。そしてドロシアのそばに来たところで振り返り、やはり物憂い口調で言った。「知らないとはいえ、こちらのレディに迷惑をかけたことを、君たちは詫《わ》びたいんじゃないかな」

「おお、そうだ。そのとおり！　申し訳なかった、お嬢さん。もちろん悪気はなかったんだ」侯爵の強気な言葉を聞いて一同がいっせいに答えた。

いささか遅れたものの、事態に気づいたシムズが、上得意客に手を貸そうと集団の外側に控えていた。侯爵の目が彼に向けられた。「ああ、シムズ！　ちょっとした誤解があったんだ。こちらの紳士がたにエールをふるまってくれないか？」

　シムズはその言葉の裏の意味に気づいた。「かしこまりました、だんなさま。紳士のみなさまがたはどうぞこちらへ。新しい樽《たる》を仕入れましたから、味見をしていただけたらありがたいです」侯爵の気前のいい申し出のおかげで、簡単に一団を酒場のほうへ連れていくことができた。

　男たちが立ち去ったあと、トニーことアンソニー・ファンショー卿《きょう》が友人に近づき、問いかけるように眉を上げた。さっきできたての夕食を目指して二人で厩の前を横切っていたとき、ヘイゼルミアがぴたりと足を止め、怒りに満ちた悪態をつぶやくと、人込みを押しのけて馬車庭の近くで酒盛りをする男たちのほうに向かっていったのだ。同じくらい上背があるとはいえ、ファンショーは後ろにいたので、何がヘイゼルミアの注意を引いたのかまではわからなかった。近づいていくと、ヘイゼルミアがこのうえなく物憂げな口調で何か話していた。その中のどこかにご婦人がいるのだろうとファンショーは思ったが、その女性を人目にさらさないよう守っているのだと気づいたのは、男たちに何かを言うためにヘイゼルミアが振り返ったときだった。

　ヘイゼルミアがファンショーに向き直った。「頼む、彼らがみな中に入ったか、確かめてきてくれないか、トニー？　僕もすぐに行くから」

　ファンショーはうなずき、何も言わずに宿の酒場を目指した。ヘイゼルミアの物憂げな口調はすっかり消え、いつもの、はきはきした話し方に戻っている。幼なじみの顔をちらりと見て、ファンショーの疑いは裏付けられた。ヘイゼルミア侯爵は烈火のごとく怒っているのだ。

ドロシアの前に立つと、ヘイゼルミアはそっと彼女の腕をつかみ、まず自分のほうに引き寄せた。男たちが詫びを言って立ち去ったあとは、上背のある体と、馬車を操るときに着る肩に何層ものケープが重なった外套を盾にして彼女を隠した。ドロシアはとにかくこの場から立ち去ることしか意識になく、懸命に馬車庭に逃げ込もうとした。ヘイゼルミアは振り向いたが、彼女を放さなかった。「ちょっと待ってくれ。部屋まで連れていくから。君に話したいことがある」

その言葉には不穏な響きがあった。ドロシアは窮地に陥った自分に怒りを覚え、よりにもよって、救ってくれたのがヘイゼルミアだったことに屈辱を感じていた。それもあんなふうに！

ヘイゼルミアはしばし背を向け、あとからやってきたもう一人の背の高い男性と言葉をかわすと、ドロシアを馬車庭に連れていった。

あっという間に人が減った馬車庭で、やっと二人きりになるとヘイゼルミアはドロシアをぐいと引っ張り、自分のほうを向かせた。宿屋の戸口の明かりが彼の顔を照らしたとき、ドロシアはあっと声をあげそうになった。はしばみ色の瞳は険しく、明かりを反射して光っている。唇は一文字に引き結ばれていた。彼は怒りをあらわにし、その激しい怒りの矛先はドロシアに向けられていた。「それで聞かせてもらいたいんだが、君はいったいあそこで何をするつもりだったんだ？」

萎縮《いしゅく》するどころか、ドロシアも腹を立てた。「知りたいなら教えてさしあげるわ。明日朝早くここを出発したいと言うために、私の御者を捜していたのよ。悔しいことに、今夜避けられなかったような事態を避けるためにね！」多少息切れしながら、侯爵の目を見返す。

ヘイゼルミアの目が細められた。一瞬の間を置いて、彼はいくらか口調をやわらげて言葉を続けた。

「部屋に閉じこもってかんぬきをかけるようにと警告しなかったとは、シムズの怠慢だな」

返事をするには唾《つば》をのみ込まなくてはならなかったが、ドロシアはなんとか彼の険しい視線を受けとめた。「彼は警告してくれたわ」

ヘイゼルミアの表情がさらにこわばった。「君が自分の評判に頓着《とんちゃく》しないことには本当に驚くばかりだ。おてんば娘の流儀は広い社会には通用しないと前に警告したはずだが」彼の手はドロシアの両腕をきつくつかんでいた。緊張をはらんだ重い沈黙のあと、ヘイゼルミアは再び口を開いた。「この前言ったことを繰り返すほかはない。どんな状況であっても、絶対につき添いなしで外へ出てはだめだ。ついでに言っておくが、今後もしこんなふうに一人でいるところを見かけたら、僕の手で君を一週間は座れないようにしてやるからな！」

ドロシアはあえぎ、呆然《ぼうぜん》として緑色の目を見開いた。ヘイゼルミアがさらに荒々しくたたみかける。

「ああ、そうさ！　そのくらいはやってやる」

冷酷無情な顔と、今は真っ黒に見える瞳から、ドロシアはそれがただの脅しではないと悟った。けれども、彼女もまたヘイゼルミアと同じくらい怒っていた。この横柄な人物はいったいどういう権利があって、いちいち指図し、脅すのかしら？　横柄で傲《ごう》慢《まん》で、どこまでも癪《しゃく》に障るんだから！

だが、ヘイゼルミアはドロシアが怒りをぶつける暇すら与えなかった。あたりには人けがなくなっていた。これではどこからでも二人の姿が見えてしまう。彼はいきなりドロシアを宿屋のほうに押しやると、片手を彼女の肘に添えて、屋内へと促した。

「シムズは君にどの部屋をあてがったんだ?」

　口がうまく動かず、ドロシアは小さな階段の上にあるドアを指さした。

「非常に賢明だ！　おそらく今夜、この宿でいちばん安全な部屋だろう。静かな夜は過ごせないかもしれないが、おそらく歓迎されざる邪魔が入ることもないだろう」

　怒りに青ざめた顔と、いやに明るく輝く瞳をちらりと見て、ヘイゼルミアはドロシアを階段に引っ張っていった。二段目を上がったとき、ドロシアは彼をたしなめようと思い、くるりと振り向いた。今なら彼は下の段にいるから、上からのしかかるように立たれることもない。ところがドロシアの考えを正確に見抜いたヘイゼルミアは先に階段を上り、いちばん上の狭い場所まで彼女を引っ張り上げた。

　そのとき宿屋の主人が廊下を通りかかった。

「シムズ！　ここにある最上のブランデーを一杯頼む。今すぐに」

「かしこまりました、だんなさま！」

　ずいぶん奇妙な命令だとドロシアは思ったが、侯爵の気まぐれの一つなのだろう。今はただこのいらだちを言葉にしたくて、そのことしか考えられない。狭い場所で振り返ると、あまりに近くにいる侯爵の存在がひどく意識された。彼の目を見なくてはならないのがドロシアはたまらなくいやだった。

「ヘイゼルミア侯爵、言わせていただくけれど、私に対するあなたの態度はまったくもって我慢できないわ。私は自分のふるまいを非難されるつもりはありませんから。そもそも、どういう権利であなたが非難するのかもわからないのに。今夜は不運だったけれど、それだけだわ。私は自分で自分の面倒が見られるし――」

「トレムローと仲間のところに君を置き去りにしたほうがよかったというのか？　君は楽しくなかった

と思うよ」感情的に言葉をぶつけられてはたまらないと思い、ヘイゼルミアはすかさずドロシアの痛烈な攻撃をさえぎった。彼の冷ややかでうんざりした口調は、冷水を浴びせたような効果をもたらし、ドロシアを黙らせた。

ヘイゼルミアは、再びドロシアの顔を何かの感情がよぎるのに気づいた。今この瞬間、ドロシアは、最悪の状況になる可能性のあったところを救ったのは彼だとようやく悟ったのだ。そして予想もしなかったことに、ドロシアの顔がさらに青ざめた。ヘイゼルミアは宿屋の主人から差し出されたグラスを受け取ってうなずくと、こう言って彼を追い払った。

「あとで話がある、シムズ」そして向きを変えると、グラスをドロシアに突き出した。「これを飲むんだ」

「いいの。私はブランデーは飲まないから」

「どんなことでも初めてのときはあるものだ」

なおもドロシアが反抗的なまなざしを向けていたので、ヘイゼルミアはため息をついて説明した。

「君はショックを受けている状態だ。顔はシーツみたいな色だし、目は緑色のダイヤモンドのようだ。じきに体が震えてきて気が遠くなり、寒気がするだろう。ブランデーはそれを抑えるんだ。いいから、これを飲みなさい。もし従わないなら、僕が実力行使に及ぶのは、君も充分承知しているだろう」

ヘイゼルミアの口調は、先ほどとは違って脅しには感じられない。ドロシアは彼の目を見て、勝ち目がないと思ってあきらめた。グラスを受け取ると、かすかに震える手で唇まで運んでひと口飲む。ヘイゼルミアは辛抱強く彼女が飲み干すまで待っていた。それからグラスを取り上げると、それを外套のポケットに突っ込んだ。

ドロシアが目を上げたとき、ヘイゼルミアは彼女がさっき言っていたことを思い出した。「君はロンドンに向かう途中なんだね？」

ドロシアがうなずいた。ヘイゼルミアの表情はやわらぎ、十分前に刻まれていた辛辣《しんらつ》で傲慢なしわは消え、魅力的で洗練された顔をしている。おそらくこれが世間向けの顔なのだろう。だがドロシアには、まるで彼が遠い人になったかのように感じられた。

「御者の名前は？」

「ラングよ。朝八時には発とうと思っているの」

「それは賢明だ。僕が伝言を届けよう。君は部屋に入って、ドアにかんぬきをかけるんだ。宿屋の者でなければ絶対にドアを開けないように」彼の口調は穏やかで、顔には感情はいっさいない。

「ええ。よくわかったわ」ドロシアはすっかり戸惑っていた。頭の中がぐるぐるまわっている――ショックと怒りと、ブランデーとヘイゼルミア侯爵が混じり合い、わけがわからなかった。こめかみに指先を押しあて、彼の言葉に意識を集中させようとした。

「よろしい。なんとか少し眠るといい。それにもう一つ、レディ・メリオンに、あさって僕が訪問すると伝えておいてくれないかな」

ドロシアはうなずき、ドアに向かいかけたところで振り返った。怒りはおさまらないが、彼に恩義があるのはわかっていた。いくら気が進まなくても、感謝の言葉も言わずに出ていくわけにはいかない。

ドロシアは大きく息を吸いこむと、頭を上げて口を開いた。「あなたにお礼を言わなければ。あの殿方たちから私を救い出してくださったんですもの」目を上げてヘイゼルミアを見ると、そのなんの変哲もない言葉が、彼の顔に身も心もとろけるほど魅力的な微笑《ほほえ》みを浮かばせていた。

ドロシアがそう口にするために努力を要したことを認め、ヘイゼルミアは明るい声で応じた。「そうだね、感謝してもらわないといけないだろうな。でも、気にしないでくれ。君がロンドンに着いたら、不快なほど尊大なふるまいをしたことを僕に後悔させる機会が山ほどあるだろうからね」そう言って、ヘイゼルミアは片方の眉を上げた。はしばみ色の瞳が、やさしくドロシアをからかう。彼女の緑色の瞳が怒りに燃え上がると、彼は笑い、人差し指で彼女の頬をそっとなぞりながら皮肉のように言った。

「すばらしい夜を、ミス・ダレント！」

ドロシアはひと言も言わずに背を向けると、ドアを叩いた。「ベッツィ、私よ。ドロシアよ」

ヘイゼルミアは唇に微笑みを浮かべながら、暗がりに身をひそめた。ドアがすばやく開いたことで、みんながドロシアの身を案じていたことがわかった。

「よかった、お嬢さま！　早く中に入ってください。お顔が真っ青じゃありませんか！」ドロシアが中に引っ張り込まれるとドアが閉まった。

ヘイゼルミアはかんぬきがしっかりかけられる音を聞いてから、階段を下りていった。そして裏口に着いたとき、シムズと鉢合わせした。

「シムズ、頼みがある。あちらのご婦人がたが今夜、安心して静かに過ごせるようにしてもらいたいんだ。たしか君には、あの階段の見張り番になれそうな大柄で力持ちの親類がいなかったかい？」

シムズは侯爵の長い指にソヴリン金貨が挟まっているのを見て、にやりとした。「たまたま、ひどく歯が痛むとかで、うちのいちばん上の息子が厨房《ちゅうぼう》で一日じゅううろうろしているんですよ。あれなら見張り番の役目が充分果たせるでしょう」

「それでいい」金貨がシムズの手に渡る。「それから、あちらのレディたちが最上のもてなしを受けるよう取りはからってほしい」

「もちろんです、だんなさま。うちの女房が今から夕食をお届けするはずですよ」

ヘイゼルミアはうなずき、馬車庭の真ん中あたりに来たところで空を見上げて考え込んだ。今や雲は消え、星がまたたいている。彼の御者ジム・ヒッチンは少し離れた場所に立ち、主人が気づくのを待っていた。彼はヘイゼルミアが称号を受け継いだころからの個人付きの馬丁だった。雇い主の妙な癖をよく知っている彼は忍耐強く待った。やがてヘイゼルミアが伸びをして振り返った。「ジム?」

「なんでしょう?」

「ここに泊まっている御者を捜してほしいんだ。名前はラング、ミス・ダレントの御者だ。ミス・ダレントはよくある騒ぎを避けるために、朝八時にはここを発ちたいと望んでいる。だが、どうしても直接御者に伝言を伝えられないんだ」

「かしこまりました、だんなさま」

「それで、明日朝ダレント一行が出立する際に、なんらかの困難が生じたら、僕を呼んでほしいんだ。いいね?」

「はい、だんなさま」

「よろしい。では、すてきな夜を、ジム」

ミス・ダレントをこの目で見られるなら、早朝に起きるのもいとわないとジムは思った。彼は先ほど遠くから馬車庭でのやり取りを見ていた。ジムが思うに、主人はいつもとは違うふるまいをしていた。若い女性に対して癇癪《かんしゃく》を起こすのは、侯爵の流儀に反することだ。主人の平静を失わせたご婦人がどんな姿なのか近くで見たくてたまらなかった。

幸運にも使用人の思惑に気づかないまま、ヘイゼルミアは宿屋の正面玄関を入った。酒場になっている部屋の前で立ち止まると、騒音が雲霞《うんか》のように戸口から押し寄せてきた。青っぽいたばこの煙が立ちこめる中で、ドロシアにからんでいた若者たちの集団が奥のほうに固まって立っているのが見えた。一人だけ、どこにいるのかを見つけるのに少々時間がかかった。その人物は隅の小さなテーブルで、サー・バーナビー・ラスコムと話し込んでいた。ヘイゼルミアはしばらく考えをめぐらせてから、ヘスリー・フェザーズ・イン〉に滞在するときにいつも予約する個室の居間に向かった。中に入ると、ファンショーがいた。両足をテーブルにのせ、慎重にりんごの皮をむいている。

ファンショーが顔を上げてにやりとした。「やっと来たか！　君を助けに行くべきかどうかと考えていたところだったんだ」

そのからかい文句に、侯爵はかすかに笑みを浮かべた。「ミス・ダレントを部屋に送っていったあと、いくつか用事を片付けてきたんだ」ヘイゼルミアは外套を脱ぎ、ポケットにグラスを入れたことを思い出した。それを取り出してから外套を椅子の背にほうると、棚に近づいて自分のためにワインをついだ。

「その謎《なぞ》のミス・ダレントとは何者なんだ？」

ヘイゼルミアは黒い眉を上げた。「謎じゃない。彼女はモートンの領地と境を接するグレンジに住んでいて、祖母のレディ・メリオンのところに滞在するために、妹と一緒にロンドンに向かう途中だよ」

「なるほど。だが、僕がその娘の名前を聞いたこともなければ、会ったこともないなんて、どういうわけなんだろう？」

「簡単だよ。彼女はこれまでずっと田舎に住んでいて、僕たちが出入りするような場所には一度も顔を出したことがなかった」

りんごをむき終えたファンショーは、ドアが開いてシムズが来たと知ると、テーブルからひらりと足を下ろした。シムズは料理が山盛りになった盆を持っていた。「待っていたぞ！」ファンショーは声を張り上げた。「飢え死にしそうだったんだ」

シムズはテーブルに皿を置き、すべてがそろっているか確認したあと、ヘイゼルミアに向き直った。

「お望みどおり、すべて手配しました」

ヘイゼルミアがうなずいて礼を言うと、シムズは下がった。ファンショーは自分の皿に料理を取り分けるのを中断して目を上げたが、何も言わなかった。

二人は穏やかな静けさの中で食事をすませた。互いの領地も近く、一カ月もたがわずこの世に生を受け、文字どおり二人は一緒に育ってきた。少年時代はともにイートン校で学び、その後はオックスフォード大学へと進んだ。ロンドンで過ごしたこの十年で、ヘイゼルミアとファンショーの絆《きずな》は、知らない者がいないくらい有名になった。長い年月のあいだに、ほとんど秘密もなくなった。だがなぜか、ヘイゼルミアはドロシア・ダレントとの出会いについて親友にも話していなかった。

皿の料理がすべてなくなると、二人はシムズが地下室の奥から持ってきたフランス産の赤ワインを味わった。ファンショーが再び探りを入れた。乱れた茶色の巻き毛が絵のように美しく額に垂れかかっている。「すべてが煙の中ってことか」

ヘイゼルミアは観念しながらも、なおも素知らぬふりで応じた。「何が煙の中なんだ？」

「君とミス・ダレントのことさ」

「どうして？」澄んだはしばみ色の目は正直そうに大きく見開かれている。だが、唇は固く結ばれていた。

ファンショーは恐ろしげに顔をしかめてみせたが、相手に調子を合わせることにした。「そうだな、まず最初に、彼女が我々の出入りする集まりに顔を出したことがないとすると、どうして君が彼女に出会ったのか知りたい」

「一度会っただけだ。正式には紹介されていない」

「いつ？」

「去年の八月だよ。モートンに行った際に」

茶色の目が細められた。「だが、去年の八月、僕が君のいるモートンを訪れたとき、そういう遊びはまれだと言っていたじゃないか」

「ああ、そうだった」ヘイゼルミアは考え込み、長い指でグラスの脚をなぞった。「そういうことを言ったのは覚えているよ」

「それで、そのときにはミス・ダレントのことはすっぽり頭から抜け落ちていたというわけか？」

ヘイゼルミアは挑発するような笑みを向けた。

「君の言うとおりだ、トニー」

「嘘《うそ》だ！　信じろなんて言ってもだめだよ。それに、僕が信じなければ、ほかの誰も信じないだろう。おまけに、ラスコムのやつがこのあたりをうろついている。もっとましな説明を考えなければならないぞ」ファンショーは皮肉っぽく締めくくった。「ロンドンじゅうを大騒ぎさせたくないなら」

ヘイゼルミアは深く息を吸い込んだ。「残念ながら、君は正しい」彼はさらにグラスの観察に没頭しているように見えた。誰よりもヘイゼルミアをよく知っているファンショーは、我慢強く待った。

サー・バーナビー・ラスコムが社交界で受け入れられているのは、悪意あるゴシップで取り引きをしているからにほかならない。ヘイゼルミアが、宿屋の庭で懸賞試合に行った男たちからどうやってレディを救い出したのかという話を広めるなと言っても、間違いなく上流社会全体に行き渡るだろう。噂《うわさ》の中身がたいしたものではなくても、ヘイゼルミア侯爵がミス・ダレントと以前からつき合いがあったという興味深い事実があらわになる。そして、それが事態をより複雑にする。ファンショーが指摘したかったのは、そこだった。

沈黙のまま数分が過ぎ、ヘイゼルミアが目を上げた。「放蕩《ほうとう》者の告白というわけだ」声は穏やかで自嘲《じちょう》的だった。「今回ばかりは、真実は役に立たない。ミス・ダレントとの出会いがどんなものだったか知られたら、口の悪い連中は、数週間にわたって得意げに吹聴《ふいちょう》することだろう」

トニー・ファンショーは驚いた。こんな言葉は予期していなかった。高級娼婦《しょうふ》との情事は数々あるにしても、同じ階級の女性たちに対するヘイゼルミアのふるまいは、厳格なまでに作法にかなっているはずだ。だが、ファンショーははたと気づいた。

「君が田舎でミス・ダレントと出会ったとき、彼女はつき添いを連れずに一人だったということか?」

ヘイゼルミアの口元に浮かぶ奇妙な笑みがさらに深まった。しばらくヘイゼルミアのはしばみ色の瞳はファンショーを見つめていた。「反論もできないよ。つき添いもなしで僕たちが出会ったという君の考えは正しい。だが、僕の言いたいのは、もし真実が世間に知れたら、ミス・ダレントの評判は傷つき、僕は名誉から、彼女と結婚しなくてはならなくなるということなんだ」

ヘイゼルミアの言いたいことはすっかりわかった。「おやおや!」ファンショーはすっかり好奇心をそそられていた。「君はほかに何をした?」

途方もない空想がファンショーの頭の中をかけめぐっているのを察知し、ヘイゼルミアはあわてて彼を現実に引き戻した。「好色な想像もたいがいにしてくれ! 知りたいのなら言うが、僕は彼女にキスをしたんだ」

「へえ?」ファンショーはうずうずしていた。

ヘイゼルミアは奥手の友達に村娘との初体験を打ち明ける男子生徒のような気分で、ファンショーを見やった。そして、茶色の瞳にかすかに浮かぶ驚嘆の念を見て取ると、彼はうなずいた。「そのとおり。頬にほんの軽くなんてものじゃない」

ファンショーはまるまる一分間、ヘイゼルミアを見つめていた。「愛人にするみたいに、君は彼女にキスをしたというのか?」ヘイゼルミアの眉がつり上がる。「だめだ! くそっ! 売春宿の女であるかのように若いレディにキスしてまわるなんて、許されないぞ」

「まさしくそのとおりだよ。事実は変わらない。僕はミス・ダレントにキスをした」

ファンショーが目をぱちくりさせた。どうしてと尋ねる言葉が舌先まで出かかったが、問いただす気にはなれなかった。彼は代わりにこう尋ねた。「彼女はどのくらいたってから、意識を取り戻した？」

「彼女は気を失ったりはしなかったよ」ヘイゼルミアが答えた。彼の目には微笑みがはっきりと浮かんでいる。「僕をひっぱたこうとした」

「ぜひとも、そのミス・ダレントに会わなければ。まれに見るレディみたいじゃないか」

「近いうちにロンドンで会えるさ。誰が彼女に最初に会ったのかを忘れないでくれ」

トニー・ファンショーは考えた。これはまた、あからさまな宣言じゃないか。彼は憤慨し、ため息をもらした。「ほかの誰かが目をとめる前に、すばらしいごちそうを見つけるなんて、君らしいよ。まさか彼女には姉さんか妹はいないだろうな？」

「妹がいる。十七歳になったばかりの金髪の美人だよ」

「とすると、僕たちの残りのほうにも、望みはあるわけだ」ファンショーは突然軽口を控えた。「ミス・ダレントとどうして知り合ったのかを、どう説明するつもりだ？」

「彼女はレディ・メリオンの孫娘なんだよ、忘れたのか？　ロンドンに戻ったらただちにメリオン邸を訪問し、夫人の慈悲にすがる、というところかな」

そこまで言ってヘイゼルミアはワインを飲んだ。「我々が信憑《しんぴょう》性のある話をでっち上げられないはずはない」

「レディ・メリオンが孫娘に対する君のふるまいを大目に見る気があれば、だろう」

「それよりも」ヘイゼルミアが心ここにあらずといったまなざしで言う。「ミス・ダレントが、僕のふるまいを大目に見てくれる気があればと言ったほうがいい」

「つまり、彼女はそれを利用するということか？」

はしばみ色の瞳の焦点が突然定まった。ファンショーの考えを理解して、ヘイゼルミアは笑い声をもらした。「いや。僕が言っているのは、彼女が烈火のごとく怒っていても、すべてを祖母に語らないと思うということだ」

ファンショーはその言葉を聞いて考え込み、やがてかぶりを振った。「よくわからないんだ。君は若い女性がどういうものか知っている。君をあらゆるロマンチックな色彩で彩り、君がレディ・メリオンに会いに行く前に、何人もの男にぺらぺらしゃべってしまうかもしれないんだぞ」

ヘイゼルミアの顔に浮かんでいたとらえどころのない奇妙な笑みが、再び深まった。「それはありえないと思うよ」

ファンショーははっとした。「まさか、その娘が不器量だなんてことはないだろうな？」

「すばらしく美しいというのとは違うが、しかるべき服装をしていれば、非常に魅力的になると思う」

「つまり、君が会ったとき、彼女はしかるべき服装をしていなかったのか？」

やわらかな笑い声がヘイゼルミアの口からもれた。「厳密に言えば、そのとおりだ」

ファンショーは深追いすることをしぶしぶあきらめた。知りたくてうずうずしていたが、その驚くべき告白に少々憤りも感じていた。ヘイゼルミアがこういった苦境に陥ったのも、こんなムードにひたっているのも見たことがない。生まれて初めてファンショーは親友が何かを隠していると確信した。

ヘイゼルミアは謎のいくつかを進んで明らかにした。「彼女は二十二歳で良識があり、現実的だ。気絶もせず、大騒ぎもしなかった。今夜も、僕の胸に倒れかかってトレムローたちの手から救い出されたことに対して礼を言う代わりに、くたばれと言いそうな感じだった。要するに、ミス・ダレントがヘイゼルミア侯爵のいかがわしい魅力に屈する危険はほとんどないということだな」

ファンショーは息をのんだ。「ああ、なるほどね」そう同意しながらも、彼には何もわかっていなかった。

不運にもファンショーがその件についてさらに追及する暇はなかった。鋭いノックの音が響き、試合会場を遅れて出たほかの友人たちが到着したからだ。さらにワインを注文し、会話も試合のことに移った。マーク・ヘンリーが幼なじみに何かを隠しているという疑いをトニー・ファンショーが思い出すのはずっとあとになってからだった。

3

翌朝早く、ダレント一行はとくに厄介事もなく、予定していた時間よりも早く〈スリー・フェザーズ・イン〉を出立した。その様子をジム・ヒッチンは満足げに見つめていた。

その日は少し寒かったが、氷は解けていた。道はロンドンに近づくにつれてよくなり、おかげで馬車もあまり揺れず、快適な速度で進んだ。ドロシアは打ち沈んでいた。ゆうべ部屋に戻ると、セシリーとベッツィからの質問攻めにあった。質問を封じ込めるのには沈黙のほうが効果的だと経験からわかっていたので、適当に受け流したのだが、今回はいつもの手が通用しなかった。質問は続き、とうとうドロシアは癇癪《かんしやく》を起こした。〝大騒ぎしないでちょうだい、二人とも！　知りたいなら言うけれど、馬車庭から戻る途中で、とんでもない無礼な紳士と会ったのよ。だから、とても頭にきているの！〟

その出来事を詳しく説明してほしいのに断られ、セシリーはむっとしていたが、夕食が届けられると機嫌を直した。八月に、ドロシアは森でヘイゼルミア侯爵に会ったことを妹に話してしまった。そして、興味津々のセシリーに出会いの詳細を言わないために、まわりくどい説明をでっち上げなくてはならなくなった。そのときのことを思い出し、今回は紳士の名を口走らずにいた。

ほとんど食欲はなかったが、それを知られたら、また話をそちらに向けられるだけだろう。そこで、ドロシアは鳩《はと》肉のパイを無理に食べた。ブランデーを飲んだあとなので、ワインは遠慮した。食事が終わると、寝る支度をするふりをした。ありがたいことに、セシリーもそれにならってくれた。

もともと眠りの浅いドロシアは、宿屋の騒ぎがようやくおさまった夜明けまで、ほとんど寝つけなかった。そのせいで、ヘイゼルミア侯爵との二度目の出会いについて考える時間がたっぷりあった。彼の尊大で大物らしい落ち着いたところは腹立たしい。それに、自分の望むとおりに私が動くと思っている、傲慢《ごうまん》なところにはうんざりだ。けれども、侯爵には奇妙な魅力があるのもわかっていた。ドロシアは、彼に引かれる気持ちを心のいちばん奥深くへと押し込んだ。あの男性に好意を寄せることだけは絶対にしたくない。彼はきっと、この宿屋のどこかで娼《しょう》婦《ふ》と楽しい一夜を過ごしているはずだ。どういうわけか、そう考えるだけで気分が落ち込み、自分自身にもひどく怒りを感じた。ドロシアは心を落ち着けて眠ろうと努力した。だがついに眠りが訪れたあとも、あのはしばみ色の瞳につきまとわれた。

出発してからは、馬車の揺れで間もなくうとうとし始めた。そして、昼食をとるためにテムズ川沿いのこぎれいな宿屋の前で馬車が止まるまで目覚めなかった。少しだけだが頭がすっきりしたので、ドロシアはどうやって祖母との対面に備えるかを考えようと努めた。正確に言えば、どうやってヘイゼルミアと彼の訪問について切り出すかだ。再び馬車に乗ると、ときどきうとうとし、その合間に問題を思い出しては考えた。やがて砂利敷きの通りに車輪が当たるのに気づき、すっかり目が覚めた。まわりをじっと見たドロシアは、首都の活気にあふれた雑踏に驚かされた。馬車が裕福な市民の住む区域に入ると喧噪《けんそう》は遠のき、目に入るエレガントな服装について、姉妹であれこれ言い合うのに夢中になった。

何度か道を尋ねたあと、ラングがついに広場に面した堂々とした邸宅の前で馬車を止めた。そのあたりは見るからに上流の区域と思われた。広場は囲いに仕切られた庭園になっていて、遅い午後の新鮮な空気を求めて外に出てきた子供や乳母たちの姿が見える。傾いた太陽の光に、桜の木の枝が金色に輝いていた。姉妹は、ラングの鳴らしたベルに応《こた》えて現れた、威厳のある執事の手を借りて馬車を降りた。

重い外套《がいとう》を脱ぎ、階上の居間に案内された姉妹は、そこで祖母に向かってお辞儀をした。レディ・メリオンが近づいてきて、二人は香水の香りとやわらかな紗《しゃ》に包まれた。金髪のかつらをつけたレディ・メリオンの顔は、かつての色白の美女の面差しを残していた。青い瞳はまっすぐな長い鼻筋の上から鋭く世界を見つめ、唇は今にも笑い出しそうだ。

「あなたたちが無事到着して本当にうれしいわ！　さあ、座ってちょうだい。お茶を持ってこさせるわね。うちのシェフのアンリが、旅のあとに食欲をそそるおいしいものを用意しているのよ」

レディ・メリオンはすでに明るく燃えている暖炉

の火のそばに二人を座らせると、姉妹がどちらも体調がよくなさそうなのに気づいた。

「夕食がすんだらすぐに寝室に下がるといいわ。明日の朝は、ロンドン一の婦人服のお店〈セレスティンズ〉の予約を取ってあるの。それまでに旅の疲れを落としてしまいなさい」

二人はおいしいパン菓子を食べ、お茶を飲んだ。終わるとすぐにレディ・メリオンがベルを鳴らし、それに応えて現れたのが、ウィチェットという白髪交じりの背の高い痩《や》せた女性だった。ウィチェットは、今の流行に合わせて年配の女主人をふさわしい姿に仕立てるという特殊な才能を備えている。今回、自分の腕を試す機会を与えられたので、姉妹を見たくてうずうずしていたのだ。ダレント姉妹をさっと一瞥《いちべつ》しただけで、執事のメローの言葉がおおげさではなかったとわかった。疲れは見えるが、彼女たちが大きな可能性を秘めているのは明らかだ。妹のほうはそれなりの服装をすれば人気者になるだろう。そして姉のほうは、独特な個性を備えている。経験を積んだウィチェットは即座にそれを見て取った。

そういうわけで、姉妹はウィチェットからかすかな笑みを向けられた。

「ああ、来たのね、ウィチェット。ミス・ダレントとミス・セシリーを部屋まで案内してもらえないかしら。いいわね、あなたたちは夕食まで部屋でやすむのよ。ちょうどいいメイドが見つかるまでは、身のまわりの世話はウィチェットがするから。さあ、行きなさい」レディ・メリオンは重そうな指輪のはめられた白い手を振ると、姉妹を追い払った。

二人は最近改装したと思われる美しい寝室にそれぞれ案内された。ドロシアの部屋は淡い緑色、セシリーの部屋は上品な青で統一されている。すでに荷ほどきはすんでいて、ウィチェットが服を脱ぐ二人に手を貸してくれた。「夕食の前の着替えにはお手伝いにあがります、ミス・ダレント」

ドロシアはやわらかい羽根のベッドに倒れ込むと、あっという間に眠りに落ちた。


レディ・メリオンは、その夜の夕食は軽いものにするようシェフに指示を出していた。幸い、ドロシアとセシリーの食欲は回復していて、ロンドンでの初めての食事を堪能《たんのう》した。

二人が元気になったので、姉妹の祖母は喜び、驚いていた。食事のあいだじゅう、彼女はしゃべりつづけた。「いちばん大事なのが、あなたたちにふさわしいドレスを見つけることね。そのためには、まずブルートン・ストリートの〈セレスティンズ〉に行きましょう。婦人服を仕立てることにかけては、セレスティンほど人気のある人はいないのよ」

レディ・メリオンは孫娘を社交界にデビューさせようと決意すると、すぐさまセレスティンのもとを訪れた。セレスティンは、彼女の仕立てたドレスを上流社会で披露する顧客たちの力量を抜け目なく見きわめることで、商売を繁盛させてきた。レディ・メリオンの孫娘たちは、流行の最先端を行く人々の目にさらされるだろう。彼女は二人の姉妹の容姿を聞き出し、成功を確実にするためにできることはすべてすると快く応じた。

「そのあとで、髪も整えないとね。それから、ダンスの指導も頼んでおいたわ。あなたたちは、たぶんワルツは知らないわよね？」レディ・メリオンは言葉を切って、蟹《かに》料理を取った。「人前に出られる姿になったら、まずはハイドパークに馬車で出かけましょう。あなたたちを上流社会でも先端を行く人たちに紹介するわ。レディ・ジャージーに会えたらいいんだけど。エステルハージ侯爵夫人もきっと一緒でしょうね。二人とも〈オールマックス〉の後援者で、あそこに入るためには彼女たちの承認が必要なのよ。もし〈オールマックス〉に入ることを許されなかったら、社交界入りをあきらめ、田舎に帰るしかないわね」

「まあ、そんな！」ドロシアが言う。「それがそんなに重要なことだなんて思ってもみなかったわ」

「でも、そうなのよ」祖母が絶対的な確信とともに言った。レディ・メリオンはそんなふうにして情報を次々と披露し、ドロシアとセシリーは熱心に耳を傾けた。

九時になると、セシリーがあくびを我慢していることに気づいて、夫人は講義を終わりにした。

「二人とももうベッドに入る時間ね。ベルを鳴らしてウィチェットを呼びなさい、ドロシア。彼女に着替えを手伝ってもらうのよ。さあ、行きなさい。今日は疲れたでしょう」

眠そうな二人が出ていき、ドアが閉まると、レディ・メリオンは再び優美なソファの隅にゆったりとかけた。今年の社交シーズンが楽しみだ。最近は社交界の楽しみも決まりきった日課となって、悲しいことに刺激もなくなってしまった。

レディ・メリオンは貴族社会の中心で六十年以上を過ごし、周囲の人々の資質を推し量る術《すべ》を学んできた。流行の先端を行くだけでなく、洞察力も鋭い彼女は、何年かぶりにダレント・ホールで会ったあか抜けない二人の孫娘たちに、とてもいい印象を持った。そして、二人を社交界にデビューさせるのは、すばらしい気晴らしとなるだろうと考えたのだ。二人のことがいつか心から好きになるのは間違いないが、レディ・メリオンの本来の目的は、純粋に自己満足のためだった。だが今、二人の孫のはつらつとした顔と魅力的で堂々としたふるまいを再度目にしたあとでは、自分の手に負えるだろうかと思えてきた。

孫娘たちの姿を再び頭の中で思い描き、レディ・

メリオンは眉をひそめた。ドロシアはどこか心ここにあらずといった様子だった。田舎の紳士に恋心など抱いていなければいいのだけれど。たとえそうだとしても、楽しいロンドンの社交シーズンが、退屈な田舎の思い出を忘れさせてくれるだろうが。

彼女の物思いはノックの音によって破られた。ピンク色の化粧着を着て、濃い色の髪を肩に垂らしたドロシアが、扉の向こうから顔をのぞかせた。祖母の姿を認めて、彼女は中に入ってきた。

青い瞳の上の薄い色の眉が大きくつり上がった。

「まあ、いったいどうしたの?」

「おばあさま、大事な話があるの」

やっぱり! これからこの娘《こ》を悩ませていたのがなんなのか、わかるというわけね。レディ・メリオンは手を振ってドロシアに自分の隣に座るよう促した。

品よくソファに腰を下ろしたドロシアは、暖炉に目を向けたまま静かに驚くべき言葉を口にした。

「まず、明日ヘイゼルミア侯爵がおばあさまを訪ねてくるとお伝えしなければなりません」

「まあ!」レディ・メリオンは背筋をまっすぐに伸ばすと、驚嘆の声をもらした。青い瞳が興味深げに孫娘を見つめる。「いったいどういう事情でヘイゼルミアのような男と出会ったの? あなたの母親がヘンリー家と知り合いだったとは知らなかったわ」

ハーマイオニ・メリオンはヘイゼルミアの名を口にしただけで恐ろしくなった。あの坊やときたら! ヘイゼルミアは期待を胸に抱く多くの母親たちの悩みの種だった。多感な娘たちが彼に憧《あこが》れてしまい、どうにもならなくなるからだ。彼は高級娼婦の中でも際立って美しい女でなければ相手にもしないと言われていて、結婚相手として理想的であるにもかかわらず、慎重な母親は彼を好ましい求婚者と考えてはならないと娘に忠告した。ドロシアの言葉を聞いて、レディ・メリオンの心にさまざまな思いがかけめぐった。だが、なぜヘイゼルミアが面会を求めてきたのかは想像もつかない。彼女は孫娘の顔をまっすぐ見つめられるよう身を起こした。「最初から話してちょうだい。でないと、全然わからないわ」

　まっすぐに見つめられているのを意識しつつ、ドロシアはうなずいて慎重に話し始めた。「初めてヘイゼルミア侯爵に会ったのは、去年の八月、私がモートンの森でブラックベリーを摘んでいたときのことなの。彼は大おばに当たるレディ・モートンから領地を相続したばかりだったわ」

「ええ、それは私も知っているわ。エッタ・モートンとは親しくしていたから。実を言うと、あなたの母親が死んだあとに、あなたたち二人の面倒を見たらどうかと勧める手紙をくれたのよ」

「本当に？」ドロシアにとってそれは初耳だった。

「ええ。でも、ヘイゼルミアに会ったとき、何が起こったの？　彼はいつものように魅力を振りまいたとは思うけれど」

　ドロシアは心の中で言った。ヘイゼルミアがどれほど魅力的になれるかなんて、私には見当もつかないわ。「彼は自己紹介をしたわ。それから、私につき添いがいなかったので、グレンジまでエスコートすると言い張ったの」

　レディ・メリオンは孫娘の慎重な口調の裏を読み、結論に飛びついた。「彼が言い寄ってきたというのなら、それを恥ずかしがる必要はないのよ。あの悪魔ときたら、その気になれば、本当に申し分のないいい男になれるんだから」

　レディ・メリオンは〝言い寄る《メイク・ラブ》〟と言ったのだが、ドロシアはそれを〝愛をかわす《メイク・ラブ》〟の意味に取り違えて、一瞬びっくりした。もう少しで口にしそうになった言葉をのみ込むと、彼女はなんとか冷静な声で言った。「魅力を振りまくですって？　むしろ傲慢だと思ったけれど」

社交界の獅子《しし》の一人に対するその冷淡な評価に、レディ・メリオンは目を見張った。

ドロシアはあわてて先を続けた。「それで、昨日の夜、ヘイゼルミア侯爵と宿屋で再会したの」

レディ・メリオンは弱々しい声で繰り返した。「昨日の夜、侯爵が宿屋にいたというの？」

「ええ。それに大勢の紳士たちも。近くで拳闘《けんとう》の懸賞試合が行われていたから」

このとんでもない娘は次に何を言い出すのだろう。レディ・メリオンは目を閉じ、自問した。ドロシアが苦心して宿屋での出来事を語るあいだ、彼女は無言で聞いていたが、内心では、戸惑っているどころではなかった。ヘイゼルミアがきわめて立派にふるまってドロシアを救い出したというが、そのあとの彼の態度がどうにも理解できない。どうしてヘイゼルミアがそれほど怒ったのかが不思議だった。彼が癇癪を起こすことなどありえないだろう。ましてや、相手はそれほど知りもしない娘なのだ。

ドロシアが祖母の言葉を待っているのに気づいて、レディ・メリオンは、ヘイゼルミアの謎《なぞ》めいた行動については今は考えないことにした。「あなたのふるまいは、心配する必要はないと思うわ。でも、つき添いなしで出かけるのはだめよ。それはたしかね。グレンジで、あなたたちが社交上の決まりに縛られずに暮らしてきたのはわかっているけれど。宿屋での出来事はとても嘆かわしいことだけど、どうなるかあなたにはわからなかったんだし、ありがたいことにヘイゼルミアがそこにいて助けてくれた……」彼女は言葉を切って、考え込んだ。「なぜ彼は私を訪ねたいと望んだのかしら？」

ドロシアもその疑問についてはじっくり考えた。「ほかの紳士たちのせいじゃないかと思うの。彼はその人たちと知り合いだったから。それに、今では彼らも、侯爵が私と以前会ったことがあると知っているわ。だから私たちのあいだで、ある程度話を合わせておく必要があるということじゃないかしら」

レディ・メリオンはしばし考えてから、うなずいた。「それならわかるわね」ヘイゼルミアは、二人が知り合いであるとわかった場合の世間の反応に気づいたのだろう。影響を最小限に抑えようと努力しているのは、いかにも彼らしい。ほかはどうあれ、ヘイゼルミアはつねにすべきことをする男性だ。

社交上の過ちを犯してしまったという苦悩から解放され、ドロシアは至福に満ちた眠りをむさぼった。セシリーもまた何も知らずにぐっすり眠り、旅の疲れからすっかり回復した。ブルートン・ストリートに着くと、姉妹は有名なセレスティン本人と顔を合わせた。飾らない魅力的な人柄と育ちのよさをうかがわせる自然な雰囲気から、姉妹は今年の社交シーズンのいちばんの人気者になるとセレスティンは確信した。濃い色の髪ですばらしいドレスに身を包んだ年齢不詳のセレスティンは、かすかなフランスなまりでこう断言した。「ミス・セシリーはとても若くて美しいですから、若い娘《ジュンヌ・フィーユ》ふうでよろしいでしょう！　でもミス・ダレントのほうは、もっと洗練されたデザインをお勧めしますわ。もしあなたがいいとおっしゃればですが」彼女はレディ・メリオンを思惑ありげにじっと見た。

「すべてあなたにおまかせするわ、マダム」レディ・メリオンが応じる。

セレスティンはうなずいた。そうとなったら、この好機をしっかり両手でつかむつもりだった。いつもただ薄笑いを浮かべるだけの社交界の娘たちのドレスを仕立てていても、彼女の非凡な創造的才能は生かせない。ミス・ダレントほどの資質を備えた顧客は、セレスティンが真価を発揮する絶好の機会なのだ。すばらしい骨格、完璧《かんぺき》な身のこなし、態度は堂々としていて、髪と瞳の色は印象的で珍しい。生まれついての優雅な姿に、人目を引く古典的な顔――第一級の婦人服仕立て人が顧客にこれ以上のものを望めるだろうか？　セレスティンの手にかかれば、ドロシア・ダレントはどんな人込みの中でも目立つ存在になるだろう。しかも、ありがたいことに、彼女は成功を自分のものにできる自信を備えている。

セレスティンの黒い瞳がきらめいた。「すばらしい《ボン》！　ミス・ダレントの髪と目の色は充分に個性的ですわ。それに彼女の雰囲気ときたら……なんと言えばいいのでしょう……優雅で落ち着いています。神さまから授かったものを最大限に生かすために、色で少し冒険して、デザインはあっさりしたものにしましょう」

　続く二時間は、紗や絹やモスリンやキャンブリックに囲まれて過ぎていった。さまざまなデザインや素材、仕上がりについて話し合い、採寸をすませたあと、レディ・メリオンはドレスを大量に注文し、そのうちの何着かは夜に届けられることになった。明日ハイドパークに初めて馬車で出かけるときに着るためだ。レディ・メリオンは孫娘たちを引き連れて意気揚々と馬車に戻った。


　軽い昼食をとったあと、それぞれの部屋に戻った姉妹は、二人が不在のあいだにウィチェットもまた買い物に出かけていたことを知った。引き出しを開けると、レースをふんだんにあしらった下着や最高の品質の絹靴下、さまざまな色合いのリボンや手袋や小さな手提げ袋、扇などが――つまり必要になりそうなものすべてがそろっていた。ウィチェットが手助けが必要かを確かめに部屋を訪れたとき、姉妹は目にしたものを手にして感嘆の声をあげていた。寝室の戸口にいたウィチェットに気づいて、ドロシアは笑顔を向けた。「ああ、ありがとう、ウィチェット！　こういったものは出かける瞬間になって初めてないと気づくものだわ」

珍しいことに、ウィチェットは微笑《ほほえ》み返した。「きっとお嬢さまたちにはほかに考えることがたくさんあると思いましたから」実際、この若い娘たちの明るい魔力に魅了されずにいるのはかなり難しい。「まあ、ミス・セシリー。きれいなドレスがくしゃくしゃじゃありませんか。新しいロンドンのドレスは、もっと気をつけて扱わないといけませんよ。お嬢さまがおやすみのあいだに、ベッツィがアイロンをかけますからね。彼女が着替えを手伝うためにお部屋で待っていますよ」

「でも、私、やすみたくなんかないわ」

不満そうな口調にドロシアは警戒を抱いた。セシリーは疲れがたまると、すぐに体調が悪くなる。しかも、旅をしてきたのはつい昨日だ。ウィチェットに目配せして彼女を黙らせると、ドロシアは窓辺でレースの襟を直しながら静かに言った。「あなたがやすみたくないなら、誰も無理強いはしないわ。今夜の夕食のときには、おばあさまが社交界の決まり事を教えてくれるでしょう。そのときにちゃんと起きていられる自信があるなら、やすむ必要はないわよ。今日はこんなにいいお天気だし、広場の庭園を散歩しようと思っていたのよ。一緒に行く？」

セシリーが考え込みながら言った。「そうね、たぶんウィチェットの言うとおり、私はやすんだほうがいいんでしょうね。疲れると覚えが悪くなるんですもの。散歩を楽しんできてね！」セシリーは手を振って廊下の向かい側の部屋に向かった。

ドロシアは窓辺に立ったまま、ふくらみかけたつぼみの桜の木と、下の芝生で遊んでいる子供たちを見つめていた。「ウィチェット、あの庭園を散歩してもいいのよね？」

「ええ、お嬢さま。つき添いさえいれば」

「今散歩したいとしたら、誰がつき添ってくれるのかしら？」

「私がつき添いますわ、お嬢さま。玄関ホールで待っていていただければ、私は外套を着てきます」

ウィチェットはただちにその言葉のとおりにし、五分後にはドロシアは太陽の光を顔に受けながら、桜の木の下を歩いていた。裏に毛皮を張った外套が冷たい風を阻んでくれる。明るい色の水仙とつぼみのクロッカスの花壇のあいだの小道をたどっているとき、子供の投げたボールが突然足元に飛んできた。ドロシアは立ち止まって、それを拾い上げた。持ち主を捜してあたりを見まわすと、金髪の六歳くらいの少年が、水仙の花壇の向こうの芝生で心もとなげに立っている。彼女はにっこり微笑みながら、少年に近づいていってボールを差し出した。

「ありがとうを言いなさい、ピーター」木立の下にあるベンチから声が聞こえてきた。ドロシアが顔を上げると、腕に赤ん坊を抱いて揺らしている子守り女が彼女に向かってにこやかにうなずいた。

少年が腰を折ってお辞儀をした。「ありがとう、お嬢さん」ぶっきらぼうな小さな声だった。

とっさにドロシアは口にしていた。「ボール遊びの相手をしましょうか？　太陽の光を楽しもうと思って来たところなの。だから一緒に楽しまない？」

大きな笑みが返ってきた。子守り女に目で承諾を得たあと、ピーターは新しくできた友達とボール投げを始めた。

ちょうどキャヴェンディッシュ・スクエアをまわってメリオン邸に向かって歩いていたヘイゼルミア侯爵は、思いの対象となる人物が広場でボール遊びをしているのに気づいた。庭園のまわりにめぐらされる柵《さく》の上から、ドロシアがピーターに投げ方を教えているのが見える。彼女は少し離れた場所に立ち、ヘイゼルミアに背を向けていた。突然、ピーターが暴投し、笑い声と不満の声が聞こえた。ボールが芝生を転がり、花壇の近くで止まる。ドロシアがボールを拾い上げようと腰をかがめたとき、ヘイゼルミアはこうきかずにはいられなかった。「またつき添いもなしで外出かい、ミス・ダレント？」

ドロシアはぱっと体を起こして、彼を真正面から見据えた。驚きの声は唇の上で消えてしまった。一瞬、今度つき添いもなしで出かけているのを見たら、お尻を叩《たた》くというヘイゼルミアの脅しがドロシアの頭をかけめぐった。だが、その目にかすかにひらめく楽しげな表情から、彼が正しく状況を見て取ったのはたしかなようだった。落ち着きを取り戻すと、ドロシアは威厳をかき集めて言い返した。「あら、違うわ、ヘイゼルミア侯爵！　私も社交界の流儀がわかってきたので、そんな過ちは犯しませんから」

黒い眉が片方だけ上がる。ヘイゼルミアは若い婦人に反論されることに慣れていなかった。彼はドロシアの脇《わき》に現れたウィチェットに気づいた。「これからレディ・メリオンに会いに行くんだ。ミス・ダレント、君も同席すべきだと思うんだが」

「あら、そうね。忘れていたわ」

ドロシアが腰をかがめて少年に別れを告げるあいだ、彼女の顔が見えなかったので、ヘイゼルミアには確信が持てなかった。今の彼女の言葉は無邪気なだけなのか、あるいは彼のうぬぼれをくじく目的のものなのか。ミス・ダレントの会話が無邪気ということはまずありえない。楽しい言葉遊びであることはたしかだし、ヘイゼルミアはそれが得意だったが。

彼は柵に沿ってゆっくりと歩いていき、門のところで立ち止まり、無造作にくつろいだ様子で、彼のほうに近づいてくるドロシアを眺めた。

ドロシアは固く決意していた。これからは、侯爵を優位な立場に立たせたりしないわ！　私は冷静で、落ち着きのある大人の女なのよ。それなのに、どういうわけかヘイゼルミアがかかわると必ず落ち着かない気分になってしまう。彼にからかわれると、すぐ頬が赤くなるなんて、本当にいやでたまらない。ヘイゼルミアの言葉の半分は、ただ私を混乱させるためのものなのに。決意を固めたドロシアは通りに近づきながら考えた。あのはしばみ色の瞳には注意しなければ。ロンドンの若い娘たちには通用するかもしれないけれど、私は彼に操られたりはしないわ！　ドロシアは最高に晴れやかな笑みを浮かべ、門のところで彼に追いついた。

ヘイゼルミアがこの態度の変化に疑いを抱いたとしても、彼はまったく顔に表さなかった。経験豊かなヘイゼルミアの目が、素朴な外套と、風にあおられてピンから飛び出したくしゃくしゃの髪に向けられる。どうしてそんな組み合わせがこれほど心をそそるのか、彼は不思議に思った。彼らは無言で通りを渡り、メローに迎えられてメリオン邸に入った。

「レディ・メリオンがお待ちです、だんなさま」

外套をウィチェットに渡すと、ドロシアは玄関ホールの鏡で自分の姿を見た。髪がとんでもないことになっているのに気づいて、祖母を待たせて髪を直しに行くべきなのだろうかと思案する。目を上げると、鏡に映る侯爵のはしばみ色の目と視線が合った。何もかも理解している侯爵はにっこりした。「そうだね、僕が君ならそうするな。レディ・メリオンには君が少し遅れて来ると言っておくよ」

彼に逆らうことはできないとドロシアは悟った。とくに、今は役に立つ助言をしてくれたのだ。ドロシアはただ小さくうなずき、急いで階段を上がった。ウィチェットがあとに従った。

ヘイゼルミアはしばし立ち止まり、袖《そで》の小さなほこりを払いながら、メローに向かってうなずいた。

「僕の到着を伝えてほしい」

ヘイゼルミアとの会見に備えて、レディ・メリオンはとくに手ごわそうに見えるとわかっているドレスを着て待っていた。経験から、侯爵と孫娘の出会いには、聞かされた以上のものがあると感じていた。ヘイゼルミアなら、私の態度がいつもと微妙に違うことに気づくだろう。ドロシアを呼ぶ前に彼から詳しい話を聞き出したい。ヘイゼルミアが優雅な身のこなしで部屋を横切り、レディ・メリオンの手を取ってお辞儀をしたとき、彼女は射すくめるような視線を向けた。このまなざしが、どんな手ごわい放蕩《ほうとう》者からも告白を引き出してきたのだ。

ヘイゼルミアは物憂げに微笑みながらレディ・メリオンを見下ろした。

そのとたん、彼女は悟った。十歳の少年にクリケットのボールが居間に飛んできた理由を説明させるのと、三十一歳の貴族に行状を問いただすのでは大きな違いがある。ヘイゼルミアは社交界の先頭に立つだけでなく、この国においてもっとも危険でハンサムな男性の一人でもある。その楽しげなはしばみ色の瞳を見て、彼が何もかも見通していると察知し、レディ・メリオンはいらいらした。この男性ときたら、すべてわかっているのね！

レディ・メリオンはしかたなく計画を変更し、ヘイゼルミアに座るよう手ぶりで示しながらも、彼の姿に驚嘆した。非の打ちどころのないモーニングコートは肩にぴったり張りついて、筋肉質の長い脚を淡い黄褐色の膝丈ズボン《ブリーチズ》が包んでいる。そして、ヘシアンブーツは鏡のようにぴかぴかだ。レディ・メリオンは年老いてはいたが、それでも、今もそういうところにはよく気づく女性だった。「宿屋で起きた不幸な出来事から孫娘のドロシアを助けてくれたことに、お礼を言わせていただくわ」

きれいにマニキュアを施した手が、そっけなく振られる。「僕と同じくらい不注意で、良心のある者なら、誰だってあなたのお孫さんに気づけば、ほうってはおけないでしょう」

社交的な会話に慣れているレディ・メリオンは、明らかに態度を軟化させた。「いいでしょう！　こうして会いに来たのはどういうわけ？」

「この一件を水に流すとは思えない信用ならない上流社会の一員が、不運にも、あの場にいたんです」

「ドロシアはトレムローの名を口にしていたけれど」

「ああ、そうです。トレムローもあの場にいました。それに、ボザウッドとマイケルズ卿《きょう》、ダウニー卿も。彼らはおそらく無害です。それに、僕の勘に狂いがなければ、あのこと自体覚えていないでしょう。僕が心配しているのは、サー・バーナビー・ラスコムのことなんです」

「ああ！　あの不愉快な男ね！　たちの悪いゴシップ好きのあいだでいつも餌《えさ》を探しているわ」レディ・メリオンは言葉を切り、ヘイゼルミアを探るように見つめた。「彼のことは、あなたでさえも何かできるとは思えないけれど」

「ええ、そのとおりです。ほかの人間だったらなんとかできたでしょうが、相手はラスコムですからね。スキャンダルこそ彼の商売です。それでも、ミス・ダレントと僕が以前に会ったことがあるというもっともらしい説明をこしらえれば、彼女の評判に深刻な傷がつくことはないと思うんです」

「あなたの言うとおりね」レディ・メリオンは同意した。「あの子をここに呼んだほうがいいんじゃないかしら。ベルを鳴らしてちょうだい」

「その必要はありません」ヘイゼルミアが答える。「ここへ来る途中、庭園で彼女と会ったんです。こちらに来る前に髪を直しに部屋へ戻りましたよ」

ぴったり合わせたように、そのときドロシアがやってきた。ドロシアのお辞儀に対してヘイゼルミアはすっと立ち上がると、彼女の手を取り、頭を下げて唇を寄せた。そのあいだも、ヘイゼルミアの視線は楽しげに彼女の上にそそがれていた。

レディ・メリオンは身をこわばらせた。レディの手にキスをするのは、今の作法にはそぐわない。いったい何が起こっているの？

ドロシアは驚いた様子をまったく見せず、その挨《あい》拶《さつ》を受け入れた。そして、祖母の並びの、ヘイゼルミアの反対側に置かれた椅子に座って、問いかけるようにレディ・メリオンに顔を向けた。

「今ちょうど話し合っていたところなのよ。宿屋で侯爵があなたと出会ったとき、すでにもう知り合いだったという理由をどうするか」

「おそらく、ミス・ダレントには何か考えがあるのでは？」ヘイゼルミアが割り込み、はしばみ色の瞳でドロシアをじっと見つめる。

「実を言うと、あるんです」ドロシアはただちに応じた。「たぶん、誰にも反論しようのない話にするのがいちばん安全じゃないかしら？」ドロシアの優美な眉が上がり、冷静な視線がじっとヘイゼルミアの目を見つめる。

「それが賢明かもしれないな」

ドロシアは自信たっぷりに首をかしげた。「たとえば、あなたがレディ・モートンを訪れたときというのはどうでしょう？　彼女はあなたの二頭立て二輪馬車に乗れるくらいお元気だったんでしょう？　さほど遠くではなく、領地の小道をまわる程度なら。きっと、外をまわるのがお好きだったと思うんですけれど」

「そのとおり。大おばは具合が悪くなって、ちょっとした外出もできなくなったことをひどく嘆いていた」

「すばらしいわ！　あなたたちは外を馬車でまわった。もちろん御者は連れていかなかったわよね？」

ヘイゼルミアは会話に調子を合わせ、即座に答えた。「その日はジムに厨房《ちゅうぼう》でゆっくりするといいと言ったような気がする」

ドロシアは満足げにうなずいた。「小道を馬車で通るとき、あなたは私の母、シンシア・ダレントと私に会った。ちょうど私たちは……そうね、ウェイヴァリーを訪問した帰りだった」

「君の御者は？」

「私が一頭立て二輪馬車を操っていたの。それに、レディ・モートンと私の母がおしゃべりするのは、きわめて自然なことだわ。だって、二人は古いつき合いなんですもの。数分話したあと、私たちは別れ、反対方向へと進んだ」

「その出会いは、正確にはいつのことなのかな？」

ヘイゼルミアが尋ねる。

「そうね、去年より前の年の夏にしないといけないわ。レディ・モートンと母が生きていたときに」

「よかった、ミス・ダレント。これで僕たちは、二人の出会いを説明するもっとも納得のいく話をこしらえたことになる。否定できる二人の証人はすでにこの世にない。とても巧妙だ」

「ちょっと待ってちょうだい」レディ・メリオンが割り込んだ。「どうして、あなたの母親がほかの友達にその出会いについて話さなかったの？　それほど目新しい出来事なら、近所の人たちにも記憶が残るはずじゃない？」

「でも、おばあさま、お母さまの物忘れがひどかったのはご存じでしょう。うちに帰ったときにはすっかり忘れてしまっていたということも充分考えられるわ。とくに、帰り道にほかに心を悩ませるような出来事が起きたら」

義理の娘の粗忽《そこつ》な性格を思い出し、レディ・メリオンは不承不承これに同意した。「だったら、どうしてあなたは自分の友達に何も話さなかったの？」

ドロシアは大きな緑色の目をこれ以上ないほど大きく見開き、祖母を見つめて尋ねた。「どうして私がそんなことをするの？　そんな些末《さまつ》なことを誰かと話し合ったりする習慣はないのに」

レディ・メリオンは固唾《かたず》をのみ、我慢できずに些末なことと片付けられたヘイゼルミアをちらりと見た。彼はいつものとおりの洗練された雰囲気を漂わせているが、ドロシアの顔を見つめるはしばみ色の瞳がきらりと光ったように思えた。気をつけなさい、ドロシア！　レディ・メリオンは心の中で孫娘に訴えかけた。

「なんて頭の回転の速い人なんだろう、ミス・ダレント」ヘイゼルミアはしばらくその挑発は受け流すことにした。「これで、僕たちの出会いを説明する非の打ちどころのない話ができたというわけだ。それなら、〈スリー・フェザーズ・イン〉での出来事から派生しそうな噂《うわさ》話も楽に受け流せるだろう」

彼は立ち上がり、レディ・メリオンの手を取って優雅にお辞儀をした。「今年の社交シーズンの大きなパーティには、必ず参加されるんでしょうね？」

「ええ、もちろんよ」レディ・メリオンはいつもの社交的な態度に戻って答えた。「セレスティンがこの娘たちにふさわしいドレスを用意してくれたら、すぐにでも街に出るつもりよ」

ドロシアはヘイゼルミアの別れの挨拶を受けるために立ち上がった。再び彼はドロシアの手を取って唇を寄せた。ドロシアをうろたえさせるような微笑みを浮かべながら、ヘイゼルミアが彼女を見つめる。

「そのときには、僕があまりに些末だから忘れてしまうなんてことはないね？」彼は、いつものやさしくからかうような口調になっていた。

ドロシアは何も感情を浮かべない顔で挑発的なはしばみ色のまなざしを受けとめると、目を見開いた。

「あら、もう忘れるなんてありえませんわ」

ヘイゼルミアは表情を変えなかったが、その目は明らかにドロシアの勝ちを認めていた。彼は立ち止まったまま、ドロシアのきらきら輝く緑色の瞳を見下ろしたが、今にも笑い出しそうだった。正々堂々とした勝負を望む者として、文句は言えない。今の駆け引きは、彼のほうが仕掛けたのだから。ヘイゼルミアはドロシアが真っ向からあんなふうに言い返す勇気を持ち合わせているとは想像もしていなかった。それも、あんなにさらりと簡単に。最後にもう一度謎めいた視線を投げかけると、彼は向きを変え、すっかり元気のなくなったレディ・メリオンに向かってお辞儀をし、別れの言葉とともに立ち去った。

ヘイゼルミアが出ていってドアが閉まったあと、レディ・メリオンは探るような視線を孫に向けた。それでも、ただひと言こう言っただけだった。「ベルを鳴らしてお茶を頼んでちょうだい」

4

ダレント姉妹にとって、本当の意味での社交シーズンは翌日から始まった。朝いちばんにレディ・メリオンの美容師がやってきた。驚いたことにセレスティンもかけつけ、彼女がダレント姉妹の装いのすべてを取り仕切りたいと考えているのがはっきりした。レディ・メリオンはセレスティンのいつにない謙遜《けんそん》した態度に驚いたが、それ以上に、着飾った姿の孫娘の変貌《へんぼう》ぶりにびっくりした。最初に届いたセレスティンのドレスを着たドロシアは、まさに醜いあひるの子から変身した正真正銘の白鳥だった。美しい濃い色の髪は少し短くされ、はやりのサッフォーの髪型を変化させたスタイルに整えられている。

セレスティンがレディ・メリオンにこっそりささやいたように、その結果は美しいという言葉では表現できなかった。それはむしろ、若々しいセシリーにこそふさわしい言葉だ。ドロシアは魅力的だった。人の目を奪う官能的なオーラを身にまとっている。新しいドロシアはもっと大人の男性の目を引きつけるだろう。レディ・メリオンはヘイゼルミアを思い描いて、目をぱちくりさせた。

姉妹は次にダンス教師に引き合わされ、一週間にわたってワルツを含め、毎朝一時間ダンスを習うことになった。二人はもともと動きが優雅だった。それに、田舎の舞踏会では、ワルツ以外のあらゆる流行のダンスになじんでいたのだ。

午後はレディ・メリオンの四人乗り四輪馬車に乗ってハイドパークへ出かけた。外の空気を吸いに出てきた上流社会の人々が知り合いと会ったり、面識のない人を紹介されたりする光景に、姉妹はすっかり心を奪われた。馬車の上から数えきれないほどこの光景を眺めてきたレディ・メリオンは、向かい側の座席に視線を据えていた。この数年で、これほど楽しく、浮き浮きしたことはなかった。

まだ一周もしないうちに、最新の装いに身を包んだ痩《や》せた女性が、レディ・メリオンに手を振った。折りたたみの幌《ほろ》がついたランドー馬車を、馬車道の片側に寄せている。レディ・メリオンはただちに御者に馬車を止めさせた。

「サリー！ なんてうれしいことかしら！ マリアはまだ戻っていないの？」彼女は答えを待たずに先を続けた。「孫娘たちを紹介させてね。ドロシア、セシリー、こちらがレディ・ジャージーよ」

娘たちと挨拶《あいさつ》をかわしたあと、レディ・ジャージーはレディ・メリオンに鋭い視線を向けた。「ハーマイオニ、あなたはこの子たちを使って大騒ぎを引き起こす気でしょう。すぐに〈オールマックス〉の招待状を私に送らせてちょうだい！　今年の社交シーズンは、ひどく退屈になりそうだっていう恐ろしい予感がしていたのよ。でも、こんな美人が二人いれば、きっとすばらしい見ものになるわね」

ドロシアとセシリーはともに頬を赤らめた。

レディ・メリオンはしばらくレディ・ジャージーとおしゃべりを続け、誰がロンドンに戻ってきていて、誰が戻ってきていないかという情報交換をした。自分たちがかなりの注目を集めているのは二人の娘たちも気づいていた。軍人やら若者やらの誘いかけるような視線が感じられる。レディ・メリオンは、すでにそういうものは無視するようにと教えていた。それ以上に姉妹をどぎまぎさせたのが、若い娘を馬車に乗せて通り過ぎる母親たちの視線だった。眠気を誘う祖母たちの単調な会話を聞き流しながら、セシリーは近くの芝生で二人の若い美女と話しているエレガントな紳士の一団を眺めた。ドロシアも同じくぼんやりしていたが、いきなりレディ・ジャージーに現実に引き戻された。「ねえ、あなたはヘイゼルミア侯爵と知り合いだという噂《うわさ》だけれど」

ほんの少しのためらいを見せても命取りになるだろう。ドロシアはそれを意識しつつ、大きな目に完全に無関心な表情を浮かべてみせた。「ええ、運よくつい最近、再会したんです。彼は親切にも、ロンドンに来る途中の宿屋で、私を助けてくれました」

「つまり、あなたは彼と知り合いなのね？」

ドロシアは相変わらず落ち着き払っていた。答えはわかりきっていると言わんばかりに、眉をかすかに上げる。「彼の大おばさまのレディ・モートンがずいぶん前に紹介してくださったんです。彼女はハンプシャーで隣人だったので」

「ああ、なるほどね」レディ・ジャージーは、社交界でも有名な独り身の放蕩《ほうとう》者の一人と知り合いだというドロシアの簡単な説明に、見るからに失望していた。そして、レディ・メリオンに注意を戻した。

さらに五分ほど社交上の辛辣《しんらつ》な意見がかわされたあと、御者はようやく馬車を進めるよう命じられた。レディ・ジャージーが遠くに行ってしまうと、レディ・メリオンは深く息を吸い、年上の孫娘に満足げなまなざしを向けた。「よくやったわね。この調子で今後も頑張りましょう」

その言葉の意味は間もなく明らかになった。一行は、未亡人や年長の既婚婦人たち、そしてときには未婚の娘のいる母親たちとの会話に次々と引き入れられた。どういうわけか宿での出来事が必ず話題に上るようだった。社交界でもっとも手ごわいレディ・ジャージーをうまくあしらったあと、レディ・メリオンはそれに関する質問はすべてドロシアに答えさせた。セシリーはハイドパークと常連たちに心を奪われていたし、既婚婦人を相手にするにはまだ若すぎたので、ほとんど会話には加わらなかった。

ほぼ一時間がたったころ、一行は馬車を止めてエステルハージ侯爵夫人と話し始めた。ひととおり紹介が終わると、やさしい顔立ちにぽっちゃりした体格の夫人は、物憂げに娘たちに微笑《ほほえ》みかけた。「先ほどサリーと話しているところを見かけたわ。彼女が招待状を届けさせるって約束したんでしょう?」

レディ・メリオンがうなずく。「この子たちが今後の催しに活気を与えると感じていたみたいね」

「あら、私も間違いなくそう思うわ」エステルハージ侯爵夫人が同意する。

そのとき二人の優美な若い紳士が、メリオン家の馬車に乗っている美しい若い女性に目をとめて近づいてきた。「ごきげんいかがですか、レディ・メリオン」一人が帽子を持ち上げて優雅なお辞儀をし、二人目がそれにならう。

レディ・メリオンは振り返って男性たちのほうを見ると、即座に声をあげた。「まあ、ファーディ!

お母さまはまだこちらにいらしていないの？」

ミセス・アチソン＝スマイズは週末首都に戻ってくるはずだと聞かされて、レディ・メリオンは孫娘たちをエレガントな二人の殿方に紹介した。

ドロシアとセシリーは流行の装いをした紳士を見下ろした。どちらも背は高くなく、肩幅も広くないが、良家の出という印象を受ける。ミスター・アチソン＝スマイズはほっそりしていて金髪、色白で、正直そうで無邪気な青い瞳が特徴的だった。ミスター・ダーモントはいくらか友人よりも押し出しが弱く、会話の主導権をミスター・アチソン＝スマイズに譲っていた。ファーディ・アチソン＝スマイズが決して出過ぎたまねはしないと知っていたので、レディ・メリオンは侯爵夫人との話に戻った。

娘たちの注意が男性たちに向けられているのに気づくと、エステルハージ侯爵夫人が好奇心を満足させる機会に飛びついた。「ねえ、ハーマイオニ。ヘイゼルミアがどこかの宿屋で、懸賞試合の集団からこの二人のうちのどちらかを救い出したという話の真相を教えてくれない？」

このときまでには、レディ・メリオンの頭の中にもすっかり答えが入っていた。「彼が通りかかってくれて、本当に幸運だったのよ。ドロシアは紳士がたが到着したのを知らずに、御者を捜しに出ていったの」

「お孫さんたちがヘイゼルミアと知り合いだったなんて初耳だわ」

「たまたまドロシアが彼の大おばさまのレディ・モートンから紹介されたの。覚えているでしょう、彼女は去年亡くなったわ。ヘイゼルミアは彼女の相続人だったの。グレンジはモートンと境界を接していてね、私の義理の娘のシンシアが、エッタ・モートンと親しくしていたのよ。ドロシア！　ヘイゼルミアと初めて会ったのはどこ？」

ドロシアが振り返ると、祖母が質問をもう一度繰り返した。「ああ、馬車で出かけたときですわ。彼はレディ・モートンを二頭立て二輪馬車に乗せていました」彼女はファーディ・アチソン＝スマイズに向き直った。いかにも侯爵に出会った話などつまらないことだと言わんばかりだ。

ドロシアが無関心な様子なので、エステルハージ侯爵夫人もその話は真実だと信じた。若い女性がヘイゼルミアと望ましくない出会いを経験したら、ドロシアのように平然としているわけがない。

レディ・メリオンはその後間もなくメリオン邸に戻り、階上にある自身の居間に向かった。しゃれたベルベットの内装を施した部屋に入ると、エレガントな帽子を椅子にほうり投げ、心から疲れた様子でため息をつく。「私たちはよくやったわ。社交シーズンに向けて、すばらしい始まりとなったわね」寝椅子に腰を下ろした彼女は、ドロシアからお茶を渡され、孫娘たちからの質問を受けた。「ファーディ・アチソン＝スマイズ？ ファーディはハートフォードシャーのアチソン＝スマイズ家の一人息子よ。立派な家系の出で、ヘイゼルミアのいとこなの。ファーディもいつかは結婚しなくてはならないでしょうね。でも、結婚しそうな人じゃないわね。とはいえ、彼は礼儀作法に関しては権威なのよ。だからファーディに作法やドレスについて遠まわしに何か言われたら、ちゃんと覚えておくのよ。それにとても信頼できる人でもあって、若い娘にとって非の打ちどころのない話し相手ね。騎士道精神あふれる紳士だし。彼と一緒にいるところを見られても、まったく害はないわね」

「ミスター・ダーモントは？」セシリーが尋ねた。

「ファーディが友人として紹介するのは、みんな同じような人たちよ。もっとも、ファーディ自身が、まぎれもなくあの中ではいちばんんね」

レディ・メリオンはその夜開かれる小さなパーティの招待を受けていたので、孫娘二人を連れていった。二人の見た目にすっかり満足した彼女は、姉妹がその場にいたほかの若い人たちに難なく溶け込む様子を見て喜んだ。もっとも、ドロシアはその印象的な外見と静かな落ち着きで、社交界にデビューしたての娘たちからは年上として敬意を払われ、しかも彼女たちとは違う範疇《はんちゅう》に属していた。それもそのはずで、さらに大きな集まりに行けば、ヘイゼルミアのようなもっと大人の紳士たちが彼女の注意を引こうとするだろう。上の孫娘は楽しませてくれる相手に不自由することはないはずだ。

ドロシアを見つめながら、レディ・メリオンは微笑んだ。その日の午後のやり取りが思い出される。ほかのドレスが届けられたとき、セシリーは自室で休み、彼女はドロシアと二人きりで客間にいた。

〝まあ、すてき!〟ドロシアは青いサーセネットで仕立てたセシリーの舞踏会用のドレスを取り上げた。〝あなたのドレスだってすてきでしょう〟

ドロシアは笑って、セシリーのほかのドレスに注意を向けた。〝でも、夫が必要なのはセシリーで、私じゃないわ〟

この言葉にびっくりしてレディ・メリオンは黙り込んだ。だが、ドロシアの立場から考えてみた。常識と自信を持ち合わせているとはいえ、これまで比較的隔絶された暮らしをしてきた孫娘は、社交界で他人の目にどう映るのか、よくわからないのだ。男性の目に——とくにヘイゼルミアのような男性の目にどう映るのかが。好奇心をそそられ、レディ・メリオンは膝の上で両手を握り合わせて静かに言った。

〝もしあなたが一生独身で暮らすつもりだとしたら、その期待は裏切られるんじゃないかしらね〟

〝それはどういう意味なの、おばあさま？　私は結婚するには年を取りすぎているし、美人と呼ばれる条件も備わっていないもの〟

レディ・メリオンはくすりと笑った。〝あなたはまだ二十二歳でしょう。婚期を過ぎたと思っているなら、それでもいいけれど、私に言えるのは、あなたは大間違いをしているということだけね〟

だが頑固な孫娘は、ただ微笑んだだけだった。

今、ドロシアのまわりに、少しではあるが徐々に増えつつある若い男性たちを見て、色あせた青い目に不謹慎な喜びの笑みがきらめいた。いったいいつになったらドロシアは目を覚まして、自分の魅力に気づくのかしら？　どちらかといえば、元気なセシリー以上に崇拝者が集まるに違いないのに。

翌朝には、もう少し大きなパーティの招待状が何通か届いていた。初めはぽつぽつと来ていたが、孫娘の顔が知られるようになった週の終わりには、金箔《きんぱく》の縁取りがしてあるカードが洪水のようにメリオン邸に届くようになった。ドロシアもセシリーも自ら目立とうとはしないので、嫉妬《しっと》深い母親でさえ、二人を招待しない理由はなくなった。それに、ダレント姉妹がほかのパーティに出席してしまったら、結婚相手にふさわしい殿方たちの半分はそちらに行ってしまうに違いない。

レディ・メリオンの考えで、姉妹は最初の数週間は可能なかぎり小さな集まりに足しげく参加する予定だった。毎日午後になると馬車で出かけ、夜には夜会やパーティ、音楽会などに顔を出す。これによって姉妹は社交術を磨き、少なからぬ注目を浴びた。これすでに熱心な崇拝者たちも集まってきていた。これはレディ・メリオンが期待していたことではないものの、ドロシアの周囲に集まる一団を見ているのはおもしろかった。彼女とさほど年齢の離れていない若者たちが女神の注目を浴びようと張り合ったり、バイロンよろしく物憂いポーズをとって印象づけようとしたりする。なんとも滑稽《こっけい》ではあるが、経験豊かなレディ・メリオンからすると、これもむだではなかった。教養のない崇拝者たちに対して癇癪《かんしゃく》を起こさないために、ドロシアにはあらゆる社交上の知恵が必要となる。頑固な孫娘が、ヘイゼルミアや彼の仲間たちからもっと巧みに言い寄られる前に、そういう状況を受け入れ、しかも楽しめるようになるのは実にいいことだ。ありがたいことに、花婿としては理想的だが危険な紳士たちは、社交シーズン前の集まりにはほとんど顔を見せなかった。

ファーディ・アチソン＝スマイズはドロシアの取り巻きの中で、いちばんの信頼できる同伴者という地位を早くも獲得していた。ファーディがレディ・メリオンの孫娘に近づいたのは、たまたまヘイゼルミアに会ったことが理由だった。社交界の策謀にも精通するファーディなら、ヘイゼルミア自身と美しいドロシアにかかわるどんな噂話も退けてくれるかもしれないと侯爵は考えた。いとこの頼みとあれば、ファーディはドロシアがものすごく不器量な女性であっても難局に当たるつもりだった。ヘイゼルミアが説明したよりもはるかにミス・ダレントが魅力的だとわかったので、ファーディはいそいそとこの務めを果たした。一週間もたたないうちに二人の友情は不動のものとなり、つき添いの不要なきょうだいのような仲になった。

ミスター・エドワード・ブキャナンが姿を現したのは、レディ・ブレシントンが主催する音楽会だった。三十代のがっしりした地方紳士の彼は、髪の色が淡く、いくらか肉付きがよかった。情熱的な茶色の瞳と血色のいい顔は、頑丈そうな容姿とはどこかそぐわなかった。ドロシアには見当もつかないような理由から彼はまっすぐに彼女に近づき、ミス・ダレントはつまらないおしゃべりにうんざりしていると言って、肌の浅黒い色男を追い払おうとした。

ミス・ダレントは唖然《あぜん》として見ていた。色男は圧倒され、正体不明の年上の男に暗く険悪な脅しの言葉をつぶやきながらその場を辞した。そして、ミスター・ブキャナンが彼に取って代わった。

「いとしいミス・ダレント。こんなふうに近づいてきたことをお許しください。きちんと紹介されていないのはわかっています。僕の名はエドワード・ブキャナン、父がサー・ヒューゴー・クリアの友人だったので、ロンドンに来る途中、彼のところにちょっと寄ったのです。彼はあなたの名を挙げて、よろしく伝えてほしいと僕に頼みました」

ドロシアは無言で座っていた。サー・ヒューゴーは隣人といっても親しいわけでもなく、彼がよろしくと言ったとはとても考えられない。だがちょうどそのとき、ブルネットのミス・ジュリア・ブレシントンがセシリーのピアノの伴奏で歌を歌おうとしていた。ジュリアはセシリーの親しい友人なので、今はどんな小さな騒ぎも起こしたくなかった。ドロシアはうなずくと、わざとらしく演奏者たちのほうに注意を向けた。

エドワード・ブキャナンは演奏のあいだは無言でいるだけの常識を備えていたが、拍手が消えるやいなやすぐにしゃべり始めた。話題は田舎のことだったので、彼女の取り巻きたちの大部分にはわからず、農産物や家畜についての知識のない彼らは途方に暮れた。ドロシア自身は、ブキャナンにまくし立てられてすっかり困惑していた。執拗《しつよう》な長談義に負けた最後の崇拝者が離れていくと、ミスター・ブキャナンはすぐに話をやめた。「こうなると思ったんだ!」すっかり悦に入った様子で彼が言った。「やつらを追い払いたかったんですよ。話はまったく理解できないだろうとわかっていましたからね。サー・ヒューゴーは君の人となりをすっかり説明してくれましたよ、いとしいミス・ダレント。でも、美しさまではきちんと話してくれなかった。あなたはここにいるほかの若い女性たちの中でも抜きんでている。もっとも、このごろの若いご婦人のドレスは、僕のように落ち着いた年齢の者にとっては少々……あらわすぎますが」彼の視線がドロシアの洗練されたシンプルな絹地のドレスの襟元からのぞく胸のふくらみに落ちた。「あなたも同じように感じているはずだ。僕にはわかりますが、当世ふうのおばあさまと一緒だから、あなたもまたそういう役割を演じなければならないんでしょう。田舎の集まりなら、あなたももっと違った気分を味わい、くつろげるでしょうからね」

たった二分で歯の浮くようなお世辞は侮辱に変わり、ドロシアは何も言えず、上流社会の流儀に対するミスター・ブキャナンの意見をただ黙って聞いているしかなかった。彼の話は、未亡人となった母親が、ロンドン社交界で過ごした一人息子が身も心も腐りきって自分のもとに帰ってくると信じていると述べるところで最高潮に達した。ミスター・ブキャナンはなれなれしい態度で、そんなことにはならないと請け合った。ドロシアはもう少しで癇癪を起こしそうになっていた。そしてなんとか辛辣な言葉を抑え、冷ややかな口調で言った。「ミスター・ブキャナン、楽しいお話を聞けて、お礼を言わせていただきますわ。でもお許しいただけるなら、ほかのお友達と話したいのですが」それはきっぱりした拒絶と言えたが、相手にはまったく通用せず、ブキャナンの自尊心はちくりとも痛んでいないのがわかった。

社交場〈オールマックス〉で定期的に催される初めての舞踏会となる今夜までには、大きな成功をおさめられるとレディ・メリオンにはわかっていた。少なくともここ一週間はすべて予定が埋まり、招待状はなおも舞い込んでいた。

孫娘たちをメリオン邸でお披露目する舞踏会に備えて、彼女は支度を始めていた。何年かぶりで屋敷の舞踏室を開放するので、使用人たちはすでに掃除を始めている。室内の改装は間もなく始まる予定だった。その日の午後、金の浮き出し模様をつけた招待状が出来上がってきて届いた。明日には送付を始められるだろう。日取りは一カ月後の四月の初めに設定した。社交シーズンがたけなわとなる少し前で、そのころまでには知人もみなロンドンに戻ってくるはずだから、満員になるのは間違いない。

孫娘たちが初めての舞踏会の装いに身を包み、階段を下りてきた。二人とも、自分たちが絵のように美しいことを意識していない。ばかな年寄りだこと、とレディ・メリオンは自分を戒めた。もちろん、彼女の開く舞踏会は今年の社交シーズンの一大催しとなるだろう。そしてその成功は、この若い娘たちに負うところが大きいのだ。

淡い青緑色の絹地に銀の細工を施したドレスのドロシアが、レディ・メリオンに近づいて頬にキスをした。「おばあさま、とってもすてきよ!」

レディ・メリオンは無意識に紫色のサテンを撫《な》で下ろした。「おやまあ、あなたたちこそ、私の最大の自慢なのよ。今夜はあなたたちがものすごい騒動を引き起こすでしょうね」

鮮やかな青のサテンで仕立てたほっそりしたドレスに、スパンコールで飾られた淡い青色の紗《しゃ》を肩にかけたセシリーが、衝動的に祖母に抱きついた。

「そうね、では行きましょう」

レディ・メリオンは笑い、外套《がいとう》を持ってこさせると、馬車に向かった。

〈オールマックス〉の地味で控えめな舞踏室に一行が入っていくと、ダレント姉妹の来場が心待ちにされていたのがはっきりした。数分もたたないうちに、ダンスの相手の名を書き入れる二人のダンスカードはいっぱいに埋まった。ただしワルツだけは空白だった。後援者の一人が承諾しないかぎり、ワルツを踊るのは許されない。しかも、後援者の一人がふさわしい相手を紹介するのがしきたりなのだ。

舞踏室は母親と結婚前の娘たち、そして今年デビューしたばかりの面々を熱心に見る紳士たちで満員だった。ドロシアは心から楽しんでいた。最初のダンスの相手は今や名前で呼ぶ仲となったファーディで、次は礼儀正しく思いやりのある紳士だった。祖母は、つき添いたちのために壁際にずらりと並べられた金の背もたれのついた椅子から見守っている。

彼女はドロシアが多くの注目を集めていることに気づいていたが、まだ害のありそうな若者は近づいてきていない。レディ・メリオンがレディ・マリア・セフトンと話しているあいだに、ドロシアは踊りながら舞踏室の隅のほうへ行ってしまい、音楽がやんで踊り手たちが散ったころには姿を消していた。

ドロシアは舞踏室の端で、パートナーだった魅力的な若い男性に腕をかけ、祖母のもとへ戻ろうとしていた。次のダンスはまだ禁じられているワルツだ。

すると、なじみのある声が、ドロシアを引きとめた。

「ミス・ダレント」

振り返ってヘイゼルミア侯爵に向き直ったドロシアは、彼の爵位にふさわしいと教えられたお辞儀をしてから体を起こした。侯爵が彼女の手を取って唇を寄せる。はしばみ色の瞳が、騒ぎを起こしたいなら起こしてみろと挑んでいたので、ドロシアはその挨拶を以前と同じく無関心な態度で受け入れた。それから、彼としっかりと視線を合わせた。

まるで時が止まったような奇妙な空白の時間が続いた。やがてヘイゼルミアが、ドロシアと一緒にいる若者に気づいて、彼を見てうなずいた。「僕がミス・ダレントをレディ・メリオンのもとへ連れていく」獅子《しし》と向き合ったねずみが退却し、ヘイゼルミアはドロシアに向かって続けた。「君に会わせたい人がいるんだ、ミス・ダレント」彼はドロシアの手を自分の腕にかけさせると、群衆のあいだを巧みに縫って進んでいった。

ドロシアは先ほど人だかりの中にいたヘイゼルミアを見ていた。彼は公式の催しに必須《ひっす》となっている濃い青の上着と黒の膝丈《ブリーチズ》ズボンという装いだった。完璧《かんぺき》に結ばれたネッククロスの折り目に、大きなダイヤモンドのピンがきらきら輝いている。狩猟用の上着に裏革のブリーチズ姿もすてきだったたし、モーニング姿はもっとすてきだった。そして、夜会服姿はただすばらしかった。多くの慎重な母親たちが神経質になる理由はドロシアにも理解できた。

頭がくらくらした。それは人込みのせいでもダンスのせいでもなく、あのはしばみ色の瞳のせいなのだ。ああ、彼はなんて危険なのかしら！

濃い色の髪の貫禄《かんろく》のある女性のそばに来たとき、ようやく二人は足を止めた。彼女が向き直り、冷ややかでうんざりした声をあげた。「やっと現れたわね、侯爵！」

ヘイゼルミアがドロシアを見下ろした。「紹介しよう、ミス・ダレント。こちらはミセス・ドラモンド＝バレルだ」

思いがけず〈オールマックス〉の後援者たちの中でもっとも手ごわい相手に引き合わされ、ドロシアはあわててお辞儀をした。

それに気づいたミセス・ドラモンド＝バレルは満足そうに微笑んだ。「ヘイゼルミア侯爵は、私があなたに会いたいと望んでいることは話していなかったみたいね。これほどすてきな若い女性がワルツの一曲も踊れないなんて、そんなむなしいことはないわ。だから、あなたに〈オールマックス〉でワルツを踊る許可を与えましょう。そして、ふさわしいパートナーとしてヘイゼルミア侯爵を紹介するわ」

ドロシアはヘイゼルミアの策略に面食らったが、彼がここにいると気づいたときから、何かあると予感していた。彼女は行儀よく冷静にミセス・ドラモンド＝バレルに礼を言い、夫人の顔にいつになくやさしい表情を浮かべさせた。そして部屋にワルツの最初の小節が流れると同時に、ドロシアはヘイゼルミアのリードに従ってフロアに出た。

これが今シーズン最初のワルツだったので、初めて社交界に出る娘たちの多くは、まだ踊る許可を与えられていなかった。そのためにダンスフロアは比較的すいていて、人々からは踊り手たちがはっきり見えた。ヘイゼルミア侯爵の腕に抱かれて美しいミス・ダレントが踊る光景は、群衆にちょっとした騒動を巻き起こした。ドロシアは静かに部屋をくるくるまわりながら、自分たちに多くの視線が注がれているのを意識していた。そして、ヘイゼルミアが突拍子もないことを尋ねてくるのではないかと思い、なんとかぼんやりしないように気をつけた。

だが、心配する必要はなかった。ヘイゼルミアはいつもの彼とは違い、言葉を失っていた。彼は、古くさい綿のドレスを着て髪を背中に流したドロシアを、とても愛らしいと思った。今、セレスティンの最高にエレガントなドレスを着たドロシアは、どこから見ても完璧で、まぶしいほどだった。

ダンスフロアに足を踏み出して間もなく、ドロシアは自分がワルツの達人の腕の中にいると気づき、拍子を数えるのをやめた。ヘイゼルミアの腕の中にいるのに、まったく気づまりでないのが驚きだった。自信を持って踊るドロシアの姿は、美しいだけでなく、多くの人目を引いた。

舞踏室を優雅にめぐりながら、ヘイゼルミアがとうとう口を開いた。「こんなにみなの注目を浴びてうんざりしないかい、ミス・ダレント？」

意外な質問に、ドロシアははしばみ色の瞳を見つめ、やがて自信たっぷりに答えた。「まったくそうは感じないわ。そう感じるべきなのかしら?」

彼はにっこりした。「いや、そんなことはない。だが、こう言うのを許してほしい。君はどこか変わっている」

その会話が気に入らず、ドロシアはほかの話題を探した。まわりを見ると、セシリーがヘイゼルミアと同じくらい魅力的な男性の腕に抱かれて踊っている。「私の妹と踊っている紳士はどなた?」

そちらを一瞥《いちべつ》もせずに、ヘイゼルミアが答えた。「アンソニー・ファンショー卿《きょう》だよ」

つかの間の記憶に集中し、ドロシアはようやく宿屋の庭でちらりと見た男性を思い出した。彼女はヘイゼルミアに視線を戻した。「あなたは彼をよく知っているの?」

ヘイゼルミアはにこやかにドロシアを見下ろした。

「ああ、もちろん」一瞬間を置いてから、挑発するようにつけ加える。「たまたま一緒に育ったんだ」

再びドロシアの顔が心配でくもり、それから彼女は後ろめたそうにそれを取り繕った。楽しげなはしばみ色の瞳をひと目見れば、ヘイゼルミアに読み取られたのだとわかった。彼は即座にこう言った。

「だが、僕たちはそんなに似てはいないから」

頬の赤みが一瞬で消えてくれたことがドロシアにはうれしかった。

彼はその機会をとらえて質問した。「君は乙女らしくうろたえるということはないのかい、ミス・ダレント? それとも、二十二歳になってもはや少女のように取りすます必要を感じなくなったのかな?」

「どうして私の年齢を知っているの?」

ヘイゼルミアはつい不注意に口走ったことを心の中で叱責《しっせき》し、大おばから聞いたと嘘《うそ》を言おうと考えた。しかし、決意に満ちた緑色の瞳に見つめられ、気がつくとこう答えていた。「ミスター・マシューズから聞いたんだ」

「牧師さまから？」明らかに驚いている。

すっかりおもしろくなって、ヘイゼルミアは先を続けた。「君も知っているだろうが、彼はおしゃべりだからね。それに、自分の教区内で何が起きているかとてもよく知っている。僕がモートンに行ったときには必ず彼を晩餐《ばんさん》に招いていたんだ。君のニューベリー訪問についてはすべて知っている。それにアグネスおばさんのリウマチも、ミセス・ウォーバートンが教区の慈善市で苦労していることもね。そうだ、思い出したよ。君のアグネスおばさんが、君によろしく言っておいてくれって」

内気で男性嫌いの未婚のおばが、そんな伝言を彼に頼むところを想像し、ドロシアの顔に疑わしげな表情がよぎった。だが、ヘイゼルミアがすぐにこうつけ足した。

「もちろん、牧師を通してだ。心配しないで！」

またしても彼がドロシアの心を正確に読み取ったことを察し、彼女はつい微笑みを返していた。そして祖母からそう遠くない場所で派手な動きでワルツが終わったときも、まだ微笑んでいた。ヘイゼルミアはドロシアの手を自分の腕にかけさせると、レディ・メリオンのもとへ連れていった。

レディ・メリオンはヘイゼルミアの腕の中にいるドロシアを見て驚いたが、セシリーが部屋をまわりながら愛想よくファンショー卿としゃべっている光景を見たときには、自分の目を疑った。社交界にデビューしたての姉妹が、花婿としてもっとも理想的な貴族二人と最初のワルツを踊るとは前代未聞の出来事だ。しかも、二人の紳士が後援者たちを巧みに操らなければ、こんなことにはならなかっただろう。これほどすばやく攻撃を仕掛けられたことを喜んでいいいのかどうか、レディ・メリオンにはわからなかった。

部屋をめぐっていたサリー・ジャージーが立ち止まり、ヘイゼルミアとドロシアのほうを見てうなずくと、レディ・メリオンの耳にささやいた。「ヘイゼルミアは彼女をつかまえるつもりよ。彼が最初のワルツに出てくるなんて、これまでなかったわ！」

レディ・メリオンは前を通り過ぎていった優雅な男女を見つめた。ドロシアはヘイゼルミアに笑いかけている。二人とも楽しげで、周囲など気にもとめていない。今度ばかりはサリーは正しいと思った。

孫娘二人は、ほぼ同時に祖母のもとに戻ってきた。ヘイゼルミアとファンショーは生まれたころからレディ・メリオンを知っていたので、どちらも彼女に挨拶をした。彼女の隣に座るレディ・マリア・セフトンを交えて当たり障りのない会話をかわしたあと、レディ・セフトンがファンショー卿の腕に手をかけ、彼女の義理の娘を捜しに行った。

レディ・メリオンはヘイゼルミアと話す機会をすかさずとらえた。「まったく、あなたときたら本当に抜け目のない人ね！」

ヘイゼルミアはいつもの腹立たしい微笑みを浮かべた。「僕が興味を持ったからといって、あなたが心配することはないと思いますが」

「ばか言うんじゃないのよ！　自分が結婚市場でもっとも大きな獲物だと知っているくせに」ヘイゼルミアの言葉にレディ・メリオンは落ち着きを失った。これでは展開が速すぎる。「今ではあなたもわかっているはずよ。孫娘は私に意見を求めるようなまねはしそうもないと」

「そのとおりです。とはいうものの、彼女が求めなくても、僕はあなたのご意見をうかがわなければいけない立場ですよ」

「まったくよく言うわ」ファンショーが戻ってくる

のを見て、レディ・メリオンは二人を行かせたが、彼らが優雅にお辞儀をしたときには笑いながらつけ加えた。「夜を楽しむために、あなたたちはもっと刺激的なことを考え出すんでしょうね」

舞踏会も終わりに近づいたころ、ミスター・エドワード・ブキャナンがドロシアのそばにやってきた。彼がドロシアの手を取ってお辞儀をしたとき、彼女はなんとか唇に笑みを浮かべてみせた。

「いとしいミス・ダレント！　なんという喜びか！　僕は自分がダンスに向いていないと思うんです。よければ、一緒に部屋を歩いていただけますか？」

ドロシアのそばに立っていたファーディが目をまるくし、ドロシアは冷ややかに言った。「残念ですけれど、ミスター・ブキャナン、もう今夜のダンスはすべて約束してしまったんです」

「そうなんですか？」彼は心から驚いた様子をした。

幸運にも若いデヴィッドソン卿がコティヨンのダンスに誘いに来た。ミスター・ブキャナンに向かってほんのわずかだけうなずくと、彼女はデヴィッドソン卿の腕に手をかけて、その場を離れた。

ファーディは変わり者のミスター・ブキャナンをじっと見つめた。その視線を感じて、エドワード・ブキャナンはかすかに顔を赤らめた。「友人の友人なんだよ。田舎のね。言わせてもらうと、ミス・ダレントはロンドンでの生活について、ちょっとした助言を必要としているんだ。こんなにたくさん世慣れた伊達《だて》男がいるからね。でも、僕がこうして来たからには、もう大丈夫」

「そうかい？」エレガントなファーディ・アチソン＝スマイズは際立って冷淡な口調で言うと、金髪の頭を少し傾け、歩き去った。

5

ドロシアとワルツを踊ったあと、ヘイゼルミアは自分に集まる視線を意識しながら、社交界にデビューしたての若い娘三人と踊った。そのうちの二人はいわば一級品のダイヤモンドだったが、どちらも情熱と知性に欠け、愛らしいドロシアほど彼を引きつけはしなかった。いつもの退屈な気分がわき上がり、彼はファンショーを捜した。しきたりから、再びドロシアとワルツを踊るのは禁じられている。その夜二回目の、そして最後のワルツの音楽が流れてきたのを聞いて彼は踊り手たちに視線を走らせ、ロバート・マーカム卿《きょう》の腕の中にいるドロシアを簡単に見つけ出した。今こそ、ここを出るときだ。戸口にいる一団の中から友人を見つけると、ヘイゼルミアはそちらに近づいていき、二人で紳士向けのクラブ〈ホワイツ〉を目指した。

夜中を何時間か過ぎたころ、ヘイゼルミアは人けのない通りをのんびり歩いて岐路についた。カードゲームのフェローで賭《かけ》をし、彼は勝ちつづけた。その結果、大枚五百ギニーを儲《もう》けてテーブルをあとにしたのだが、彼の思いはいつものカードの運のよさではなく、ある緑色の瞳の若い女性との今後のことへとさまよっていた。ファンショーも同様で、セシリー・ダレントをあれほど魅力的に思わせるのは、数多くの資質のどれなのだろうと懸命に考えていた。二人は心地よい沈黙の中、一緒にピカデリーを渡り、ボンド・ストリートを北上した。

とうとうヘイゼルミアが沈黙を破った。「さて、ミス・ダレントはみごとにすべての噂《うわさ》を封じたように見えるが」

ファンショーはまつげの陰から横目でちらりと友人を見た。「君は彼女をものにするつもりか？」

ヘイゼルミアの足が一瞬止まった。はしばみ色と茶色の瞳が即座に合う。それから彼はくすくす笑った。「そんなにあからさまだったか？」

「正直に言って、そのとおりだ」

「事実上、決まりにのっとって進める義務があり、今がシーズンの最初だと考えると、そう長くは秘密にしてはおけないだろう」

「そうだな。君の言うとおりだ。僕たちは決まりにのっとって進めなくてはならない」

「僕たち？」セシリー・ダレントと会ったあと、友人が考え事をしているのはヘイゼルミアも気づいていた。「宿屋でミス・ダレントの妹のことを話したのは、もくろみがあったからじゃなく、ただの冗談だったんだぞ」

「それはわかっているさ。だが、ひどく気をそそられるんだ。ドロシアとはまた違うが、同じくらい魅力的だ」

「ああ、そのとおりだよ！　ドロシアがいなければ、セシリーがいちばんんだろう。好奇心からきくんだが、彼女は姉のように、つまり――無作法すれすれの打ち解けた話しぶりをするのかい？」

「まったくそのとおりだよ！　リーヴェン伯爵夫人にワルツの許可をもらうのにどんな手を使ったのかと、率直に尋ねてきたよ。それに、驚いたことに、どうしてなのかと尋ねてきたよ」

そういう会話を好むのはダレントの特徴だ。ひそかにそう考えながらヘイゼルミアはきいた。「それで、君はどう答えたんだ？」

「もちろん、彼女の美しい瞳のせいだと言った」

「それを聞いて、彼女は大笑いしただろうね？」

「まさにそのとおり。すばらしい笑い声だった」一瞬の間を置き、ファンショーが続ける。「わかるだろう、マーク。どうして母親たちがみんな、娘たちを意味のある言葉を二つも言えないような薄笑いを浮かべるだけのお嬢さんに育てるのか、僕には理解できない。こっちは泣きたくなるくらい退屈になり、彼女たちはその理由がわからない。たとえばトレムレットの娘を見ろよ！　ものすごい美人なのに、彼女が口を開いたとたん、僕はもううんざりという気持ちになる。僕たちの仲間を見てみよう。ピーターバラにマーカム、アルヴァンリー、ハーコート、それにバシントン、エイルシャム、ウォルシンガムにデズバラ――ほかにも大勢いる。全員が称号を持っているか家族が称号を持っていて、個人の財産があり、しかも遅かれ早かれ結婚する。しかし、どうだ、全員が三十を超え、いまだに決まった相手もいない。それも、髪の毛一本ほどの知性を持ち合わせた娘があまりに少ないからという理由で」

「まさしく、そのせいだな――」ヘイゼルミアはふらつく友人の肘をつかんでハノーヴァー・スクエアをめぐる手すりのほうに導いた。「僕たち二人が、根気よく今年の社交シーズンの大きなパーティにすべて出席しようとしているのは」

「やれやれ！」ファンショーはその言葉に大いに打ちのめされた。「君は、やつら全員がダレント姉妹のあとを追うと言っているのか？」

「今、自分でそう言ったじゃないか。僕たちは全員が花嫁を探していて、全員が夫として望ましい資格を有している。そしてダレント姉妹は、どんな男にとっても抜群の花嫁候補だ。いいか、坊や、今夜僕たちはみんなをちょっと出し抜いただけだ。それに、ほかのやつらが何もせずに退却したとしたら、それこそ驚くね。マーカムはすでに着手したと思うが」

「ああ、僕も見たよ。それにウォルシンガムも」

「明日の夜までには全員が集結するだろう。つまり、もし君がダレント姉妹の下の娘に本気なら、お互いつねに注意を怠らないようにしなければ」

キャヴェンディッシュ・スクエアの角まで来たところでファンショーが立ち止まった。「明日の夜、何があったっけ?」彼は眠そうに尋ねた。

「ベドリントンの夜会だよ。うちで夕食をとってから一緒に行かないか?」

「名案だな」ファンショーはあくびをした。「じゃあ、そのときに」うなずいて手を振り、彼はウィグモア・ストリートの自宅を目指し、残されたヘイゼルミアは彼の屋敷へとゆっくり歩いていった。

玄関の鍵《かぎ》をあけて中に入ると階上に向かい、側仕《そばづか》えのマーガトロイドに迎えられた。小粋《こいき》でお高くとまったマーガトロイドに、起きて待っている必要はないし、自分は一人でちゃんとベッドに入れるからと説得しようとしたことはない。主人の服は主人本人が扱う以上に、はるかに気づかいが必要とされると、マーガトロイドが何度も遠まわしに伝えてきたからだ。ほかのことについては彼に満足していたので、ヘイゼルミアも結局それを受け入れた。

ろうそくを消し、絨毯《じゅうたん》敷きの廊下を遠ざかる足音に耳を傾けながら、ヘイゼルミアは頭の後ろで両腕を組み、物憂げに伸びをした。輝く緑色の瞳を思い、彼は微笑《ほほえ》んだ。トニーが帰り道に、まさにヘイゼルミアの考えを口にしてくれた。あの姉妹の愛を獲得するための激しい戦いの火ぶたが切って落とされたのだ。しかも、敵は経験豊かなつわものたちばかりだ。目下のところ、自分があの婦人の心を勝ち取れるか自信がない。自信が持てないのは生まれて初めてだったが、どうしても手に入れたくてたまらないものだからこそ、そう感じるのだろう。

レディ・ベドリントンの主催する夜会は誰もが参加できるにぎやかな催しだった。風変わりな女主人はヘイゼルミア侯爵とファンショー卿を大喜びで迎えてくれた。この紳士たちは参加してくれただけでなく、かなり早い時間に到着したのだ。

舞踏室でヘイゼルミアはつねに階段に注意を向けていた。そしてドロシアとセシリーが現れると、抜け目なく会話の輪から抜け出して急がずそちらに向かい、ミス・ダレントと同時に階段の下に着いた。

ヘイゼルミアが近づいてくるのを見て、ドロシアはにっこりした。彼のお辞儀に対して、膝を折って挨拶《あいさつ》をする。胸が高鳴るような緊張を感じてなぜか息苦しくなったが、その気持ちはきっぱり無視した。

ドロシアの手を唇に運ぶと、ヘイゼルミアはそっと彼女の指にキスをして、丁重な作法を愛撫《あいぶ》に変えようとした。そしてドロシアの手首から下がるダンスカードをひっくり返すためにその手を裏返した。ダンスの順序を記した小さなカードが流行していて、そこにはそれぞれパートナーの名を書き入れる場所がある。気のきく主催者は必ず社交界デビューする娘たちに、小さな銀のケースに入った鉛筆をリボンで結んだカードを配るのだ。

「ミス・ダレント！　不思議なことに今夜はどのダンスにも相手がいないようだね。しかし、僕はワルツ一曲で満足しよう——最初のはどうかな？」

ドロシアが笑いながら承諾すると、ヘイゼルミアは該当する場所に自分の名を記した。それからドロシアの手を放し、押しかけてきた大勢の彼女の崇拝者たちを振り返って見渡しながら、彼女だけに聞こえるように声を落として続けた。

「それと、これほど早く来たご褒美として、君を夕食の席にエスコートする役目も与えられていいと思う。どうだろう？」

ドロシアは何も言わなかったが、楽しげに問いかけるようにヘイゼルミアと目を合わせた。

彼はその視線の意味を正しく解釈した。「作法にかなっていると請け合うよ」そして微笑みとともにその場を辞して、紳士の流民の群れに道を譲った。

そのとき気づいたのだが、その中には案の定マーカム、ピーターバラ、アルヴァンリー、そしてデズバラの姿があった。セシリー・ダレントのまわりにいる人の群れには、ハーコートとバシントンの姿が見える。ファンショーはヘイゼルミアと同じ策を取ったが、それは驚きでもなんでもなかった。二人はディナーのあいだに話し合ったのだから。互いの成功に気をよくして、二人は最初のダンスのパートナーを探すためにその場を離れた。

ドロシアに侯爵の策略について考える暇はなかった。すべてのダンスを踊り、崇拝者たちに囲まれて、心から楽しんでいた。動くたびにきらきらと光る透き通るほど薄い畝織りのファイユと、青銅色のドレスに身を包んだ彼女は輝いて見えた。ハイウエストのデザインはほっそりした体に似合っていて、これまでよりもっと美しい。何人もの母親が、なぜセレスティンは娘にああいうドレスを勧めてくれなかったのかと憤慨した。

ドレスに嫉妬《しっと》されているのは知らなかったが、ダンスの相手がこれまでと変わったことにはドロシアも気づいていた。〈オールマックス〉では、侯爵とマーカム卿を除けば、相手は彼女と大して年齢の違わない魅力的な若い青年ばかりだった。彼らは美しく自信にあふれた若いレディに圧倒され、会話も行動も相手まかせだったが、今夜は、パートナーの大多数が年上で、ヘイゼルミアと同じくらい大人の男性だ。それだけに厄介だった。やさしいアルヴァンリーのような人たちなら問題はない。ドロシアは早くも彼らを友人と見なすようになった。だが、強引なピーターバラや道楽者のウォルシンガムのような人物には注意が必要だ。夜も半ばが過ぎたころ、ヘイゼルミアが最初のワルツを踊るためにドロシアのところにやってきて、ウォルシンガム卿から引き離してくれたときには、彼女は安堵《あんど》に近い思いでヘイゼルミアの腕に抱かれた。

この状況に満足していたにもかかわらず、ヘイゼルミアはこう言わずにはいられなかった。「今夜はなかなか大変な夜だろう、ミス・ダレント？」

一瞬、はしばみ色の瞳と緑色の瞳が合った。それからドロシアは彼と同じぐらい物憂い声で答えた。

「まさか！　とても楽しんでいるわ」

「ずいぶん鈍感なふりをしているんだな」

ドロシアは無邪気に目を見開き、言い返した。

「まあ、侯爵！　なんて無作法なのかしら」

ヘイゼルミアは声をあげて笑い、それから即座にお返しをした。「君が無作法について話し合いたいとしても、君とかわした無作法ではない会話は僕には思い出せないよ。なぜだろう？」

ドロシアはその言葉の意味をたやすく察し、自信たっぷりに言った。「その理由ははっきりしていると思っていたけれど、ヘイゼルミア侯爵」

再び二人の視線がからみ合った。ヘイゼルミアはドロシアの目に純粋な喜びが映し出されるのを見た。自ら彼女の罠《わな》にはまったのはこれで二度目だ。うっかりしていたのだろうが、彼は厳格な声を出そうと努めながら言った。「いずれ教えてあげよう、いとしいミス・ダレント、僕には育ちのいい若いご婦人を無作法な会話に引き入れる習慣なんてないと」

会話がどこに向かっているかわからず、ドロシアは驚くしかなかった。「まあ、そうなの？」

ワルツの最後の旋律が舞踏室に流れ始めたとき、ヘイゼルミアはドロシアの体を大きくまわし、緑色の瞳を見下ろして微笑んだ。「君以外はね」

ドロシアは笑みを浮かべずにいられなくなり、ヘイゼルミアに取られた手を彼の腕にかけたまま、レディ・メリオンのもとへ導かれるあいだもくすくす笑っていた。「ヘイゼルミア侯爵、あなたって本当に無作法ね」

彼がドロシアの手を持ち上げて唇を寄せ、じっと彼女の目を見つめた。「僕たち二人とも無作法なんだよ、ミス・ダレント」

その後ヘイゼルミアはドロシアを夕食の席にエスコートし、ピーターバラの魔の手から彼女を救った。二人はセシリーとファンショー卿、そして礼儀作法を守る几帳面《きちようめん》なハーコート卿に伴われてやってきたジュリア・ブレシントンと夕食のテーブルを囲んだ。会話は幅広い範囲に及び、みなは陽気に騒いだ。ファンショーは先ほど目撃した年配のレディ・メルチェットとウォルシンガム卿のおかしなやり取りをセシリーに説明していた。癇癪《かんしやく》持ちの老婦人は姪《めい》と踊らないウォルシンガムを叱《しか》りつけていたらしい。

ヘイゼルミアはドロシアの限られた社交界での経験では、その話もさほどおもしろくないだろうと察し、テーブルのほかの人たちの邪魔にならないようにとドロシアに頭を寄せ、五分間を費やして彼女にいろいろと知識を与えた。

ベドリントンの夜会以降、ヘイゼルミア侯爵とファンショー卿はほとんどすべての大きな催しに出席した。そして、必ずドロシアとセシリーのダンスカードに、誰よりも早く自分たちの名前を書いた。たいていはワルツで、夕食の席にエスコートしないことはほとんどなかった。

最初は彼らの行動にかなりの注目が集まった。だが、日がたつにつれて、社交界はヘイゼルミア侯爵の腕の中にいるミス・ダレントと、ファンショー卿の腕の中にいるミス・セシリーの姿にすっかり慣れてしまった。二人の男性はつねに一緒に行動していたので、ひどくからかわれることになったが、彼らも冷静にそれに耐えた。仲間たちはこれに驚き、二人が真剣だと確信するに至った。社交シーズンが始まって三週間がたった四月の第一週には、社交界の噂に精通している者たちのあいだで、ダレント姉妹とヘイゼルミア侯爵、ファンショー卿の非公式の結婚の約束について取り沙汰《ざた》されるようになった。姉妹が世に出るお披露目舞踏会まであと一週間だった。男性二人は、この段階にまで到達すれば、それぞれが選んだご婦人に対し、さらに深いつき合いが認められるだろうと承知していた。

社交シーズンの第一週目には、どの点においても行きすぎないように二人は気をつけた。ヘイゼルミアは、一人でなんでもできると自負しているドロシアが彼の腕を安全な港として使っているのに気づいた。そこにいれば、ピーターバラやウォルシンガムのような輩《やから》から守られる。たとえ無意識だとしても、ピーターバラたちはヘイゼルミアの手助けをしてくれていたことになる。実に皮肉だ。ドロシアは彼らを危険だと考え、ヘイゼルミアのところに避難した——そこはさらに危険な場所なのに。

三週間のあいだ、舞踏会やパーティでヘイゼルミアはドロシアを注意深く観察した。特定の男に肩入れしている徴候は見られなかったし、自分と一緒にいて、彼女が楽しいと思っているのは知っていた。瞳がそう語っていたのだ。だがヘイゼルミアには、ドロシアが彼に恋をしているかどうかはわからなかった。ヘイゼルミアの幅広い経験をもってしても、ドロシアには彼のあずかり知らない謎《なぞ》めいた性質があった。

それでも、時間は充分にあった。社交界にデビューした娘たちのお披露目舞踏会が、これから数週間にわたって続く。それが過ぎると、社交界も落ち着きを取り戻すのが普通だった。結婚のような事柄は、もっと静かな雰囲気の中で進めるべきだろう。

社交シーズンが進んでいき、ドロシアは奇妙な苦境に陥っているのに気づいた。ヘイゼルミアは彼女が会った中でもっとも魅力的な男性だ。彼はつねに思いやりを示してくれ、その控えめとも言える態度は、もっと若い崇拝者たちの熱意よりもはるかにありがたく感じられた。正直に言えばヘイゼルミアは、ドロシアが真夜中に、もっとも自分の心と向き合いながら結婚を考えた唯一の男性だったのだ。

ヘイゼルミアがドロシアを選んだと彼女にわからせるのに、レディ・メリオンの助言は必要なかった。彼の変わらない献身的な行動が、求婚の意思をはっきりさせていたからだ。けれども、彼はそれ以上のことは何もしなかった。ドロシアの中には疑いが芽生えていた。私が彼の魅力に屈したように見えないので、わざと距離を置いてじらしているのではないだろうか。ヘイゼルミアにとって、私はやりがいある挑戦の対象で、征服されるだけの女性なのだ。彼の傲慢《ごうまん》な自尊心にはいずれ耐えられなくなるだろう。しかも、賭をしているという噂もある。賭というものに詳しくないので、そういうことがありえるのかどうかわからないが、むしろこれが、悪名高い侯爵の本当の姿のような気がする。

だが、なぜ彼女を選んだかという疑問はふくらみ、その疑問が眠りを妨げるようにもなっていた。彼もいつかは結婚しなくてはならない。それははっきりしている。でもどうして私なのかしら？　私のことを愛しているからなのか、それとも単に都合がいいから？　どんなふうに私を見ているの？　征服すべき獲物？　母親の親友の孫娘だからちょうどいいと？　寝ずの番が必要なほどには美しくなく、常識がある女だから？　それともそれ以上のものを見ているのだろうか？　上流社会では、そういうものはまったく重要ではない。けれども、ドロシアにとってはきわめて重要だった。私が望まなければ、結婚する必要はない。とはいえ、二人の関係がこのままの状態で続いていけば、求婚されたときに拒絶するのは難しい。だからといってヘイゼルミアの動機を突きとめるとなると、ある問題に直面する――どうやってそれを伝えればいいのだろう？　彼は経験豊かで、すばらしい魅力の持ち主だ。もし彼がこれまでどおりの楽しみを追求するつもりで、何も口出ししない従順な妻を望んでいるとしたら？　そこでドロシアは論理的に考えた。それは傲慢な侯爵には似つかわしくない。田舎の娘を夢中にさせて、すぐにでも結婚を成立させるほうが簡単だ。

ヘイゼルミアの動機がわからないのはいらだたしかったが、目下のところはどうしようもなかった。今は彼が手綱を握っている。ドロシアにできるのは、ヘイゼルミアと一緒に楽しく過ごすことだけで、答えがどうしても必要となるまで疑問はほうっておくしかない。

6

お披露目舞踏会を次の週に控えた土曜日、ダレント姉妹は馬に乗ってハイドパークに出かけた。乗馬はファーディが提案したもので、今では日課になっていた。彼は二人の教師役を立派に果たし、ドロシアやセシリーばかりかレディ・メリオンも彼を家族の一員と見なすほどの信頼を勝ち得ていた。

その前の週、姉妹が馬に乗れば見映えすると考えたファーディは、彼女たちのために用意した馬二頭を連れてメリオン邸に赴いた。ドロシアは乗馬が好きだし、セシリーもゆっくりした駆け足なら楽しめる。そういうわけで、十分もしないうちに二人はセレスティンが見立てたエレガントな乗馬服に着替えてハイドパークに向かった。いつも行動をともにするミスター・ダーモントとともにファーディが得意げにエスコート役を務めた。

渋い灰緑色の装いはドロシアの姿をみごとに引き立てていた。つややかな巻き毛の上に、美しい孔雀《くじゃく》の羽毛で飾《かざ》った釣鐘型《クローシュ》の帽子をのせ、彼女は元気のいい鹿毛の牝馬《ひんば》を操り、セシリーのほうはおとなしい小型乗用馬で満足していた。濃い青のスカートに淡い青のチュニック、それに合った毛皮の帽子というセシリーの姿は絵のようだった。こうして二人の馬に乗っての外出は、初めからすばらしい成功をおさめた。そしてその午後、ドロシアがファーディの隣で馬を進めているとき、なじみのある穏やかなからかい声が聞こえた。

「君はなんとよくできたご婦人なんだろう、ミス・ダレント」

振り返ってヘイゼルミア侯爵のあからさまな称賛の視線を受けたドロシアは、顔が赤くなるのを感じた。しかし彼が乗っている美しい黒の去勢馬に目をとめると、思わず声をあげた。「まあ！　なんて立派な馬かしら」

馬はその口調に不服を唱えようとしたが、難なく押さえられた。「それに趣味もいいんだな。今のところ、彼は乱暴者としか言いようがないがね。この三日、まったく外に出なかったから、虫の居所が悪いんだ」はしばみ色の瞳が彼女の顔に据えられる。「君も早駆けさせないか、ミス・ダレント？」

ドロシアはひどくそそられた。ファーディを捜してあたりを見まわすと、なぜか姿を消していた。

「怖いのか？」再びからかうような声が聞こえた。

「いいわ。でも、どちらの方向へ？」

「僕についてきて」黒馬はハイドパークの奥へと向かう広い乗馬道をはねるように進んでいった。ヘイゼルミアの去勢馬は優秀ではあるが、彼はドロシアよりずっと体重が重い。しかもドロシアは秀でた乗り手だったので、ヘイゼルミアが開けた乗馬道の行き止まりで馬を止めたとき、さほど後れをとっていなかった。だが、広い空き地に入ったところで、帽子が低い枝に引っかかって脱げてしまった。

二人はうれしそうに笑い合い、ヘイゼルミアがドロシアの帽子が落ちた場所まで引き返して帽子を拾うために馬を降りた。ドロシアも馬で引き返し、ヘイゼルミアが帽子を拾い上げて、羽毛についたほこりを払うあいだ待っていた。彼はドロシアのそばまでやってくると、帽子を手渡す代わりに両手を伸ばして彼女のウエストに置いた。

「馬から降りてくれ、ミス・ダレント」

ドロシアは拒絶しようかと考えた。だが、その拒絶の言葉を気取らず、かつ甘えた感じにならないように言うにはどうすればいいのかわからない。ウエストにそっと置かれた手の力強さを感じ、はしばみ色の瞳に浮かぶいつになく楽しげな表情を見つめながら、ドロシアは決意した。ここは大胆になるしかないわ。鐙《あぶみ》から足をはずした彼女を、ヘイゼルミアが難なく抱き上げ、彼の前に立たせた。

「そのままじっとしていて」ヘイゼルミアは長いハットピンをはずしてから、帽子がずれないようにまとめた髪に巧みに突き刺した。そして、ドロシアの顔のまわりの羽毛を整えようと片手をすべらせた。

気がつくとドロシアは不思議な輝きを放つ瞳に見入っていた。ぼうっとなり、思考力が四方に散っていく。意識にあるのは目の前の男性だけだ。一瞬、キスをされるのではないかと思った。だが次の瞬間、ヘイゼルミアの顔にからかうような表情が戻り、ドロシアは牝馬の上に持ち上げられていた。

「そそのかして連れて来る前の、ちゃんとした君をファーディのもとへ帰さなければ」ドロシアの耳にその皮肉な口調は奇妙に響いた。

ドロシアは意気消沈すると同時に怒りがわいてくるのを感じた。彼は最後の瞬間に手を引いて、私をじらしている。ドロシアは眉をひそめ、自分の品のない考えに驚いて声をあげそうになった。侯爵に赤くなった頬を見られたと思うとぞっとする。

ヘイゼルミアは再び馬に乗り、無言で乗馬道を引き返し始めた。彼はドロシアの優美な眉がひそめられるのを見たが、彼の遠慮に対していらだっているのではなく、彼がしたことに対して怒っているのだと考えていた。

林から出た二人は、暗黙の了解のうちに少し高くなった場所に上がり、馬を止めてほかの人たちを捜した。みんなはそう遠くないところにいた。あとから加わったファンショー卿《きょう》が、セシリーと熱心に話し込んでいる。離れた場所からでも、妹がすっかり心を奪われているのが見て取れた。ファーディとミスター・ダーモントがドロシアたちに合流し、四人は徐々にセシリーたちから離れていった。どうやら、ファーディの判断がつねに絶対正しいというわけでもないらしい。

ドロシアはそのとき突然、自分もまた不注意だったことに気づいた。誰もいない乗馬道にヘイゼルミア侯爵と二人きりでいた理由を説明するのは簡単ではない。二人の姿は人に見られなかったと思うが、ハイドパークの真ん中にセシリーをファンショー卿と二人きりにしておくなんて、とんでもないわ！

ファーディは何を考えているの？

ドロシアの隣でくすくす笑いがした。彼女は緑色の瞳をヘイゼルミアに戻した。からかうような視線がドロシアの視線としっかりとからみ合う。「君はファーディを責められないよ。あれがほかの人間なら、彼はセシリーを守っていただろう。だが、ファンショーと僕が脅威になるとは考えていないんだ」

ドロシアは憤りの一瞥《いちべつ》を投げかけると、妹のほうへ突進した。ファンショーが驚いたように彼女を見上げ、あとから近づいていったヘイゼルミアに片眉を上げて問いかけた。それに応《こた》えてヘイゼルミアがおどけたしかめっ面を向けたが、その顔を見ずとも、ドロシアは自分たちに関するかぎり、ヘイゼルミアとファンショーには〝数が多ければ安心〟という格言が通用しそうもないことを悟った。

眉をひそめたドロシアを見て、セシリーが明るく微笑《ほほえ》んだ。そして狼狽《ろうばい》した様子も見せず、すぐさま姉に従った。

そのとき、一行は派手に飾り立てた脚の短い馬に乗ったエドワード・ブキャナンと鉢合わせした。ダレント姉妹が毎日馬でハイドパークに行くと聞いた彼は、自分は舞踏室では際立って見えないかもしれないが、血気盛んな軍馬に乗っている姿にはミス・ダレントも感銘を受けるはずだというおめでたい考えを抱いたのだ。だが彼が不運だったのは、血気盛んな軍馬は貸し馬屋から借りたもので、エレガントとはほど遠かったことだ。あまりに胴が長く、片脚を蹴《け》り上げる癖もあった。

一行のそばに馬を寄せると、エドワード・ブキャナンはドロシアに挨拶《あいさつ》をした。「ごきげんよう、ミス・ダレント」

ドロシアはできるかぎり冷ややかな態度で頭を下げた。「ミスター・ブキャナン、残念ながら、私たちはキャヴェンディッシュ・スクエアに戻るところなんです」それを聞いたヘイゼルミアの唇がゆがむ。

「気にしないでください」エドワード・ブキャナンは快活そうな身ぶりとともに言った。「あなたのエスコート役を果たすだけで満足ですから」

ドロシアは喉がつまりそうになった。これでは、あからさまに拒絶する以外に打つ手がない。しかたなく仮面のように無表情な顔で、彼を同行者に紹介した。侯爵はただ眉を片方上げただけで、ファンシヨー卿も同じく無言で応じた。どちらも、ダレント姉妹の隣の位置を譲り渡す気配は見せなかった。一行が門に向けて馬を進めると、エドワード・ブキャナンが収穫の技術についての話題を振った。

彼は相手を大きく誤解していた。ヘイゼルミアは幼少のころから広大なヘンリー家の領地の管理にかかわってきたし、ファンショーもすでにエグルモント伯爵家の地所を運営していたので、どちらもエドワード・ブキャナン以上にその話題には詳しかった。二人のあいだで話が盛り上がったあと、エドワード・ブキャナンに質問の矛先が向けられた。防ぎようもない微妙な圧力にさらされ、彼は気がつくとドーセットに土地を持っていることを認めていた――いいえ、とくに大規模ではないですよ。いや、実際、ものすごく小さいんです。家畜ですか？　そうたくさんはいません。いや、繁殖はまだです。

ドロシアはおかしくて脇腹《わきばら》が痛くなった。すぐ後ろにいたファーディを振り返ると、彼は悪意のない顔に至福の笑みを浮かべている。彼もおもしろがっているようだった。初めてミスター・ブキャナンに会ったセシリーは、彼らのやり取りを夢中で聞いていた。その笑みから、ヘイゼルミアとファンショーの策略を理解しているのがわかる。ドロシアはヘイゼルミアのほうに視線を向けた。するとそれを感じ取ったかのように彼が振り向いた。その瞬間、彼の目にこのうえない歓喜の表情が浮かび、もう少しでドロシアはうろたえそうになった。

エドワード・ブキャナンは必死に話題を変えようとしていた。今では彼の血気盛んな馬も、この中の誰の足元にも及ばないと気づいていた。「あなたがたの馬のすばらしさにとても感動しました、ミス・ダレント。それは借りたんですよね？」

「ええ、ファーディが連れてきてくれたんです」ドロシアはファーディを振り返り、あまりにも無表情な彼の顔を見てびっくりした。

「どこの厩舎《きゅうしゃ》のものですか、ミスター・アチソン＝スマイズ?」エドワード・ブキャナンが尋ねた。

「君はティッチフィールド・ストリートの厩舎を使っていなかったかな、ファーディ?」ヘイゼルミアが言った。

ファーディがはっとした。「ああ、そうそう、ティッチフィールド・ストリートだった!」ドロシアは、いったい彼はどうしたのだろうと不思議に思った。

ヘイゼルミアはティッチフィールド・ストリートに厩舎はないとよく知っていた。さらに、彼の知るかぎり、ロンドンにティッチフィールド・ストリートは存在しない。ヘイゼルミアは門に着いたとき、愛想よくエドワード・ブキャナンに微笑みかけた。

その笑みを見たエドワード・ブキャナンは、将来の利益のために、たっぷり一日分は耐えたと考えた。


突然差し迫った用事を思い出し、彼は残念そうに一行に別れを告げた。

エドワード・ブキャナンが立ち去ったあと、一行は黙り込み、沈黙は彼の姿が見えなくなるまで続いた。それから全員がどっと笑った。

隣にヘイゼルミア侯爵とファンショー卿、後ろにファーディとミスター・ダーモントを伴って、ダレント姉妹はキャヴェンディッシュ・スクエアに引き返した。途中、ヘイゼルミアとファンショーは話しつづけ、ときどき姉妹も加わった。あの非の打ちどころのない態度は、ハイドパークでの伯爵たちの行動にはなんら不適切なものはなかったとみなを納得させるためのものなのかしら――ドロシアは考えた。今後乗馬をするときには、二人の巧妙な策略に乗せられないよう慎重に計画を練らなければならないだろう。だがなかなか難しいことかもしれない。彼らはそういう経験が豊富なのだから。

キャヴェンディッシュ・スクエアに着き、馬を降りようとしたところでヘイゼルミアがドロシアに先んじた。両手でドロシアを抱えたまま、彼は珍しく真剣なまなざしで彼女の美しい顔を見下ろした。はしばみ色の瞳が光を放ったが、セシリーの笑い声を聞いた瞬間にその光は消えた。ヘイゼルミアはさっとお辞儀をし、いつもの楽しそうな雰囲気で言った。

「さようなら《オー・ルヴオワール》、ミス・ダレント。今夜また会おう」

現実に立ち返ったドロシアは、愛想よく別れの挨拶を返し、セシリーとともにメリオン邸に入った。

メローが、レディ・メリオンは舞踏会に備えておやすみで、お二人にも同じくやすむよう言われたと伝えた。今夜はリッチモンド公爵夫人の主催する舞踏会だ。四月最初の土曜日に催される彼女の舞踏会は、社交シーズンの一つの呼び物だったが、それが終わると、社交界にデビューする娘たちを紹介するお披露目舞踏会が続く。盛大なものは四月の水曜日と土曜日に開かれるのが普通で、場合によっては五月に延びることもある。明日の日曜から火曜まで数多くの小さな催しが開かれるが、水曜に開かれる舞踏会は一つしかない――メリオン邸の舞踏会だ。同じ日に娘のための舞踏会を開く予定だった者もほかにいたが、ダレント姉妹の評判を考えた結果、賢明にも日程を変更した。集まる人が少なくなるとしても、まったく人が来ないよりはましだ。

ヘイゼルミアとのさっきの出来事はドロシアに考える材料を与えた。祖母の助言はちょうどいいと思い、ドロシアとセシリーはそれぞれの寝室に下がった。

新しいメイドのトリマーが、ドロシアの着替えを手伝った。レディ・メリオンとウィチェットは、セシリーの体調不良に慣れているベッツィがセシリーの世話役をしたほうがいいと考えた。ドロシアの装いには、第一級の着つけができる人物が必要だ。ふさわしい人に心当たりはないかと問われ、結局ウィチェットは姪《めい》のトリマーを推薦したのだ。幸い、トリマーとドロシアはうまが合った。おばと同じく彼女も、美しい女主人の魅力に引きつけられた。

侯爵が髪に刺してくれたハットピンを抜こうと、ドロシアは部屋の中央で立ち止まった。トリマーに今はそばにいてほしくない……。けれども追い払う勇気はなく、心づかいの行き届いたメイドが外出着を脱がせて緑色の絹の化粧着を着せるあいだ、ドロシアは忍耐強く待った。そして、ヘイゼルミア侯爵に対して自分は何をすべきかという問題に頭を集中した。

ドロシアは化粧台の前に座って髪をほどき、鏡に映る自分を見るともなしに見つめながら、つややかな長い髪をブラシでぼんやりととかした。初めて会ったその瞬間から、ヘイゼルミアはドロシアの心の壁の内側に攻め入ってきた。それだけは否定しがたい事実だが、今このときまで、その状況から当然生まれる結果については考えるのを避けてきたのだ。

きれいに磨かれた鏡に映る緑色の瞳をじっと見つめながら、ドロシアはため息をついた。ヘイゼルミアが引き起こしたこの未知の感情を理解するのに時間がかかった。けれども、もはや自分を偽ることはできない。ハイドパークの空き地で二人きりになったとき、私は彼がキスをすると確信した。そして、ブラックベリーの茂みの前でしたようにキスしてほしいと願った。はしたないかもしれないが、彼があの行為を繰り返してくれないかとずっと願ってきた。

ドロシアはブラシを置いて、注意深く髪をまとめた。この先二人がどうなるにしても、私はヘイゼルミアに会うのを心待ちにしている。ときおり独断的な考え方に腹が立つとはいえ、彼と一緒にいると大きな喜びを感じるし、心を読まれるのは戸惑うけれど、それは刺激にもなっている。それにきわめて無作法な会話も楽しかった。はしばみ色の瞳に愉快そうにからかいや挑発の表情を浮かべるヘイゼルミアが一緒にいないと、気が抜けたような悲しい気分になり、何も楽しめなくなる。彼が私の心をつかんだのは間違いない。私は今、何をするべきだろう？

立ち上がって部屋を横切るとベッドに横たわり、無為にベッドカーテンの紐《ひも》の房をもてあそぶ。自分の気持ちはわかったけれど、彼のことはわかっているかしら？ ヘイゼルミアは心から私に引かれているように見える。彼は結婚を望む年齢だし、おそらく、例の独断的な考え方で、私が結婚に承諾すると思っているのだろう。だったら、私に示す興味はうわべだけということ？ 彼はかけ引きの達人なのに、私はそれが上手ではない。このままいけば、彼はいつか求婚し、そして作法に従うなら、私はそれを受け入れる。問題は、私が彼を愛していることだ。彼は私を愛しているのかしら？

この疑問について、ドロシアは三十分ほど考えた。ヘイゼルミアは私の心を見通す力を持っているけれど、彼に対する私の思いまではわかっていないはず。彼が意思表示をするまでは、自分の気持ちは隠しておいたほうが賢明だ。

とはいえ、いつまでも害のない戯れを続けているわけにもいかなかった。今日の午後の出来事がそれを証明していた。彼に思いを明らかにさせる方法が見つかるかしら？ ヘイゼルミアのような男性に何かをさせると考えて、ドロシアの顔に楽しげな笑みが浮かんだ。さほど難しくはないだろう。根拠はなかったが、自信がわいてきて、考えることに疲れたドロシアは枕《まくら》に頭をのせると眠ってしまった。その後、トリマーがリッチモンド公爵夫人の舞踏会のために着替えを手伝いに来るまで目覚めなかった。

もしドロシアが鏡を見ずに窓の外を眺めていたら、

ヘイゼルミア邸に入っていくヘイゼルミアとファンショー、そしてファーディの姿を見ただろう。三人は屋敷の裏にある厩《うまや》に馬を置いたあと、馬についての議論に熱中しながら玄関に引き返した。自分の鍵《かぎ》でドアを開けたヘイゼルミアは、中に入ったとたんに足を止めた。ファーディが勢いよくヘイゼルミアにぶつかった。彼はヘイゼルミアの肩からのぞき込み、驚きの声をあげた。「これはこれは！」

ヘイゼルミアは玄関ホールに山のように置かれた帽子を入れる箱やトランクを単眼鏡で見た。執事が荷物のあいだを縫ってやってくる。彼はやさしい声色で尋ねた。「ミットン、これはいったいどういうことなんだ？」

ミットンはその声色を知っていたので、すぐさま答えた。「奥方さまがお着きです」

「どの奥方さまだ？」突然不快感が込み上げ、ヘイゼルミアは追及した。

「もちろん、侯爵未亡人でございます、だんなさま！」奇妙な質問に戸惑い、ミットンが答えた。

「そうか、もちろんそうだった」ヘイゼルミアは状況をのみ込んでほっとした。「一瞬、マリアかスーザンが戻ってきたのかと思ってぞっとしたよ」

侯爵の言葉を聞いてその場にいた全員が納得した。姉たちに対するヘイゼルミアの嫌悪感は周知の事実だったからだ。この数年来、頑固な彼女たちは弟をなんとか結婚させようと画策してきたが、もくろみは失敗し、ヘイゼルミアは姉たちの好ましからざる人物《ペルソナ・ノン・グラタ》となっていた。二人とも充分に裕福な暮らしを与えてくれる男性と結婚したのだし、姉たちの常軌を逸した堅苦しいやり方で、家をかきまわされる筋合いはないとヘイゼルミアは思っていた。

自分自身の問題に気を取られ、すっかり母親のことを忘れていた。ヘイゼルミア侯爵未亡人アンシア・ヘンリーは毎年社交シーズンの数週間をロンドンで過ごす。そして、必ずリッチモンド公爵夫人の舞踏会に出席するのだ。再びあたりを見渡して、彼は尋ねた。「母の様子は？」

「今はお部屋でおやすみです。しかし、夕食はご一緒になさるとのことでした」

ヘイゼルミアはぼんやりとうなずき、たくさんのトランクや箱のあいだを縫って玄関ホールを進み、廊下を抜けて、美しい内装を施した書斎に入る両開きのドアを抜けた。ファーディがあとに続き、その後ろからファンショーが入ってくる。ドアを閉めたところでファンショーが笑顔を向けた。「あの荷物の山をすべて部屋に運ぶんだろう？　あの半分も必要ないのに。だが、僕の母もまったく同じだがね」

ヘイゼルミアは痛ましげに賛同した。勘の鋭い母親と二人きりで食事をしても、すでに張りつめている神経をなだめてはくれないだろう。そこで応援を頼むことにした。「トニー、食事をしていくだろう？　それにファーディ、君もどうだ？」

ファンショーはうなずいて同意したが、ファーディはこう答えた。「そうしたいんだが、舞踏会にメリオン一行をエスコートしないといけない。だから、七時にはここを出ないと」

「そうか、君が七時に出るとすると、僕たちはもっと早く出ないといけないな」ファンショーが言う。「ここの玄関から馬車が出るまでは、メリオン邸を出発しないでくれよ」

ヘイゼルミアは部屋を横切ってベルを鳴らし、ミットンが現れると命令を出した。「母には悪いが、僕たちは五時に食事をして、七時には舞踏会に向かう。七時前には馬車を待たせておくように」

ミットンはこの歓迎されざる知らせを厨房《ちゆうぼう》に伝えに階下に向かった。ヘイゼルミアはグラスにワインをついで全員に配ると、大理石の暖炉のまわりに置いてある安楽椅子の一つにどさりと座った。ファンショーが向かい側の安楽椅子に座り、ファーディも優雅に寝椅子に腰かける。一同が居心地よく落ち着いたところで沈黙が続いたが、やがてファンショーが口を開いた。「さっきのことだが、いったいどうしてあんなに早く引き返してきたんだ？」

ヘイゼルミアは火のついていない暖炉を考え込むように見つめたまま答えた。「誘惑のせいさ」

「なんだって？」

ため息とともに彼は説明した。「決まりにのっとって進めなければならないということで合意しただろう？」ファンショーがうなずく。「あの乗馬のとき、あれ以上一緒にいたら、その決まりは風に飛んでいってしまっただろう。それで引き返してきた」

ファンショーは同情するようにうなずいた。「何もかも、想像していたよりはるかに複雑だな」

その言葉にヘイゼルミアは目を上げてファンショーを見たが、当惑して尋ねたのはファーディのほうだった。「でも、どうしてそんなに複雑になるんだ？　君たちのことだから、とんとん拍子に運ぶものと思っていたよ。ただ、姉妹の後見人のあの不愉快なハーバートのところに行って、求婚の承諾をもらえばいいだけじゃないか。簡単だろう？　問題など何もない」

この言葉で二人がやれやれという表情を浮かべたのを見て、ファーディは何か重大なことを見逃したのだと悟り、口をつぐんで待った。ヘイゼルミアは手に持った優美なワイングラスに視線を据えたまま、やっと説明し始めた。「問題というのは、ダレント姉妹の本当の思いがどこにあるかを見抜くのが困難だということにあるんだ。僕にはミス・ダレントが単にかけ引きを楽しんでいるのか、このみじめな僕に心を引かれているのか、まったくわからない」

ファーディがまったく信じられないという顔で彼を見た。すっかり言葉を失っている。とうとう舌が動くようになると、ファーディは叫んだ。「まさか！　なんてことだ、マーク！　ありえないよ。よりによって君が。見分けがつくはずだ」

「どうやって？」

ファーディは答えようとして開けた口を再び閉じた。彼はファンショーに向き直った。「君も？」

うなだれていたファンショーは、ただうなずいた。この驚くべき情報を頭の中で整理してから、ファーディが言った。「でも、二人とも君たちと一緒にいて楽しそうだ」

「ああ、それは僕たちにもわかる」ヘイゼルミアはあっさりと同意した。「だが僕自身には、それ以上のことはわからない」

「そうなんだ」ファンショーも認めた。「あの瞳をひと目見れば、僕たちと一緒にいたいと思っているのはわかる。ああ、ファーディ、実を言うと、そこから愛に至るまで、とても長い距離があるんだよ」

二人の置かれた状況がファーディにもわかってきた。彼らを救い出せないものかと考えをめぐらせていると、突然ファーディは侯爵のはしばみ色の瞳に見つめられているのに気づいた。

「ファーディ」ヘイゼルミアが静かに言う。「この部屋の外でひと言でもこの会話をもらしたら――」

「君の人生を耐えがたいものにしてやるからな」ファンショーが先を続けた。これは三人のあいだで繰り返し言われてきた脅し文句だった。ファーディはあわててそんなことはこれっぽちも頭に浮かばなかったと二人に請け合った。だが、ヘイゼルミアの疑い深い視線を受けて、わずかにたじろいだ。

気の滅入《めい》る沈黙があたりを覆ったが、やがてファンショーが炉棚の時計に目をやった。

「着替えに戻らないと。一緒に来るだろう、ファーディ？」

三人は立ち上がった。二人を送ったあと、ヘイゼルミアが階上に行くと、すでにマーガトロイドが待っていた。トニーが言っていたように、予想していたよりもずっと事態は複雑になっている。

リッチモンド邸の舞踏会に出かける前の軽い食事の席で、ドロシアはハイドパークでのヘイゼルミアの言葉を思い出し、レディ・メリオンに、侯爵とファンショー卿、そしてファーディ・アチソン＝スマイズの関係について質問した。

レディ・メリオンは詳細に説明してくれた。「ヘイゼルミアとエグルモントの爵位は、それぞれヘンリー家とファンショー家が優先的に引き継ぐの。サリー州に隣り合う領地があるわ。二つの家族はずっと同盟関係にあり、友人同士だった。ヘイゼルミアとファンショーは誕生日も数週間しか変わらないのよ。ヘイゼルミアのほうが早いけれど。どちらも姉が二人いて、ヘイゼルミアには妹も一人いるわ。でも、二人とも一人息子で、そういうわけで、一緒に育ったのは当然のなりゆきだったんでしょう。イートン校とオックスフォード大学に進み、ロンドンに住み……そうね、もう十年以上になるかしら。二人の絆《きずな》はものすごく強いから……もし実際に兄か弟がいたとしても、それより強いんじゃないかしら」

「ファーディは？」セシリーが尋ねる。

「彼はヘイゼルミアの母親の妹の息子よ。つまりヘイゼルミアのいとこね。五歳ほど年下だけれど、子供のころは毎年夏はヘイゼルミアの領地で過ごしていた。二人とは性格も正反対のように見えるし、年齢も離れている。でも、ファーディはヘイゼルミアやトニー・ファンショーとても親しい友人よ。彼らはもっと若いころから、困った事態になると助け合ってきて、ファーディはヘイゼルミアとファンショーを心から慕っているし、二人もずっと彼を守り、寛大に接してきたみたいね」このときまでには食事も終わっていた。レディ・メリオンは時計を一瞥して、身支度をさせるために姉妹を追い立てた。「ファーディは時間に遅れないわ。それに、彼は待たされるのが嫌いなのよ」

レディ・メリオンの言葉どおり、ファーディと二人の貴族たちの絆はとても強かった。それはファーディがヘイゼルミアの領地を初めて訪れた日にさかのぼる。一日目の朝早く、内気な十一歳の少年は、堂々とした十六歳のいとこと、その友人が馬に乗って厩を出ていく姿を目にした。寝室にいた彼は急いで着替え、馬に乗って二人に追いつくつもりで厩に下りていった。ところが、厩番の少年二人に調教のすんでいないアラブ馬に乗せられた。血気盛んな馬は駆け出し、ファーディは命がけで背中にしがみついた。幸い、馬は年上の少年たちが向かった先へと進んでいた。追いかけっこの末、マーク・ヘンリーとトニー・ファンショーはファーディと種馬の両方を救った。まったくの幸運と、二人の勇気のおかげだった。その日から三人は年齢と興味の対象の違いが問題にならないかぎり、一緒に過ごすようになった。ほかの子供たちはファーディをいじめれば、じきにトニーか、もっと手ごわいマークのどちらかの返礼を受けると学んだ。

子供のころの習慣は根強く残り、ファーディがオックスフォードで商売女との厄介事に巻き込まれた際には、彼は学者肌で変わり者の父親ではなく、マーク・ヘンリーを頼った。そしてマークは問題を解決することにかけては非常に有能だった。ロンドンの上流紳士クラブに属する者は、もしファーディ・アチソン＝スマイズが脅されたら、決まってファンショー卿とヘイゼルミア侯爵が現れると気づかされた。いかさまカードをめぐってファーディが違法な決闘を求められたとき、容赦なくやめさせたのはヘイゼルミアだった。

　その代わり、ヘイゼルミアとファンショーはファーディの持っている特殊な才能を活用していると言われていた。女性に信頼されるファーディは、秘密を耳にする機会も多かった。五年以上にわたって、ファーディもまた彼らの役に立ってきたというわけだ。ヘイゼルミアがドロシアに正直に話したように、ファーディがヘイゼルミアやトニー・ファンショーを疑いの目で見ることは絶対にありえなかった。

　ヘイゼルミア侯爵未亡人は階段を下りながら、新しいレディ・ヘイゼルミアが来て、この屋敷の美しい客間を使ってくれたらどんなに楽しいだろうと考えていた。彼女は毎年サリー州からやってくるが、今年は社交シーズンに大きな期待を抱いていた。

　侯爵未亡人は五十歳を過ぎたばかりで、今もなお美しかった。背が高くすらりとして、豊かな栗《くり》色の髪はかつての輝きを保っている。そして、年月も彼女の顔からはつらつとした魅力を奪ってはいなかった。数年前から悩まされている気管支炎が町の汚い空気のせいで悪化するので、ロンドンで過ごすのはたいてい一、二週間だ。彼女の期待は、ロンドンの文通相手からもたらされた驚くべき情報によって大きくふくらんでいた。注意深くつづられたハーマイオニ・メリオンからの手紙には、息子とミス・ドロシア・ダレントとのかかわりが最初から詳しく書かれていたし、ほかにも親しい友人から、六通も手紙を受け取っている。どれもミス・ダレントに夢中なヘイゼルミアのことが記されていた。もっとも有益な情報があったのは、一週間早くロンドンに戻っていたトニーの母親、エグルモント伯爵夫人からの最新の手紙だった。アメリア・ファンショーは律儀に息子とセシリー・ダレント、そしてヘイゼルミアとミス・ダレントのあいだがどうなっているかを報告してきたが、マークの行動については、アメリアの文面をほかの誰よりも信用するつもりだった。そういうわけで、侯爵未亡人はいつもは冷淡な息子が恋人より先んじて舞踏会に出向くために夕食の時間を早めたと知って、驚きよりむしろ喜びを感じた。

　居間に入ると、そこにトニー・ファンショーとファーディがいたので彼女は驚いた。そして優雅な息子が部屋を横切って、母親の頬に愛情を込めてキスをしたとき、彼女は問いかけるように目を見開いた。ヘイゼルミアはいつも以上に完璧《かんぺき》だった。非の打ちどころのない仕立ての黒の上着は、広い肩に張りついているかのように見える。ぴったりした膝丈ズボンズ《ブリーチズ》は力強い腿を包み、ネッククロスの真っ白なひだの中央にはダイヤモンドが輝いていた。

「ようこそロンドンへ、母上！　いつものように、とてもすてきですよ」

　彼は穏やかに罪のない態度で母親を見返したが、侯爵未亡人はだまされなかった。トニー・ファンショーとファーディがお辞儀をして挨拶したとき、ミットンが夕食の準備が整ったと知らせに来た。

　食事のあいだ、いとことトニー・ファンショーの立派な援護を受けながら、ヘイゼルミアは今年の社交シーズンでこれまでに起きた出来事を説明し、母親を楽しませた。ただし、大きな二つのことは省略をした。息子たちの策略に気づいた侯爵未亡人は、彼らが意図した以上に楽しんでいた。

　使用人が下がると、彼女は先手を打った。まず、息子たちがよく知っているとある目つきで息子とトニー・ファンショーを見据えた。なんであれ、必ず真相を突きとめるつもりだという意思表示だった。

「じゃあ、すべてがうまくいっているのね」彼女は口を開きかけたファーディをさえぎった。「でも、私が本当に知りたいのは、どうしてあなたたちの誰一人として、ハーマイオニ・メリオンの孫娘たちのことを話さないか、ということなの。あなたたちは彼女たちのことで頭がいっぱいなんじゃない？」

母親に見つめられ、ヘイゼルミアは穏やかに説明を始めた。「でも母上は、届いた手紙からすべて知っているんでしょう。同じ話を繰り返して母上をうんざりさせたくなかったんです」

巧みに裏をかかれ、彼女には返す言葉もなかった。そこでグラスを取り上げて、乾杯のまねをした。

「今夜、二人は出席するんでしょう？」

「間違いなく。ファーディが彼女たちをエスコートするんですよ」

「だったら、私を紹介しないとだめよ。そこではいっさい口出ししないと約束するわ」

「それで、戻ってきたら？」ヘイゼルミア家の会話に慣れているファンショーが尋ねた。

侯爵未亡人は笑った。「いいわ。戻ってきたあとも口出しはしないわ」

「そういう条件なら、僕も約束しますよ」ヘイゼルミアがにやりとしながら言った。

「僕も」ファンショーが侯爵にならう。

「大変だ！」ファーディが声をあげて一同を驚かせた。「急がないと遅れてしまう。彼女たちを待たせるわけにはいかない」

ファーディは笑いながら、もしリッチモンド邸に先に着きたいなら、彼らも急ぐようにと念を押し、キャヴェンディッシュ・スクエアの反対側を目指して立ち去った。

ファーディがメリオン邸の玄関に続く階段に到着したとき、メリオン家の馬車が角を曲がって現れた。広場の向こうのヘイゼルミア邸の前に馬車が止まっている。あれが出発するまで、馬車が来たことを告げないでくれと頼んでおいたほうがよさそうだった。メローは真意を理解し、ファーディの手渡した金貨の心付けを受け取った。

居間に入ったところで、ファーディはそこで目にした美の化身たちの姿に息をのんだ。大理石の暖炉の前に立っていたドロシアは、襟元と流れるように広がるスカートの片側にレースをあしらった象牙《ぞうげ》色のサテンのドレスを着ていた。喉元の真珠が暖炉の火に照らされて輝いている。彼女の髪は炎によって光を放っているかのようだった。簡素なデザインが驚くべき効果を上げていた。ファーディはこの装いがヘイゼルミアの今の気分に及ぼす影響を考えて、彼が気の毒に思えてきた。

セシリーは淡い青緑色のリボンと小粒の真珠を飾った、真っ白のドレスに身を包んでいた。これもまた個性的でとても美しい。レディ・メリオンは孫娘たちのドレスを見たファーディの反応に満足し、すぐにも出発できると言った。

ファーディは大きく息を吸い込んで、無邪気に尋ねた。「メローは馬車が来たと言いに来ましたか？」

「いいえ、ファーディ、まだだけど」ドロシアが突然疑い深げに言った。

「どうしてこんなに待たされるのかしら」レディ・メリオンが言う。「ずっと前に馬車を用意するよう言ったのよ」

「いや……そうですね」ファーディは、レディ・メリオンに視線をやっておくのがいちばん安全だと考えた。「僕はヘイゼルミアのところで食事をしてきたんです。レディ・ヘイゼルミアがいらしています。舞踏会で会いましょうとのことでした」

ファーディは三人の婦人の気を散らすために必死に話題を探そうとしたが、そのときメローがやってきて馬車が着いたと告げた。

7

明かりが灯《とも》るリッチモンド邸の玄関前の階段下には、着飾った客を降ろすために連なる馬車の長い列ができていて、メリオン家の馬車もそこに加わった。馬車の中ではほとんど会話はなかったので、ファーディはダレント姉妹と友人たちとの関係について考える時間が持てた。

午後、ハイドパークを出ていこうとした姉妹に急いで追いついたときのドロシアの目を思い起こす。四人が一緒だと思っていたので、あのときはよくわからなかった。けれども、マークとトニーの発言を聞いた今は、はっきりわかる。ドロシアとマークのあいだに正確に何が起こったのかを想像しようとして、ファーディはうろたえた。曲がりなりにも、この自分がダレント姉妹を守っているときに！　もしそのようなことが明るみに出たら、注意深くはぐくんできた信頼できるご婦人がたのつき添い役という評判も台なしになるじゃないか！

馬車が止まり、ファーディが外に出る婦人たちに手を貸して、間もなく一行は広い階段を上るきらびやかな人々の列の後ろについた。いちばん上で公爵夫人に迎えられて舞踏室に入ると、ドアの両側に立つ堂々とした従僕二人が、おおげさな抑揚をつけて名を呼び上げた。

ドロシアは二、三歩も行かないうちに脇《わき》にいるヘイゼルミアに気づき、微笑《ほほえ》んで彼を見上げたが、彼の目は笑っていなかった。ドロシアを見つめる目の輝きが、彼女の心臓の鼓動を止めた。彼がそばにいると起こるあらゆる症状がすぐに表れた——息が止まり、混乱し、ある期待がふくらむのだ。やがてヘイゼルミアがにっこりすると、熱っぽい表情は消え、いつもの温かで楽しげな顔になった。ドロシアの緊張も解けた。ヘイゼルミアはそっと彼女の手袋をはめた指先に唇を寄せると、その手を自分の腕にかけさせた。

「僕と一緒に来てくれ、ミス・ダレント。君に会わせたい人物がいるんだ」

「そうなの？　誰なのか教えてくださる？」

「僕だよ」

ドロシアはくすくす笑った。彼は到着した客たちの流れからドロシアを引き離した。忍耐強くドロシアを待っている紳士たちの一団を混乱させるためだ。ヘイゼルミアは、先に来ていた客の中にまぎれ込むために巧みに人の群れを縫って彼女を隅へと導いたが、経験したことのない陶然とした感覚に、頭がくらくらした。それがなんであるにしろ、興奮と居心地の悪さを同時に感じる。その原因は、落ち着いた態度で隣を歩く言葉に尽くせないほど美しい人物だ。象牙色《ぞうげ》のドレス姿のドロシアに、彼は息をのんだ。そのとき彼女がヘイゼルミアを見て微笑んだので、愛情あふれるその微笑みに、彼はリッチモンド公爵夫人の舞踏室の真ん中でキスをしたい衝動と闘わなければならなくなった。

舞踏室に続く部屋をのんびりと進んでいくあいだも、その衝動は消えなかった。ヘイゼルミアはリッチモンド邸をよく知っていた。誰もいない控えの間が必ず見つかるだろう。そこでなら、自分の奇妙な反応について深い分析ができる。ヘイゼルミアは心の中でため息をついた。不運にも、親密な話し合いは、社交シーズンに若いご婦人に言い寄る方法として望ましいものだとは思われていない。

ヘイゼルミアはしぶしぶながら立ち止まり、再びドロシアを見下ろした。染み一つない整った顔をたっぷり堪能《たんのう》し、彼女のエメラルドの瞳に引き込まれる。その目が大きく見開かれた。最初は問いかけの表情を浮かべたが、彼がなおも黙っていると、当惑が広がった。「教えてあげよう、ミス・ダレント。献身的な崇拝者に囲まれる前に君をさらっていくためめの策が、早くも底をつきかけている」

ドロシアは微笑みながら、高鳴る心臓の音が彼に聞こえていないといいけれど、と思っていた。もはや感情を隠す自分に確信が持てない。目の前に立つヘイゼルミアはこれまで以上にすてきだった。彼が投げかける魔力はあまりに強烈すぎる。あんなふうに見つめられると、体がうずいて熱くなり、荒れ狂う思いは迷い込んではいけない領域へと導かれていく。育ちのいい若いレディはそんなことは知らないはずだし、当然夢に描いたりはしない。この先一生、あのはしばみ色の視線にさらされ、幸せで温かい気持ちになれるのだと考え、ドロシアは無理にいつもの雰囲気を取り戻そうとした。「今夜はみごとに成功したみたいね。一人取り残された気分だもの」

「そうなのかい？」ヘイゼルミアは挑発的な口調でつぶやいた。「本当にそうならよかったのに」

ドロシアには、いつもの冷静な態度で彼の目を見つめるのはしだいに難しくなっていた。

ようやくヘイゼルミアは視線を落として、ドロシアのダンスカードを確かめた。「マーカム卿《きょう》が君を捜してうろうろしているなんて言わないほうがいいんだろうな。だめだ！　あたりを見まわしてはいけない。彼に見つかってしまうから。アルヴァンリーやピーターバラやウォルシンガムが何もしていないのは、ロバート・マーカムを見張っているからだ。ミス・ダレント、ワルツが夕食の前にあるのはわかっている。これは革新的で非常に気がきいているが、いとしいミス・ダレント、どうか僕とワルツを踊り、夕食の席にエスコートするのを許していただけないだろうか？」

ドロシアは彼が長々と話しているあいだになんとか落ち着きを取り戻し、冷静に応じた。「喜んでお受けいたしますわ、ヘイゼルミア侯爵」

黒い眉が片方上がった。「本当に?」

ドロシアはただ微笑み返すだけにした。ヘイゼルミアが笑って人差し指で彼女の頬に触れた。「君の舌に手綱をつけないと約束してくれ。そんなことになったら、人生はあまりにもつまらない」

愛撫《あいぶ》とますます挑発的になった口調が、ドロシアの大きな緑色の瞳を輝かせた。

「ミス・ダレント! ヘイゼルミア侯爵も。ごきげんよう」サー・バーナビー・ラスコムがヘイゼルミアの脇に突然現れた。ロンドンでもっとも悪名高いゴシップ好きに、ヘイゼルミアは慇懃《いんぎん》に頭をかしげ、ドロシアは極上の儀礼的な笑みを向けた。サー・バーナビーはこのあっさりした挨拶《あいさつ》に喜んだらしく、彼の腕に手をかける年齢不詳の鋭い顔つきの女性を示した。彼女のおぞましい暗褐色のドレスは、鳶色《とびいろ》の髪にまったく似合っていない。「紹介させてください、ミス・ダレント、ヘイゼルミア侯爵。こちらはミセス・ディムチャーチ」

挨拶はうわべだけのものだった。「でも、ミス・ダレントはニューベリーの集まりのときから私をご存じだと思います」ミセス・ディムチャーチがまくし立てた。ヘイゼルミアはドロシアが身をこわばらせるのを感じた。「かわいそうなお母さま! レディ・シンシアと私はいつも楽しいひとときを過ごしたものですわ」彼女の鋭いまなざしが侯爵に向けられた。「だから、レディ・シンシアがあなたと知り合いと聞いてびっくりしたんですのよ、侯爵さま。彼女はひと言も言わなかったから。奇妙だと思いませんこと?」

これはヘイゼルミアに投げかけられた言葉だったが、あまりにも露骨だったので、ドロシアは動揺を見せずにいるのが精いっぱいだった。

ヘイゼルミアはもっと辛辣《しんらつ》なやり取りにも慣れていた。慇懃で冷淡な笑みを不躾《ぶしつけ》なミセス・ディムチャーチに向けながら、彼は穏やかに言った。「レディ・ダレントは、一度紹介されたくらいでその人物と知り合いだなどと言い張ったりするようなご婦人ではないと思いますが。そう思いませんか？」

ミセス・ディムチャーチが顔を真っ赤にしたので、ドレスがさらにおぞましく見えた。

ヘイゼルミアは答えを待たずにサー・バーナビーにうなずきかけると、残忍な笑みを不運なミセス・ディムチャーチに投げた。そしてドロシアの手を取って再び腕にかけさせてから、大きな部屋の真ん中でもみ合う人々のほうに引き返した。

わずらわしい二人から聞こえないところまで来ると、ヘイゼルミアはドロシアを見下ろした。「いとしいミス・ダレント、これまでどれだけああいう成り上がり者たちに我慢してきたんだい？」彼はひどく後ろめたそうに言った。

ドロシアはくすくす笑って快活に言った。「あら、最初の週だけよ」ヘイゼルミアが一緒に笑ってくれるものと期待して見上げ、彼女は驚いた。はしばみ色の瞳が本物の気づかいを浮かべている。ちょうどそのとき、みんなに見つかってしまい、ドロシアはそれ以上何も言えなかった。

室内は人があふれんばかりで、なおも客が到着していた。ミス・ダレントを見失った一人が、ヘイゼルミアを見た者はいないかと尋ねまわっていた。ミス・ダレントは彼と一緒にいるだろうし、侯爵は背が高いので、ドロシアよりは見つけやすい。自分に向けられたさまざまな言葉を気にもとめずにヘイゼルミアは上機嫌で若い崇拝者たちにドロシアを譲り渡し、自分は雑踏にまぎれた。

舞踏室から人々があふれ、隣り合った部屋に流れ込んでいた。どこに祖母とセシリーがいるのか見当もつかないが、たくさんの知り合いがいるので、ドロシアは戸惑いはしなかった。どういうわけか彼女のダンスのお相手は、それぞれ自分の相手を見つけることができるようだ。舞踏室は音楽が始まると、再び魔法のように空間ができる。だが曲が終わると、再び室内は豪華に着飾ったご婦人がたと、対照的に地味な色合いの装いの紳士たちでごった返した。会話とダンスの繰り返しでめまいを起こしそうな夜が更けていき、ドロシアはヘイゼルミアの微妙な変化については考える暇もなかった。

ドロシアにとっての唯一の暗雲は、しつこいミスター・ブキャナンだった。彼は自分につきまとっているように思え、彼女が足を止めるたびに、必ず姿を現した。とうとうドロシアはファーディに助言を求めた。「いったいどうやったら、彼を追い払えるの？」コティヨンのダンスに合わせて列のあとについたり頭を下げたりしながら、彼女は嘆いた。

心から同情はしたものの、ファーディはヘイゼルミアのように意のままに相手を黙らせる冷酷な能力に欠けていた。彼にはドロシアをわずらわせる思いがけない厄介者を排除する魔法の公式は見つけられなかった。「彼は、さりげない言い方では何も気づかない男だからね。君はひたすら耐えるしかないな」だが、急に名案がひらめいた。「ヘイゼルミアに言ってもらえばいいじゃないか」

「ミスター・ブキャナンがつきまとっているなんて聞いたら、きっと大笑いするわ！　むしろ彼をけしかけるんじゃないかしら」ドロシアは言い返した。

ダンスに合わせて二人はそれぞれ背を向けたので、ドロシアにはファーディの顔が見えなくなった。彼はあんぐりと開けた口を閉じ、かぶりを振った。ヘイゼルミアが誰かをそそのかしてドロシアを追いかけさせるなんてとても想像できない。ましてや、あのしつこいミスター・ブキャナンをけしかけるわけがない。ファーディの予想がはずれていなければ、あの男は的はずれの財産狙《ねら》いだ。それをいとこの耳に入れるのも、悪いことじゃないだろう。

ドロシアが目当てだということをごまかすためにほかの婦人と踊る必要も感じなくなったので、ヘイゼルミアは友人や知り合い、そして少なくない親族と話をして夜を過ごした。腕を叩《たた》かれて振り返った彼は、上の姉レディ・マリア・セットフォードの険しい顔を見て、うんざりした。彼がドロシアに執心だと聞きつけたのはわかっていたので、それとなく話題を振られたときには彼はわからないふりをした。いらだったマリアはとうとうもう一人の姉、レディ・スーザン・ウィルモットを捜すよう忠告した。マリアが言うには、スーザンもここに来ていて、彼と話をしたがっているらしい。

ヘイゼルミアは返事をせずにただ姉を見つめた。運よくその表情は読み取られずにすんだので、彼は母親に話があるからと言って姉から逃れた。

そして、サリー・ジャージーと熱心に話し込んでいる母親のそばを通ったとき、立ち止まってこうささやいた。「母上、これまでずっと父上に対して貞節だったと宣言しているのは知っています。だけど、マリアとスーザンに関してはどうなんです？」

その言葉を耳にしたレディ・ジャージーがおなかを抱えて大笑いした。レディ・ヘイゼルミアは息子にしかめっ面を向けた。「あの二人からお説教をされたんじゃないでしょうね？」

「そうしたいのはやまやまなのでしょうが、そうする意味があるのかまだ考えあぐねているみたいですね」息子はそう答えると、立ち去りながらウインクをした。

ファーディと同じく、ヘイゼルミアも思いに沈んでリッチモンド邸をさまよい歩いていた。その日の早いうちから重い気分は続いていた。ハイドパークでは欲望を抑えなければならなかったし、しばらくはそれが自分の運命なのだと悟った。ヘイゼルミアは生まれながらの貴族で、自分のやり方を押し通すことに慣れていたが、手綱を引いて情熱を抑えなくてはならないのは気にならなかった。だがおそらく、社交シーズンの終わりころまで結婚を申し込むことはしないほうがいい。それはドロシアを勝ち取るのに時間がかかるせいでも、運を試すのを恐れているせいでもなく、むしろドロシアと違って、彼は社交界の流儀に精通しているからだった。彼女からいい返事をもらえる自信があるわけではないから、断られる可能性も考えなければならない。社交シーズンの真っ最中に求婚を断られ、それがおしゃべりなゴシップ好きに知れ渡ることになれば、お互い耐えられない状況に陥る。加えてレディ・メリオンやファンショー、セシリー、そしてファーディはとてもいたたまれないだろう。

ファンショーが同じ立場にいるとわかったとき、ヘイゼルミアの気分はいくらか楽になった。彼よりも気楽な性分のトニーは、我慢を強いられるのが何よりもつらいはずだ。セシリーはまだ若く、今は一瞬一瞬を楽しみたいだけだろう。ドロシアはまた別だが。彼女はどんな形であれ、ヘイゼルミアをそそのかしたりはしない。だが、それでも彼の示した好意をしっかりと自覚して、受け入れている。ヘイゼルミアが推測するに、社交界にデビューする娘たちに比べて年齢が上で成熟しているドロシアは、独立心も旺盛《おうせい》なだけに、技巧を凝らした愛の行為にもより進んで応じ、その喜びを堪能できるはずだ。それについては、彼も喜んで手ほどきするつもりだった。残念ながらドロシア自身は気づいていないようだが、彼女が情熱的な性分だということは、あまり役には立ちそうにない。とりとめのない思いの中で、ふとユーモアがヘイゼルミアを救ってくれた。なぜこんなにすべてが皮肉なのか！

馬車を降りたときには、乗り込んだときよりもずっと心が軽くなっていた。そして舞踏室に入ってきたドロシアを見た瞬間、沈んだ気持ちはかけらもなくどこかに飛んでいってしまった。

客間に移動すると、レディ・ブレシントンとおしゃべりに興じているレディ・メリオンがいた。彼は足を止め、おおげさに二人の新しいドレスを褒めそやし、当たり障りのない会話をかわした。

突然、誰かが近づいてくるのを察し、ヘイゼルミアは振り返った。レディ・メリオンの顔に浮かんだ不快そうな表情に一瞬驚いたが、その理由はすぐに明らかになった。近づいてきた男女はほかでもない、ハーバートとマージョリー、つまりダレント卿夫妻だったのだ。

ヘイゼルミアは何年か前にハーバート・ダレントが初めてロンドンにやってきた際に、この地味な若い男を紹介されていた。侯爵よりも二歳若いハーバートは、彼の頭一つ分は背が低く、体に合っていない上着のせいでみすぼらしく見えた。

二分ほど言葉をかわしたあと、ヘイゼルミアはダレント姉妹の面倒を見ようと決めたレディ・メリオンの決断に心から感謝の念を感じた。貴重な宝とも言える姉妹が、ダレント卿夫妻のもとで社交界デビューを果たしていたらと思うと、それだけで恐ろしい。マージョリー・ダレントは品のよさにも魅力にも欠けている。しかも水を向けられてもいないのに社交界のしきたりについて語り出したが、その堅苦しい意見に、ヘイゼルミアはぞっとした。

レディ・メリオンは唖然《あぜん》として、文字どおり言葉を失っていた。ハーバートがヘイゼルミアを地元の産物に関しての会話に引き入れようとしたときには、激昂《げっこう》した。だが、ハーバートの話を聞いているうちにおかしくなってきた。ハーバートがわけもわからず、大地主の一人としてそういった問題にも学術的な興味を持っているヘイゼルミアに講義しているのだから。そして、彼女は扇で顔を隠してしまった。

ちらりと見上げると、心からの同情を浮かべるヘイゼルミアと視線が合った。彼はどこかに行ってしまった娘を捜しに行くという口実を使って、巧みにレディ・ブレシントンを救い出した。

ヘイゼルミアの腕を取ってその場を離れながら、オーガスタ・ブレシントンは安堵《あんど》のため息をもらした。「ありがとう、マーク。あなたが救い出してくれなかったら、私はずっとあの場から動けなかったでしょうね。かわいそうなハーマイオニ！　なんて恐ろしい夫婦かしら」

「間違いなく、今シーズンの人気者にはならないでしょうね」ヘイゼルミアも同意した。

「ハーバートがあの美しい娘たち二人と同じ家の出身だなんて」レディ・ブレシントンは、彼がドロシアに好意を抱いていることを思い出して顔を赤らめた。だが目を上げると、彼は笑っていた。

「ええ、まさかですよ！　僕はハーバートの母上が夫を裏切ったと信じています。あなたは？」

レディ・ブレシントンは息をのみ、それから笑い出した。そしてヘイゼルミアの腕から手を離して彼を追い立てながら、娘たちがそろって彼に憧《あこが》れる理由がようやくわかったとつけ加えた。

舞踏室のほうから《ロジャー・ド・カヴァリー》の旋律が流れてきた。そのカントリーダンスのあとにはワルツがある。ヘイゼルミアは品よくその場を辞すと、ドロシアを捜すために舞踏室に引き返した。ピーターバラと踊っていた彼女を見つけ出すのに少々手間取ったが、しばらく音楽に耳を傾け、いつごろダンスが終わるか見当をつけると舞踏室の端に近い場所に陣取った。ダンスが終わるとき、ピーターバラは数歩先で、ドロシアをくるりとまわして止まった。ヘイゼルミアは二人に近づいていった。

「感謝するよ、ジェリー、ミス・ダレントを僕のもとに連れてきてくれるとは」

ピーターバラは声に出さずに悪態をつぶやいて振り返った。「ヘイゼルミア！　やっぱりそうか」侯爵がドロシアの手を取ると彼は続けた。「君が夕食前のワルツをものにしたんだな？」

「そのとおりさ」ヘイゼルミアが楽しげなからかうような視線を友人に向けた。

ピーターバラはドロシアに向き直り、その表情とはそぐわない真剣な口調で言った。「もし僕があなただったら、ヘイゼルミアとはかかわりを持たなかったでしょうね、ミス・ダレント。誰かに言われたかもしれないが、若いご婦人がつき合うには彼はあまりに危険すぎます。僕と一緒にいるほうがずっとましだ」

ドロシアはこの失礼な言葉に大笑いしたが、ヘイゼルミアが再びピーターバラの注意を引いた。「ミス・ダレントは僕がどんなに危険かすでに承知しているよ、ジェリー」そのとんでもない発言にドロシアの目が燃え上がった。彼女が目を上げると、はしばみ色の瞳が問いかけるように見つめていた。「けれども彼女は、僕の危険な性分を大目に見ると言ってくれたんだ。そうだったね、ミス・ダレント？」

形はどうあれ、この挑発的な問いかけに答えるのは品がないと気づき、ドロシアは非難のまなざしを投げた。

ヘイゼルミアはにっこりして、ピーターバラに向き直り、軽く言った。「じゃあ、ジェリー」

「ああ、僕は消えるよ、心配するな。では気をつけて、ミス・ダレント」ピーターバラはさっとドロシアに向かって一礼し、人込みの中に消えた。

ヘイゼルミアがドロシアに向き直ると、彼女は扇を広げていた。「顔が赤いな、ミス・ダレント。それは部屋の暑さのせいなのか、《ロジャー・ド・カヴァリー》のせいなのか、それともピーターバラか僕の言葉のせいなのか？」

ドロシアは微笑みながらヘイゼルミアを見上げ、落ち着いた口調で答えた。「そうね、その四つすべてのせいだと思うわ」

「だったら、次のダンスまで、テラスに出たらどうだい？　大勢の人たちが夕涼みをするために外へ出ていったよ」

ドロシアは指し示された方角を見た。テラスに面した舞踏室の窓は開け放たれ、多くの男女が月の光の中を歩いている。ヘイゼルミアと一緒に、おとぎばなしの一場面のような場所に足を踏み出すのが賢明とはとても思えないが、たしかに暑さを感じるし、冷たい夜の空気は誘いかけるようだった。

ヘイゼルミアは彼女のそんな思いを正しく読み取って心を決め、彼女の腕を取って、窓を抜けていった。月の光に照らされた整然とした庭園を目にして、ドロシアが声をあげた。大胆な数組の男女が、下にある花壇のある庭に下りている。やわらかな光に照らされた人の姿は、小妖精《こようせい》のように見える。魔法を壊すことなく、ヘイゼルミアはドロシアの隣を歩きながら、テラスの端のほうへと向かった。とても記憶力のいい彼は、舞踏室の下には、テラスからしか行けないオレンジの木を植えた立派な温室があるのを覚えていた。気のきくリッチモンド公爵夫人なら、そこを開けてくれているに違いない。テラスの端にたどり着いて振り返ると、公爵夫人に対する信頼が間違っていないのがわかった。

「僕の記憶がたしかなら、この階段を下りると、オレンジを栽培する温室があって、噴水のある中庭に通じているんだ。ちょっと見に行かないか？」

その問いかけは形だけのものだった。ドロシアはあたりを包む銀色の美しい風景のとりこになり、何も考えずに彼と一緒に階段を下りていった。

　温室の中には、二人のほかに誰もいなかった。噴水のある中庭に通じる扉は、大きく開け放たれている。噴水の奏でる音を聞き、ドロシアはヘイゼルミアの腕から手を離して、妖精の女王さながらに魔法のような光景に向かって、開いた扉に向かってゆっくり進んでいった。中庭の三つの噴水に月の光がそそぎ、静かな夜の空気の中に噴き出した水のひと粒ひと粒が、銀のきらめきとなって大きな大理石の水盤に落ちていく。ドロシアは戸口に立ったまま、美しい光景に心を奪われていた。

　ヘイゼルミアは無言でテラス側の扉を閉め、背後からドロシアに近づいた。そして、そっと彼女を引き寄せた。ウエストにヘイゼルミアの両手を感じながら、ドロシアは彼の肩に頭を預けた。しばらく二人は噴水の中の銅像と同じように、じっと立っていた。ドロシアは自分の中の悪魔にそそのかされ、首を曲げてヘイゼルミアに微笑みかけた。今、何かを起こさせるには確実な方法がある。

　ヘイゼルミアの反応は、ドロシアが思ってもいなかったものだった。彼女をわずかに自分のほうに向かせると、すばやく頭を下げて彼女の唇にほのかで絶妙なキスを落としたのだ。彼が顔を上げたとき、ドロシアの目は見開かれていて、長いあいだ二人はまったく動かなかった。はしばみ色と緑色の瞳が月の光の中で溶け合う。やがてヘイゼルミアはゆっくりとドロシアの体を向き直らせた。ドロシアが顔を上げるとヘイゼルミアの唇が重なり、感覚が溶けていった。やさしく気づかいながら、彼がドロシアに官能の教えを説いていく。気づかないほどに徐々に深まる愛撫によって、ドロシアは着実に少しずつヘイゼルミアの作り出す絶妙な喜びを堪能する術《すべ》を学んでいった。彼の進め方は完璧《かんぺき》だった。ドロシアはヘイゼルミアの手にゆだねられながら、人生で初めて自ら手綱を放していた。

　過ぎゆく時間も忘れて、きんぽうげの露のような妙《たえ》なる喜びが待っている道を下りていく。ヘイゼルミアの手が呼び起こした官能の世界は、ドロシアの知らなかった世界だった。何か新たに発見するたびに戦慄《せんりつ》が走る。ようやく現実に引き戻されたときには、ドロシアはぼうっとして息切れし、そしてこのうえなく幸せだった。

　それから二人は舞踏室の開いた窓から流れてくる音楽に合わせ、月に照らされた温室の中でワルツを踊った。逆らう気にはなれず、ドロシアはこの瞬間の喜びに身をまかせた。同じように感じていたヘイゼルミアも、星月夜のもと、穏やかで落ち着いたドロシアの美しい顔を見下ろしていた。

　最後の和音が響き、二人は動きを止めた。ヘイゼルミアはドロシアの腕を自分の腕にからませると、テラスに上がる階段に向かおうとした。

「行かないとだめ？」ドロシアがためらいがちに尋ねる。「ここはとてもすてきなのに」

「だめだ」ヘイゼルミアは断固とした口調で答えた。あと一秒でも長くこの隔離された場所にいたら何が起こるかは、充分承知している。それは喜び以外の何ものでもないが、あとのことは見当もつかなかった。ささやかな楽しみを経験した今となっては、ドロシアと一緒にいてどこまで自分が信じられるか、確信が持てなかった。無垢《むく》とはいえ、ドロシアは自分たちの行動を縛りつける決まり事さえも気にとめないのではないかという気がする。今、ヘイゼルミアがしているように、お互いのために自制心を働かせなくてはならない。それだけでも大変なのに、もしドロシアが二人を別の方向に導こうとしたら、自分が抵抗できなくなるのは目に見えている。ヘイゼルミアは内心でうめきながら目を閉じた。心の中に浮かび上がったいくつもの実現可能な事柄を払いのけようとする。目を開けると、彼はドロシアの腕をつかむ手に力を込めて、情け容赦なく彼女を引っ張って階段を上った。「夕食のときに姿を見せなければ、君のおばあさんは最悪の事態を想像し、僕は二度と君に話しかけるなと言われるよ」

ドロシアの唇に小さな幸せそうな笑みが浮かんだ。彼がレディ・メリオンの非難をちょっとでも気にかけるところなど想像できない。だが、彼女はヘイゼルミアに従って舞踏室に入った。

そのとたんに、ミスター・ブキャナンと鉢合わせをした。「ミス・ダレント、顔が真っ赤ですよ！　僕が庭に連れていきましょうか？　ヘイゼルミア侯爵もきっと許してくれるでしょう」

ヘイゼルミアは、ドロシアの雪花石膏《せっこう》のような白い肌にまだうっすらと赤みが差している理由をよく知っていた。そして彼の評判をエドワード・ブキャナンに思い出させるように、悪魔のような笑みを浮かべて言った。「その逆だよ。ヘイゼルミア侯爵は、これからミス・ダレントを夕食の席にエスコートするのだから。失礼してよろしいかな？」

ヘイゼルミアはその場を去っていき、エドワード・ブキャナンは自分の獲物がどういうわけか彼をよけて逃げてしまったことに気づいた。ミス・ダレントは社交界の邪悪な甘い誘惑の犠牲になるかもしれないという不安な予感が、想像力に乏しいエドワード・ブキャナンの心の中に初めて目覚めた。

ブキャナンに声の届かないところまで来ると、ドロシアは尋ねた。「本当に私、そんなに赤いのかしら？」そう言いながらも、彼女は喜びを感じていた。

侯爵の顔にゆっくりと広がった笑みからは彼の考えを読み取ることはできなかった。「うれしいことにそのとおりだ」彼はそう言っただけだった。

途中、何度も立ち止まって知り合いと言葉をかわしながら、ようやく二人は夕食の部屋にたどり着いた。ファンショーとセシリーが隅のテーブルに二人の席を確保しておいてくれた。そこには料理もたっぷり用意されていて、ヘイゼルミアがドロシアを座らせたとき、ファンショーが彼女を一瞥《いちべつ》して友人と視線を合わせた。その表情から、これまでの二人の行動についてファンショーが何を想像しているかが、すべて伝わってきた。ヘイゼルミアは微笑み返した。

ファンショーはもはや落ち込んでいないヘイゼルミアを見てほっとした。そして噴水を見に連れていってとせがむセシリーに向き直った。

テーブルから立ち上がったとき、ファンショーがヘイゼルミアに言った。「母上にした約束を忘れるなよ！　僕のほうは果たしたぞ。キャヴェンディッシュ・スクエアに戻る道すがら、彼女に質問攻めにされるなんて我慢できないから」

「ああ、そうだった。すっかり忘れていたよ」ヘイゼルミアはこのうえなく魅力的な笑みをドロシアに向けた。「ミス・ダレント、僕の母がこの人込みの中のどこかにいる。君を紹介すると約束させられたんだ。これから母に引き合わせてもいいかな？」

ドロシアは美しい眉を上げたが、逆らわずに侯爵未亡人を一緒に捜した。そしてヘイゼルミアの腕につかまって人の群れを縫って進みながら、こうきかずにはいられなかった。「ファンショー卿がどうしてあんなに懸命に約束を守らせようとしていたのか、理由をきいてみたいんだけれど」

ヘイゼルミアはドロシアを見下ろして笑った。「もし僕が君だったら、聞きたくはないな。本当のことを言っても、君が落ち着きを失うだけだからね」彼の愛撫するようなまなざしがドロシアを奇妙な気持ちにさせた。

ヘイゼルミアはとうとう母親の居場所を捜しあてた。客間の一つで隅に置かれた寝椅子に座り、知り合いと忙しくおしゃべりに興じていた。二人が近づいていくのを見て、相手の女性は如才なく引き下がり、ヘイゼルミアは約束を果たした。

レディ・ヘイゼルミアは友人たちの手紙から、ドロシア・ダレントが格別美しい娘だと聞かされていたが、息子の連れてきた目も覚めるほどの美女は、予想以上に魅力的だった。彼女は象牙色のサテンに身を包んだ人物に向かって明るく微笑みかけた。

そしてドロシアに隣に座るよう手招きすると、目を見開いて息子を一瞥し、彼の趣味のよさに感銘を受けたと告げた。正しくその表情を読み取ったヘイゼルミアは、それに応《こた》えて微笑みながらはっきりと言った。「当然です」ミス・ダレントと二人きりにしてほしいという母親の合図に気づき、彼はしかたなく従った。ドロシアに別れを告げ、もう一つの問題を思い出して、レディ・メリオンを捜す。

気の散る息子がいなくなってほっとしたレディ・ヘイゼルミアは、大きな緑色の瞳にじっと見つめられているのに気づいた。いつしか身についた気取りのない態度で、彼女は注意深く息子の話題を避けながら、ごく一般的な会話を始めた。目の前にいる娘には、落ち着きと自信に加えて、すがすがしいほどの率直さが備わっていると即座にわかった。息子が美しいミス・ダレントを望んだのは容易に理解できるし、結婚するつもりなのは間違いない。そうでなければ、母親に紹介などしないはずだから。会話が進むうちに、ミス・ダレントにはユーモアと機転も備わっているとわかり、彼女は息子の選択に大いに満足した。

アルヴァンリー卿がこの夜最後のダンスにドロシアを誘いに来たとき、レディ・ヘイゼルミアは息子はどれだけ待つつもりなのだろうと考えていた。ドロシアがアルヴァンリーの腕に手をかけて行ってしまうと、あの優雅な若い娘を妻にするのはそれほど簡単なのだろうかと思った。ドロシアのためにも、簡単に物事が進んだりしないほうがいい。ヘイゼルミアは自分の考えを押し通すことに慣れている。高慢な鼻を折られたら、彼はもっと人間らしくなるだろう。

8

翌日の午後、侯爵は母親がヘイゼルミアの領地から持ってきたさまざまな書類に目を通した。ここ数年、社交シーズンのあいだはロンドンに身を置き、社交上の約束の合間に多くの領地をあわただしく飛びまわる習慣ができている。ところが今年は、ミス・ダレントを追いかけるばかりで、仕事のほうはすっかり怠けていた。勤勉な地主である彼には、領地を訪れるのを先延ばしにはできないことはわかっていた。

目を上げて炉棚の時計を一瞥《いちべつ》すると、三時十五分前だった。天気もよく、そよ風が広場の木に実るさくらんぼを揺らしている。彼はベルを鳴らしてミットンを呼び、すぐさま二頭立て二輪馬車に葦毛《あしげ》をつけて玄関前につけておくよう命じた。それから階上に行ってマーガトロイドに矢継ぎ早に命令をした。十分後には、折り返しのついたブーツに上質の起毛した織り地の上着といういつもどおりの完璧《かんぺき》な姿で、屋敷前の階段を下りていた。彼は馬車の御者席に上がり、ジム・ヒッチンにうなずいて下がらせると、つけ加えた。「僕が戻ったらすぐにヘイゼルミアに発《た》てるよう準備しておいてくれ」

ヘイゼルミアは広場の反対側に向けて馬車を走らせ、メリオン邸の前で止めた。少年に手綱をほうり、階段を上がって玄関に着くと、メローに迎えられた。

「奥方さまはこちらにおいでか、メロー？」

「残念ながら奥方さまはご都合が悪うございます」

ヘイゼルミアは眉をひそめた。「だったら、ミス・ダレントに二、三分、時間を割いてくれるかどうか、きいてきてくれるかい？」

「かしこまりました」

メローはヘイゼルミアを居間に案内し、ミス・ダレントを捜しに行った。階段を上り、彼は危険を冒してレディ・メリオンを起こすべきかどうかと思案した。そしてよくよく考えたあと、その案を却下した。侯爵は馬車でやってきた。あまり馬を待たせたくはないだろう。メローは階上の居間に一人でいるミス・ダレントを見つけ、ヘイゼルミア侯爵の伝言を伝えた。

リッチモンド邸の温室での出来事を思うと、ドロシアはヘイゼルミアと二人きりで会うのが妥当かどうか自信がなかった。けれどもセシリーはファンショー卿《きょう》と馬車で出かけてしまったし、レディ・メリオンはまだ寝室から出てこない。そこで階段を下りて居間に行ったが、注意深くドアを開けておいた。

ヘイゼルミアは温かく微笑《ほほえ》み、早くも習慣となっているやり方でドロシアの手を取ってキスをし、そのまま放さなかった。「ミス・ダレント、今からハイドパークを馬車で散歩しないか？」

ヘイゼルミアが女性を連れて馬車でハイドパークに出かけることなどめったにないとファーディが言っていた。そんな名誉な誘いを断るわけにはいかないと思い、ドロシアはいそいそと返事をした。「ええ、外套《がいとう》を持ってくる時間をいただけるなら」

女性の時間の観念というものをよくわかっているヘイゼルミアは、ドロシアの手を放しながら、あえてつけ加えた。「十分以内だぞ！」

ドロシアは肩越しに笑みを向けると、居間を出ていった。そして驚いたことに、彼女は十分もたたずに戻ってきた。そして屋敷を出たとき、ドロシアが彼についていくらか知っているのが明らかになった。

「まあ。ご自分の葦毛で来たのね！」

手綱を取り戻し、馬車の番をしていた少年に報酬を与えると、ヘイゼルミアは御者席に上った。体を前に倒してドロシアを隣の席に引っ張り上げる。それで、「いかにも、ミス・ダレント、僕の葦毛だ。それで、僕の葦毛のことをどこで知ったんだい？」

この皮肉に動じることなく、ドロシアは完璧な落ち着きを保って答えた。「あなたが葦毛に馬車を引かせてハイドパークをめぐることはめったにないと、ファーディが教えてくれたの」

実際は、ファーディはそれ以上のことを教えてくれた。ヘイゼルミアの葦毛はもっとも足の速い馬で、田舎を駆けさせるのに適しているそうだ。ファーディの言葉を信じるとしたら、侯爵はこの馬にひと財産を使ったのだろう。ヘンリー家の領地では馬を繁殖しているので、どんな金額を提示されても侯爵は葦毛を手放さないということだった。

「ああ、ファーディか」ヘイゼルミアは遅まきながら気づいた。どうやら、ファーディは一方にだけ情報を流すわけではないらしい。

込み合った通りを馬車で進むことに意識を向けていたので、会話はそのままになった。落ち着きのない血気盛んな葦毛は、道沿いの光景や音に不満を訴えていた。無事ハイドパークの門まで行き着いたヘイゼルミアの腕には、ドロシアも称賛するしかなかったが、中に入ると、ヘイゼルミアは馬車の速度を落としてドロシアのほうを向いた。

ありがたいことに、彼女は帽子をかぶっていなかった。だから巻き毛に囲まれた顔がはっきり見えた。ドロシアが彼のほうを向いて微笑み、無言で問いかけるように眉を上げた。

冷静になれる午前中の光の中でじっくり考えた結果、温室の出来事からは何も結論は出ていないとドロシアは判断した。彼の気持ちを探る手がかりになるのではないかと期待して挑発までしたのに、結局ほとんど何もわからなかった。たしかに甘美なひときだったし、ヘイゼルミアに禁じられた喜びを教える資格が充分に備わっているのは間違いない。それでも、彼の気持ちを明らかにする言葉が聞きたかった。ドロシアは気落ちした。自分の思いを打ち明けるのに、侯爵はハイドパークを選んだりはしないだろう。しかも葦毛の手綱を持っている。けれども、ここに私を連れてきたのは、きっと何か言いたいことがあるからだ。

「ミス・ダレント、僕は二、三日ロンドンを離れなければいけなくなった。用事があって、ヘイゼルミアに行く必要が生じたんだ」

「そうなの」この思いがけない知らせにも、さほど腹立ちは感じなかった。考えてみれば、当然彼は領地に定期的に戻る必要があるだろう。そのとき、お披露目の舞踏会のことを思い出し、目の前が真っ暗になったように思えた。疑問をどう言葉にすればいいかわからず、ドロシアは悲しげな顔を彼に向けた。

ヘイゼルミアは、ドロシアの顔を何かがよぎるのを見つめ、安心させるように言った。「火曜の夜には戻ってくるから、水曜の夜には会える」

ドロシアの顔に太陽の輝きが戻ってきたのを見ながら、ヘイゼルミアはこれ以上の確証などいらないと感じた。温室でのドロシアの行動と反応には、疑問の余地はない。今すぐ結婚を申し込みそうになったが、危険な二頭の馬を操りながらその話をするのは気が進まなかった。今後も機会は何度もあるはずだ。もっとふさわしい状況のときにしよう。ああ！ヘイゼルミアは動揺した。ハイドパークの真ん中で求婚しようと考えるとは！

ハイドパークでは何度も馬を止めては、彼は知り合いと挨拶《あいさつ》をかわした。だが馬を待たせるのがいやだったのでその時間を最小限にとどめ、ひとまわりしたところで、葦毛を門に向かわせた。「天気が変わった、ミス・ダレント。すぐにキャヴェンディッシュ・スクエアに君を送り届けていいだろうか？」

「いいわ」ドロシアは答えた。「あなたの葦毛の馬車に乗るのがどんなに光栄か、わかったし」

彼女が目を上げると、温かいはしばみ色の瞳が自分に向けられていた。「そのとおりだよ」ヘイゼルミアがつぶやいた。「それに、僕がいないあいだ、おとなしくしているように」

その尊大な口調にかっとなり、ドロシアは彼をひるませるような言葉を言おうとしたが、例の奇妙な光を放つ瞳にからかうように見つめられ、困難な状況から何度も彼に救い出されたことを思い出した。幸い、馬車が往来に出たので、ヘイゼルミアの注意は再び馬に向けられた。キャヴェンディッシュ・スクエアに着くころには、ドロシアも彼の最後の発言は無視するのが賢明だと確信していた。

メリオン邸の前で馬を止めたヘイゼルミアは、馬車から飛び降り、ドロシアを抱き上げて降ろした。そして一緒に階段を上って彼女をエスコートすると、メローがドアを開けたところで彼女の手を取り、唇を寄せて微笑んだ。「さようなら《オー・ルヴォワール》、ミス・ダレント。水曜日までお別れだ」

日曜と月曜、ダレント姉妹はお披露目舞踏会までのつなぎとして多くの小さな催しに参加した。セシリーが同年代の若い取り巻きとはしゃぐ一方、ドロシアは賢くも、未熟な若い崇拝者たちに期待を抱かせるような行動は慎んでいた。もっとも、冷たく尊大な態度も、エドワード・ブキャナンにはまったく通用しなかった。不幸にもレディ・メリオンでさえ、そういう特別な厄介者につける薬は、時間くらいしかないという意見だった。

そんなわけで、ドロシアはひどくいらだちながらも、気がつくと何度もミスター・ブキャナンの相手を務めていた。彼の話しぶりに腹が立つし、慇懃《いんぎん》な態度は、しつこさと押しつけがましさを増幅させるだけだ。ドロシアが正気を保てたのは、ピーターバラ卿とアルヴァンリー卿、デズバラ卿らの気配りのおかげだった。うれしいことに、相手の自信を喪失させる微妙な手管にかけては、彼らはヘイゼルミアと同じくらい熟練していた。

レディ・メリオンは一覧表を見ながら考え込んでいた。陰鬱《いんうつ》な火曜の朝、水曜に開く晩餐《ばんさん》会のテーブルの席順を決めるという難題に取り組んでいたのだ。屋敷内はごった返していた。仕出し屋や花屋が来て、明日の夜のために架台やらテーブルやらを並べているし、使用人たちはあちこちで真鍮《しんちゅう》や銀、銅製品を拭《ふ》いたり、シャンデリアを磨いたりしていた。彼らにとって明日の夜は今シーズンの山場であり、レディ・メリオンの招待客に、いかなる瑕疵《かし》も見つけられないようにしなければならない。

炉棚に置いた金箔《きんぱく》張りの時計をちらりと見ると、

そろそろ昼食の時間だった。レディ・メリオンはどんな小さな不備もないように、最後にもう一度、表に注意を戻した。そしてようやく満足して、階下の朝の間に向かった。食堂と居間を改装しているあいだは、食事はそこでとることになっていた。流行に関しては専門家と言えるミスター・ファーディ・アチソン＝スマイズの助言を受け、レディ・メリオンは室内をきれいな淡い青に統一すると見映えがいいと考え、そこに白と銀を合わせることにした。よくある白と金を合わせるよりずっと印象的だ。屋敷の中心となる部屋は舞踏室までその色合いでそろえ、舞踏室には、青と白のヒヤシンス、白のアネモネ、白いジャスミンを飾る予定だった。

淡い青と白、そして銀の組み合わせは、孫娘たちのドレスを最大限に引き立ててくれるだろう。セレスティンは彼女の非凡な才能が作り上げた作品の中でも、二人のドレスは最高傑作だと考えていた。ドロシアのドレスは困難をきわめたが、ことのほか満足のいく出来となった。セレスティン自身が問屋を訪れ、ドロシアの瞳の色にぴったりの緑色の絹地を見つけたのだ。デザインは驚くほど簡素で、若い娘には不謹慎とも言えるほど襟ぐりが深くなっている。ネックラインと小さなパフスリーブはほとんど同じ高さで、肩はすっかりあらわになり、身ごろは衝撃的なほど体にぴったり張りついていた。ハイウエストのスカート部分は腰のあたりで美しいフレアが入って、裾《すそ》は床で大きく広がっていた。

セシリーのドレスはそこまで革新的ではないが、やはり簡素だった。明るい淡青緑色の絹地に、まるくくった襟とハイウエスト、小粒真珠をちりばめたデザインは、セシリーの若々しい肢体を最大限に強調するものだった。

雲行きが怪しくなってきたにもかかわらず、ダレント姉妹はその朝いつものようにハイドパークに出かけたが、それ以降はずっと招待状にかかりきりだった。二人は昼食の席で顔を合わせた祖母に、誰と会ったか、そして誰を招待したかを伝えた。二人の幸せそうな顔を見て、レディ・メリオンの心は沈んだ。じきにこの娘《こ》たちは去っていき、彼女の屋敷は再びもとの姿を取り戻す。そんな静かな将来を待ちわびてはいなかった。

レディ・メリオンは舞踏会の日に馬に乗ることを禁じていた。姉妹は十時までベッドにいて、午前中に朝食をとるときに、社交界デビューを祝って知人たちから贈られたプレゼントを開けるだろう。姉妹が望めば広場の庭園を散歩してもいいが、昼食のあとは着替えの時間まで休むようにと言いつけた。セシリーが興奮して熱を出したり、ドロシアが偏頭痛を起こしたりしたら困るからだ。

姉妹が朝食の席に着くころには、テーブルの上は花束や箱でいっぱいになっていた。トリマーとベッツィ、ウィチェットが手助けに呼ばれた。姉妹は食事にはまったく興味を示さず、プレゼントの山を仕分けする作業に取りかかった。

その場に現れたレディ・メリオンは足を止め、仰天した。「おやまあ！　これほどすごいのは初めだわ」彼女は孫娘たちの前にあるそれぞれの山の上に一つずつ箱を置いた。「さあ、受け取ってちょうだい。こんなに楽しませてくれる孫がいるおばあさんはほかにいないでしょうね」

二人の娘たちはさっと立ち上がると祖母を抱きしめ、キスをしてからプレゼントを開けた。セシリーに贈られたのは、舞踏会のドレスの襟元を飾る小さな真珠のブローチだった。包み紙の中の赤い革の箱を開けたドロシアは、最高級のエメラルドを使った一連のネックレスを目にした瞬間、声をもらした。

「まあ、おばあさま！　すごくきれいだわ！」

それぞれがプレゼントを身に着けて感嘆の声をあげると、レディ・メリオンは二人を促して、プレゼントを開ける作業に戻らせた。そして彼女も、誰に何を贈られたかをめぐって声をあげたり笑ったりする楽しげな姉妹のやり取りに加わった。

今日届けられたプレゼントはどれもかなり豪華だったが、姉妹はこれまで花束や詩といったプレゼントを受け取ってきた。ドロシアは、アルヴァンリー卿をはじめとするヘイゼルミア侯爵の仲間からしばしば花を贈られたが、ヘイゼルミア侯爵からは桜草すら受け取っていなかった。その手のことにかけては経験豊かなヘイゼルミアは、競争相手たちの行動を知りつつ、あえて戦略として何も贈らなかったのだ。だがそんなこととはつゆ知らないドロシアは、ある包みを開けて〈アストリーズ〉の箱を見たときも、それを侯爵とは結びつけなかった。

社交界デビューのお祝いに宝石を贈るのは一般的ではない。わけがわからず、ドロシアは周囲の包み紙を押しやってそれをじっくり観察した。「誰から贈られたのかしら」彼女は独り言を言った。

レディ・メリオンがそれを聞きつけ、そばにやってきた。「ずいぶん奇妙ね。開けてみなさい。きっと中にカードが入っているはずよ」

しかし箱を開けてみてもカードはなく、中に入っていたのはきわめて精巧な造りのブローチだった。金にエメラルドとルビーを使って、ブラックベリーの形になっている。ドロシアの顔にゆっくりと微笑みが浮かんだ。なんて大胆なのかしら！

レディ・メリオンには何がなんだかわからなかった。姉の手にあるブローチを見て即座に察したのは、セシリーだった。「まあ！　ヘイゼルミア侯爵からでしょう？」茶色の瞳をドロシアの赤くなった頬に向け、セシリーはくすくす笑った。

レディ・メリオンにはブラックベリーがどうヘイ

ゼルミアと結びつくのかわからなかった。とはいえ、あの紳士をよく知っている彼女には、プレゼントが邪気のないものとは思えなかった。彼女はきっぱりと言った。「ドロシア、今夜はそれを着けてはいけません」

「まあ、いやよ。そんなことを言わないで、おばあさま。勝手ながら、ペンダントとしてエメラルドのネックレスに下げられるようにデザインしたと記してあるわ。なんて気がきくのかしら」

ドロシアはブローチとネックレスを確かめ、二つをつなぐ継ぎ目を見つけた。よく見ると、完璧に釣り合っている。しかもどちらも豪華で、すばらしく個性的だった。

「ドロシア、私にはそのブローチが何を意味しているのかわからないし、知りたいかどうかもわからない」レディ・メリオンが権威ある口調で言った。「だけどヘイゼルミアがどんな意味を込めたにしても、今夜それを着けてはだめよ。どんなに目立つか考えてみなさい。いったいどんな顔で彼に会うつもりなの？」

「そうね、いつもの落ち着いた顔でいられるといいけど」頑固な孫娘が言い返した。「でも、これはいわば彼からの挑戦なのよ、おばあさま。おばあさまだってご存じでしょう」

そういうことは何も知らないと思いながら、レディ・メリオンは疑問に思った。ヘイゼルミアはドロシアを危険な領域に引き入れているのではないだろうか。けれども今の状況では、できることは何もなかった。

レディ・メリオンが決めたその日の予定がただ一度だけずれたのは、エドワード・ブキャナンが原因だった。いきなり玄関に現れた彼は、メローから婦人たちの面会拒絶を伝えられても、きっぱりとはね

出してメローを説き伏せ、朝の間に入ってきた。ハーバート・ダレントの名を持ちのけた。そして、ハーバート・ダレントの名を持ち

話を聞いたレディ・メリオンは憤然としながら階下に下り、朝の間に勢いよく入っていった。五分後、彼女はいくらか当惑した様子で出てくると、年上の孫娘を捜した。

十分後、ドロシアは青ざめた顔で階段を下りた。一瞬立ち止まり、ひどい嫌悪を感じながら朝の間のドアに目をやる。それから大きく息を吸うと、中に入った。

レディ・メリオンからしおれたデイジーの花束のことは聞いていたが、事態は予想よりひどかった。デイジーだなんて！　それを手にした男の信じがたい独りよがりなうぬぼれについては言葉もない。

「ああ、ミス・ダレント！」ミスター・ブキャナンは一瞬何も言えなくなったようだったが、すぐにいつもの彼に戻った。「僕がここにいる理由は、よくわかっているでしょう」

そのおどけた調子がドロシアを最低の気分にした。幸い彼は小さな円テーブルの向こう側に立っているが、その位置を死守させなければ。

エドワード・ブキャナンはドロシアの沈黙をなんとも思わないらしく、元気に先を続けた。「そのとおりだ！　僕がここに来たのは、君に結婚を申し込むためなんだ。これほど早い求婚は、君だって予想していなかったでしょう。お披露目の舞踏会の前なのに。こうもうまく行き先が決まる若いご婦人はそう多くないんじゃないかな？」

ドロシアはもう我慢できなくなった。「ミスター・ブキャナン。あなたの申し込みには感謝しますが、残念ながら、私はあなたとは結婚しません」

「いや、なんの問題もないでしょう。このエドワード・ブキャナンは、こういったことについてよく知っていますからね。ダレント卿からすでに承諾を得

ています。あとは、君がひと言言えばいい。そうすれば、僕たちは今夜、君の舞踏会で発表できる」

ドロシアは顔色を変え、嫌悪感をあらわにした。

「ミスター・ブキャナン、どうやら思い違いをなさっているようですね。ハーバート・ダレントは私の後見人かもしれませんが、私に結婚を強制する力はありません。私はあなたと結婚するつもりはないんです。これでおわかりかしら？　それでは失礼させていただきますわ。私たち、とても忙しいので。メローが玄関までご案内します」

ドロシアは頭を高くもたげ、さっさと部屋を出ると、メローに歓迎されざる客人を見送るように指示してから階段を上がった。

その夜、晩餐会の招待客が到着する前にレディ・メリオンは玄関に立って、階段を下りてくる孫娘を見つめていた。彼女の胸は誇りと、自分の手で勝ち取った満足感でふくらんだ。二人ともすばらしい！

先に下りてきたセシリーは、子供のような無垢《むく》な姿に見えた。まじめな表情を浮かべようとしながらも、大きな茶色の瞳は楽しげにきらきら輝いている。そして優雅に階段を下りてくるドロシアは、息をのむほどの美しさだった。生まれついての落ち着いた物腰が、大胆なドレスを最大限に美しく見せている。その姿を見れば、どんな男性も心臓が止まりそうになるだろう。とくにヘイゼルミアは！　ブラックベリーのペンダントに目をとめ、レディ・メリオンは少々意地の悪い気分で考えた。あれを着けたドロシアの判断は間違っていない。あのペンダントは、孫娘の抜けるような白い肌にとても映えていて、緑と赤の輝きが、すべてを完璧に際立たせている。

数分のうちにメローがファーディの来訪を告げた。彼は早めに来て手伝いをすると約束してくれていたのだ。居間に入ると、彼はぴたりと動きを止め、ただまじまじと姉妹を見つめた。

「驚いたな！」優美なミスター・アチソン＝スマイズ自身も、それ以上の言葉を失っていた。このまたとない賛辞に、三人の婦人はどっと笑った。そして、その後間もなく到着し始めた客たちは、そんな打ち解けた雰囲気に迎えられた。

ほどなく居間は会話で騒がしくなった。レディ・ジャージーとエステルハージ侯爵夫人が二人の娘たちを心から褒めそやした。ドロシアがミス・ブレシントンのところに行ってしまうと、サリー・ジャージーがレディ・メリオンに向き直った。「ねえ、ドアを入ってあの姿を目にしたときのヘイゼルミアの顔を見るのが待ちきれないわ」

「サリー、そんなことを言わないで。私は彼かドロシアのどちらかが、あるいは両方が、今夜どこにいるかも忘れて、物議をかもすようなまねをするんじゃないかって心配でたまらないのよ」

「今夜ばかりは、彼がそうしても誰も責めないと思うけど」

ちょうどそのとき、メローがヘイゼルミア侯爵と侯爵未亡人の来訪を告げた。じろじろ見るような無作法な者はいなかったが、ヘイゼルミアはエメラルドグリーンのひと組の瞳を除いて、すべての目が彼に向けられたのを意識した。だがドロシアを捜したい誘惑を拒み、いつもの洗練された物腰で母親を連れてレディ・メリオンに挨拶しに行った。

一方のレディ・ヘイゼルミアは、ドロシアを捜しあて、息子にしか聞こえない声で言った。「ねえ、見て！　彼女はこれまで見たこともないほどきれいよ」

ヘイゼルミアはしばみ色の瞳で笑いながら答えた。「ありがとう、母上。おしゃべりな連中が一人残らず僕に注目しているので、きっとそうじゃないかっていう気がしていたんだ」

くすくす笑ったレディ・ヘイゼルミアは向きを変えると、レディ・メリオンに挨拶をした。ヘイゼルミアは母親を女主人のまわりにいる親しい友人たちにゆだね、巧みに人のあいだを縫っていった。

ヘイゼルミア一行のすぐあとにエグルモント伯爵家が到着した。セシリー・ダレントに挨拶するファンショー卿にほとんどの人々の注意が向けられた隙《すき》に、ヘイゼルミアは妹のレディ・アリソン・ギズボーンと話しているドロシアに近づいていった。金髪で陽気なアリソンは、兄の思い人が誰か知っていたので、ドロシアに自己紹介をしていたのだ。兄を見た彼女は満面に笑みを浮かべた。「あら、マーク。これからお母さまのところに行くところよ。私に何か言いたくてたまらないみたいだから」彼女は兄を見上げて笑うと、立ち去った。

「妹はよく僕のことをわかっているようだな」ヘイゼルミアはつぶやき、ドロシアの手を取って、いつものように唇を寄せた。

ドロシアはヘイゼルミアを見上げ、はしばみ色の瞳が輝いていることに気づいた。そして彼に微笑みかけられたときには、周囲のすべてが消えたとしてもかまわないと思い、微笑みを返した。「あなたのプレゼントにお礼を言わなくてはいけないわ、ヘイゼルミア侯爵」

「ああ、そうだった。楽しい思い出のしるしとなればいいと思ったんだ」ヘイゼルミアは長い指でペンダントに触れながら、その下の肌を撫《な》でたい誘惑をなんとかはねのけた。

ドロシアはもっと不謹慎な言葉を期待していた。「そうね、モートンの森はとても心安らぐ場所だったわ」その態度は完璧だったので、もし彼女をよく知らなければ、ヘイゼルミアもドロシアが最初の出会いをすっかり忘れてしまったと思っただろう。

立派な態度だと苦笑しながら、彼はドロシアを挑発した。「僕の攻撃をかわすのがずいぶん上手になったんだな。もっと……直接的な手段を使わなくてはならないんじゃないかという気がしてきたよ」

エメラルド色の瞳がさっと向けられたが、ドロシアがどう答えたのかはどちらにもわからなかった。というのも、ちょうどそのときマージョリー・ダレントが二人のほうにやってきたからだ。

ほかの人たちはミス・ダレントとヘイゼルミア侯爵の会話を邪魔しないだけの礼儀を心得ているのに、レディ・ダレントにそんな気づかいはなかった。マージョリーはドロシアが放蕩《ほうとう》者と大差ない男に独り占めされていると見て、責任を感じたのだ。先ほど到着したばかりの彼女は、まだドロシアと言葉をかわしていなかった。しかも近視だったので、近づいて初めてドロシアのドレスに気づいた。自分では上品と信じる笑みを侯爵に投げかけると、マージョリーはドロシアに話しかけた。「まあ！　肩かけでドレスを覆うべきだと思わないの？」

ドロシアが身をこわばらせたのをヘイゼルミアは感じ取り、二人はほんの少し互いに身を寄せた。

「そうは思わないわ。寒くないもの」ドロシアは神業とも言える努力で癇癪《かんしゃく》を抑えた。そしてマージョリーがあまりに鈍感なので、重ねて言った。「洗練されていないドレスを着て、おばあさまに恥ずかしい思いをさせるつもりはないし」

拍手を送りたくなるのを抑えて、ヘイゼルミアは割って入った。「ミス・ダレント、どうやら母が僕たちに用があるみたいだ。レディ・ダレント、失礼してよろしいですか？」憤慨した様子のマージョリーにうなずきかけると、彼はドロシアを促した。そして歩きながら、隣の美女を一瞥した。「たいしたものだ！　君が何も言わなかったら、僕はもっとひどいことを口にしていただろうな。これからほかの……手管を教えるにしても、人を侮辱する方法については教える必要がなさそうだね」

この軽口に抑えた笑い声で応《こた》え、ドロシアはきらきら輝く瞳をヘイゼルミアに向けた。二人が笑みをかわす様子を、侯爵の母親が見ていた。こんなふうに明らかに恋に落ちた息子を見ることになるとは、思いもしなかった。

人々のおしゃべりは続き、居間の熱気も上がってきたころ、きらびやかな新しい燕尾《えんび》服に身を包んだメローが晩餐会の始まりを告げた。普通なら、出席者の中でもっとも高い爵位を持つヘイゼルミアがレディ・メリオンをエスコートするはずだが、ハーバート・ダレントは自分がこの役目を負うべきだと考えた。その結果、侯爵はドロシアにつき添い、セシリーにはファンショー卿がつき添うことになった。

晩餐会は大成功をおさめ、レディ・メリオンの喜びに水を差す出来事は一つも起きなかった。会話はよどみなく続き、マージョリーでさえ隣席の耳の遠い海軍司令官との話がはずんだ。全員が予期していたとおり、ヘイゼルミアとドロシアはほかの出席者の存在など忘れているように見え、反対側のセシリーとファンショーも同様だった。レディ・メリオンが事前に席順について手を打っていたおかげで、これに憤慨する者はダレント卿夫妻くらいだったが、幸い彼らは離れた席にいたので、テーブルの中央で繰り広げられる楽しげな光景に水を差すことはなかった。

最後の料理が下げられると、女性たちは居間に移動し、男性たちはその場でポートワインを楽しんだ。舞踏会の前の晩餐会では、男女がしばらく席を分けるこのしきたりも、時間を最短にするのが普通だ。それでもレディ・メリオンは念のため、エグルモント伯爵に頼んで、ハーバートがみんなの気分を損なうことを言わないよう気をつけてもらっていた。

エグルモント伯爵はまさに適役だった。彼は若い紳士たちがポートワインを飲んで長い時間を過ごす気分ではないとわかっていたが、それは当然だろう。伯爵の意見では、晩餐も舞踏会も楽しむためのものなのだ。もったいぶったハーバート・ダレントのおしゃべりを聞くよりも、居間に早く引き返して、マークやトニー、そしてハーコート卿やファーディたちの悪ふざけを見張っているほうがずっとましだ。

そういうわけで、農地の輪作に関するハーバートの話はエグルモント伯爵によって終わらせられ、伯爵は役割を果たして紳士たちを居間へと移動させた。

レディ・メリオンは戻ってきた男性陣を見て安堵《あんど》のため息をもらした。うれしいことに部屋は客たちが作り出す会話のざわめきにあふれていた。ヘイゼルミア侯爵とファンショー卿は、部屋に戻るとダレント姉妹が友人たちとおしゃべりに興じているのを見て、それを邪魔をするのはやめた。

ヘイゼルミアは母親に近づいていった。「ああ、母上！　もっと前にお願いすべきでした。尊敬する姉上たちは舞踏会に参加なさるのですか？」

レディ・ヘイゼルミアは息子と同様に、堅苦しい姉娘たちをかなりの負担に感じていた。「心からそうじゃないことを祈るわ！」彼女は振り返ってサリー・ジャージーのほうに身を乗り出し、レディ・メリオンに言った。「ハーマイオニ、マリアとスーザンは招待しなかったでしょうね？」

レディ・メリオンがかぶりを振ったのを見て、母親と息子はがっかりした。「招待したわよ。そして二人とも承諾したわ」

レディ・ヘイゼルミアは再び息子を振り返り、しかめっ面をしてみせた。

彼は体を傾け、母親の耳にささやいた。「だとすると、母上から愛する姉上たちにひと言警告しておいてくれませんか。今夜、僕とミス・ダレントから距離を置くようにと」

レディ・ヘイゼルミアはびっくりして息子を見た。彼は例の癪に障る笑みを浮かべて母親を見下ろすと、離れていった。彼女はその謎《なぞ》めいた言葉の意味を理解するのに数分を費やし、とうとう、息子は姉たちを怒らせることを本気でするつもりなのだと考えた。そして隣に座るサリー・ジャージーのほうを向いたとき、息子が何をたくらんでいるかわからないのは自分一人ではないと気づいた。

「アンシア、あなたの坊やは何を考えているの？　彼もトニー・ファンショーもとてもそっけなくふるまっているわ」

「全然わからないのよ、サリー。でも、つねに母親が最後まで蚊帳の外なのは、あなたもご存じでしょう。でも、たぶんあなたの言うとおりだと思うわ。あの子たちはたしかに何かをたくらんでいる」

舞踏会の時間が近づいてきたので、レディ・メリオンは晩餐会の招待客を舞踏室へと導いた。花屋と内装業者の飾りつけはすばらしかったが、婦人たちの感嘆の声や祝いの言葉は、舞踏会の招待客たちの到着のざわめきによってかき消された。あらゆる上流社会の面々が舞踏会に加わり、知り合いたちがかわす挨拶やおしゃべりが波のように部屋に広がっていく。

ドロシアとセシリーは祖母と一緒に階段の上に立ち、客たちを出迎えた。続く三十分は、挨拶と社交界への顔見せに費やされた。押し寄せる客の波がおさまり始めると、舞踏室は人であふれそうになった。ロンドン社交界の精鋭たち全員が出席していた。壮麗な室内の光景に、レディ・メリオンは完璧な成功を実感した。彼女はメローの視線をとらえて舞踏会を開始する合図を送り、メローが胸を張って舞踊室に下りていくと同時に、客の波が分かれて最初のワルツのための空間ができた。

伝統的に最初のワルツの初まりの部分は、舞踏会の主役である若いレディだけが踊る。今夜は客たちが踊りに加わる前にまずドロシアが、次いでセシリーがダンスフロアに下りていった。厳密な作法によれば、ドロシアはハーバートと、セシリーはレディ・メリオンのいとこのウィグモア卿と踊ることになる。だが、レディ・メリオンがその話をしたとき、ウィグモア卿はこれを辞退した。代わりにこの役を果たす人物の名を聞いたとき、彼はくすくす笑った。ハーバートのほうは、レディ・メリオンから、ワルツが踊れない彼に代わってふさわしい人物を見つけたと言い渡された。ハーバートは憤慨したが、逆らって騒ぎを起こすほどの勇気はなかった。ハーバートの祖母は賢明にも、彼の被後見人をダンスに誘い出すのが誰なのかは言わずにおいた。

この何よりも重要な最初のダンスの相手が誰になるのか、孫娘たちにも知らされなかったが、二人ともハーバートとウィグモア卿が相手だと想像していたので、尋ねようとも思わなかった。そして今、レディ・メリオンはおののきを感じつつ、舞踏室に下りる短い階段の上で二人の孫娘のあいだに立っていた。彼女は楽団が最初の小節を奏でようとしているのを見て言った。「行きなさい、いとしい孫娘たち！　ワルツの相手は決まっているわ。階段を下りたところで会えるでしょう。あなたたちにとって、このうえなくすばらしい舞踏会となりますように」

姉妹は階段を下りていった。ドロシアは誰もが目を奪われるような自信に満ちた雰囲気を漂わせていたが、内心では、このダンスを恐れていた。ダンスフロアに足を踏み出したとき、ドロシアの大きなきらきら輝く目が、これ以上ないほど大きく見開かれた。いつにもまして堂々としたヘイゼルミア侯爵が微笑みながら近づいてくる。

ヘイゼルミアがお辞儀をし、ドロシアも品よく一礼する。そしてまっすぐ体を起こすと、いつものように彼の腕にすべてをゆだねた。彼女の顔は輝き、微笑む瞳がきらきら光っている。ダンスをしながら振り向いたとき、セシリーもまたファンショーと向かい合っているのが見えた。ドロシアは安堵のため息をつき、心から言った。「相手があなただったことにどれほど感謝しているか、あなたにはわからないでしょうね！」

二人で部屋をまわりながら、ヘイゼルミアはにっこりした。「君のおばあさんも僕も、あのハーバートが君の相手にはふさわしくないと感じていたんだ。それにウィグモア卿も、悪くはないにしても、セシリーにはぴったりとは言えない」

周囲に静寂が広がっていた。ドロシアは大きな緑色の瞳に笑みをたたえ、ヘイゼルミアの顔を見つめたまま尋ねた。「私たち、世間の物議をかもすようなことをしているのかしら？」

なおも微笑みながらヘイゼルミアはつぶやいた。「そうだね。だが、君が考えているような理由からではないと思うよ」

ドロシアは物問いたげな顔をした。

一瞬、はしばみ色の瞳がきらめいたが、ヘイゼルミアは考えていることのすべてを言わずにおいた。「僕が君と、そしてトニーがセシリーと最初のワルツを踊るのは、厳密には正しくないだろう。しかし、ハーバートはダンスが踊れないのは誰もが知っているし、ほかに近い男性の親類縁者はいない」

「つまり、世間は不満に思っても、非難はできないということ？」

「まさにそのとおり」

舞踏室の端にたどり着いたところで、ヘイゼルミアは巧みに難しいターンを成功させた。二人は、今やダンスフロアに出て踊るほかの男女のあいだを縫って引き返した。

「ところで」ヘイゼルミアは続けた。「今回は君と二回ワルツを踊っても許されるんだ。このダンスは特別で、数には入らないからね。そこで、いとしいミス・ダレント、軽食前のワルツの相手と、食堂までのエスコート役という二重の喜びを僕に味わわせてもらえないだろうか？」

そんなことになれば、このうえなく楽しい夜になるだろう。ドロシアはそう考えて、笑いながら承諾した。室内にワルツの最後の旋律が流れてきた。二人はなめらかに止まり、ヘイゼルミアはドロシアをレディ・メリオンのもとに連れていった。しぶしぶながら祖母に引き渡すとき、彼はドロシアの手にキスをした。そしてドロシアの心臓をひっくり返させるあの笑みを向け、群衆の中に消えていった。

最初のワルツを見たときのレディ・ヘイゼルミアの反応は、ほかの出席者たちとまったく同じだった。息子がドロシアを腕に抱き寄せたとき、全員が息をのんだ。たいていはそれに続いて批判的なささやきが噴き出すものだ。とはいえ、これはとくに眉をひそめるようなことでもなさそうだわ。たっぷり一分考えたあと、うるさい婦人たちも、レディ・メリオンはうまくやってのけたと確信した。紳士のほとんどは、この出来事を大いに楽しんでいた。

レディ・ヘイゼルミアがとくにおもしろいと思ったのは、彼女の息子と美しいドロシアの踊る姿が、多くの女性の胸に激しい怒りを生んだことだった。ヘイゼルミア侯爵の腕に抱かれてミス・ダレントが踊る光景は、誰もが見慣れていたはずだ。だが、それはほかの男女と一緒に踊っている姿で、ダンスフロアを二人きりで踊っている風景ではない。ドロシアがいそいそと彼の腕に抱かれたとき、最初の衝撃の波が広がった。けれども二人がともに踊る姿は、それ以上の衝撃だった。このうえなく優雅で、息がぴったり合い、親密なことを人々に見せつけていた。

まさに、みだらと紙一重だ。何よりすばらしいのは、誰一人として何も言えなかったことだ、とレディ・ヘイゼルミアは考えた。きわめて口うるさい人たちも、趣味が悪いと非難されるのを恐れ、あえて無言のままでいた。あの不道徳な息子がそういったなりゆきを予想しなかったはずはないが、美しいドロシアはそういうことには無知だろう。まあ、無知とは言えないまでも、あのダンスが何を意味していたかには気づいていないに違いない。

少なくとも今は、マークがマリアとスーザンを遠ざけておいてほしいと望んだ理由がわかる。レディ・ヘイゼルミアは姉娘たちがどんなに憤慨するかと想像して笑い、息子との約束を果たしに行った。

ダレント姉妹にとって、お披露目の舞踏会は社交シーズンのいちばん楽しい夜となった。二人は至るところでお祝いの言葉を贈られ、ドロシアは今やすっかり親しくなったヘイゼルミアの友人全員と踊った。ハーバートとも踊ったが、それは、彼がなんとか踊れるカドリーユだった。夜も半ばを過ぎたころ、ドロシアは再び侯爵の腕に抱かれ、軽食前のワルツを踊っていた。

これまでドロシアはずっと誰かと話していたに違いないと考え、ヘイゼルミアは無理に話しかけはしなかった。「疲れただろう、僕の美しいドロシア？」

一瞬遅れて、ドロシアは自分の名を呼ばれたことに気づいた。だが目を上げたとたん、その名を使う権利があるのかと尋ねたい気持ちは霧と消えてしまった。ヘイゼルミアと目を合わせると、全身に甘美な熱い感覚が広がっていく。ドロシアは彼の質問に微笑みで答えた。彼女の長いまつげが大きな緑色の瞳を覆い隠した。

彼はにっこりして、そのしぐさがどんなふうに見えるか、そしてそれが何を引き起こすか、あえて口に出して言うべきだろうかと考えた。だが、そうすればきっと一週間は口をきいてもらえなくなる。

軽食の時間は楽しかった。セシリーとは同席できなかったが、ドロシアはヘイゼルミアの気の置けない仲間たちに囲まれた。ヘイゼルミアはドロシアの隣に座り、友人たちがヘイゼルミア自身のこととしか思えない数多くの逸話でドロシアを楽しませるのを見守って、彼女の耳に入れたくないような話になりそうなときだけ口を挟んだ。友人たちはヘイゼルミアが望めばいつでも話を中断するつもりでいたのだが、彼がそのままにさせていたので、場は大いに盛り上がった。こうして三十分が飛ぶように過ぎ、ドロシアはその夜最後の三つのダンスの一つをデズバラ卿と踊った。

音楽が終わると、まだ話をする機会のなかった祖母の年配の友人たちから呼ばれた。笑いながらデズバラと別れたドロシアはしばらく彼女たちと一緒に過ごし、その後はゆっくりと人込みの中を歩いて、あちこちで足を止めてはおしゃべりをした。そのとき、ミス・バントンに呼びとめられた。彼女はドロシアの二つ年下で、金髪の高慢な美女だ。「ミス・ダレント」ミス・バントンがいつもの冷たい口調で言う。「あなたのドレスは本当にすばらしいわ。すごく個性的ね。でも、私の母だったら、きっとそんなドレスは許してくれないわ。目立つのはよくないっていつも言っているんだもの」

ドロシアはミス・バントンの意地悪な嫉妬《しっと》心に慣れていたので、軽くいなした。「そうね、あなたなら、お母さまが不愉快に思うようなことは絶対になさらないでしょうから」そのまま場を辞そうとしたとき、ミス・バントンの向こう側に立っていた別の年上の女性がそこに割って入ってきた。

「ミス・ダレント！ずっとお目にかかりたいと思っていたのよ。私はレディ・スーザン・ウィルモット、ヘイゼルミアの姉よ」
ドロシアは優雅に差し出された手に触れ、挨拶の言葉を口にしたが、レディ・スーザンはすでに次の話題に移っていた。

「今、ミス・バントンとも話していたんだけれど、最初のワルツをあなたと踊ったヘイゼルミアを見て、とてもうれしかったわ。きっとレディ・メリオンがハーバートの代役を頼んだんでしょうけれど、立派にふるまったあの子を見たのはうれしい驚きだわ。たぶん、これはあの子が身を固めようと考えている証拠ね。もちろん、結婚相手はあらゆることに秀でていないといけないのよ。ヘイゼルミアの領地を取り仕切ることになるんですものね。言うまでもなく、最高の家柄の人じゃないとだめだし、財産も必要だわ。ヘイゼルミア自身が、もっとも裕福な人物の一人なんだから」彼女はにっこりし、鋭い目をドロシアに向けた。「はっきり言わせてもらうと、うちの家族みんなが、ここにいるミス・バントンに大きな望みを託しているの」

「そうなんですね」ドロシアは奇妙にも落胆を感じながら、ミス・バントンをちらりと一瞥せずにはいられなかった。ああ、ひどい！　この人は本当に薄笑いをしているわ。

そのとき、ドロシアの腕に誰かの手が触れた。

「ドロシア、ここにいたのね！　私の義理の弟に会ってちょうだい。あなたを紹介するって約束したのよ」レディ・アリソン・ギズボーンが姉と目を合わせると、レディ・スーザンの顔色が変わった。

そんな二人の様子には気づかないまま、ドロシアはほっとしてレディ・スーザンとミス・バントンにうなずきかけるとその場を離れた。

最後のワルツの終わりの一節が舞踏室に流れ、疲れた男女が振り返って自分たちの親しい仲間を捜しているとき、ドロシアは舞踏室の隅でアルヴァンリー卿の腕の中にいた。彼は部屋を見まわし、明らかに誰かを捜していた。「ああ、あそこにいたぞ！」ドロシアを見下ろし、彼は説明した。「マークからこのダンスのあとに、君を連れてきてほしいと頼まれていたんだ」

二人は広い部屋をゆっくりと横切っていった。途中、ドロシアは帰る客に別れの挨拶を告げながら、レディ・アリソンがヘイゼルミアのそばに立ち、腕を引いて呼びとめるのを見た。しばらくヘイゼルミアは妹の話を聞いていた。それから彼女は兄の顔を引き寄せて頬に愛情たっぷりのキスをすると、明るく手を振って階段のそばにいる夫のもとに急いだ。

二人が侯爵のもとにたどり着いたとき、彼は先ほどドロシアがレディ・ヘレン・ウォルフォードと紹介された肉づきのいい美女と話していた。四人で数分のあいだ歓談しているうちに部屋は人もまばらになっていた。アルヴァンリー卿はレディ・ウォルフォードに腕を差し出し、ドロシアに別れを告げると立ち去った。

ヘイゼルミアはドロシアの顔に浮かぶ笑みを見て言った。「アルヴァンリーと僕はとても仲のいい友達なんだ」彼女の笑みがさらに深まった。ひと呼吸置いて彼は続けた。「ドロシア、明日ハイドパークで馬に乗る予定はあるかい？」

この言葉は、客に別れの挨拶をしていたドロシアの注意を引くのに成功した。「そうね、ええ、そう思うわ」彼女は答えた。

「だったら、ファーディと僕と、それにおそらくトニーも、君のもとを十時に訪れることにしよう。あまり待たせないでくれよ！」ヘイゼルミアはドロシアの手にキスをすると、手を取って自分の腕にかけさせた。そして階段を上って、彼女を祖母のもとへと連れていった。

レディ・メリオンは疲れきっていた。今夜はこのうえない成功をおさめたが、ドロシアとヘイゼルミアがあれほど息の合ったダンスを披露しなければ、こんなに疲れはしなかっただろう。とはいえ、そんな些細《ささい》なことで、難癖をつけるつもりはない。人けのなくなった舞踏室をやってくる二人の姿に目をとめ、彼女はにっこりした。「あなたたち！　すばらしい成功をおさめたわね」

「すべておばあさまのおかげよ」ドロシアは答え、衝動的に老婦人を抱きしめた。

「だったら、もう行きなさい」レディ・メリオンはぶっきらぼうに言った。「セシリーはすでに部屋に引き取ったわ。きっとヘイゼルミア侯爵も許してくれるでしょう」

ヘイゼルミアはドロシアの手を取ると、優雅に彼女の手首にキスをした。「おやすみ、ドロシア。明日の朝、会おう」

レディ・メリオンはこのやり取りを見つめていた。そして、孫娘が声の届かないところに行ってしまうと言った。「本当にきわどいことをするのね」

「あなたの孫娘さんに対してだけですよ」不埒《ふらち》な答えが返ってきた。レディ・メリオンが息をのむと、ヘイゼルミアは続けた。「ハーバートがあのすばらしい女性の後見人に間違いありませんか？」

「ええ、不幸にもね」

侯爵は肩をすくめ、その場を辞そうとした。だがレディ・メリオンはそう簡単に彼を解放するつもりはなかった。ヘイゼルミアにまるで母親のようなまなざしを据えると、彼女はきいた。「いつあの娘に求婚する気なの？」

「僕の都合のいいときに」単刀直入な質問にも動じず、ヘイゼルミアが答えた。

「つまり、申し込むつもりがあるということ？」

それを聞いて、彼は微笑んだ。「疑っていらっしやるんですか?」

「あのワルツのあとでは、あそこにいた者は誰も疑わないでしょうよ!」彼女は辛辣《しんらつ》に言い返した。

「まさに僕のもくろみどおりですね」落ち着いた微笑みとともに、彼は優雅にお辞儀をすると階段を下りていった。

レディ・メリオンは遠ざかるヘイゼルミアを見つめていた。この件に関して彼は冷静で鮮やかな手際を見せた。それは称賛に値するが、どういうわけかレディ・メリオンは、これまでヘイゼルミアは不自然なほど簡単に成功をおさめていると感じていた。彼女の経験では、ドロシアのような頑固な若い娘は、こういうことに落ち着いて対処したからといって喜びはしない。そうよ、ヘイゼルミア、きっとこの先に厄介なことが起きるわよ。

9

翌朝の乗馬の時間はくつろげるひとときとなった。ダレント姉妹、ヘイゼルミア、ファンショー、ファーディとミスター・ダーモントはキャヴェンディッシュ・スクエアを出発し、ハイドパークの門でハーコート卿《きょう》とミス・ブレシントンが合流した。天気がよかったにもかかわらず、人はまばらで、間もなく三組の男女はそれぞれに話をはずませながら、林の空き地や乗馬道をゆっくりと進んでいった。ファーディとミスター・ダーモントは最新流行のスーツについて熱心に話し込んでいた。

ヘイゼルミアと二人きりになるとしばしばそうなるのだが、ドロシアは落ち着きを失った。冷ややかな態度を維持して、すべてを見通すはしばみ色の瞳に抵抗するのがだんだん難しくなっている。ヘイゼルミアがそばにいるだけで心が乱れ、頭が働かなくなるのだ。舞踏会やパーティのように人が大勢いて、彼も作法に従うところなら、それとなく攻撃をかわすこともできる。けれども二人きりになると、わくわくする一方で危険な領域に連れていかれそうになっても、攻撃をかわす術《すべ》はない。もはや彼に対する思いを隠しおおせる自信がなかった。実のところ、もうすべて知られているとしか思えない。リッチモンド邸の温室でのふるまいをヘイゼルミアがどう思っているのか、ドロシアには見当もつかなかった。彼は相変わらず尊大な態度を崩さないし、まだ遠まわしにさえも愛の言葉を口にしていない。

ヘイゼルミアと並んでハイドパークの奥へと馬を進め、ほかの友人たちの姿が見えないくらい離れると、ドロシアはますます動揺し、平静を失った。とくに隣にいる不届きな人物は、不安という言葉すら知らないように見える。彼はいつものように自信にあふれた様子だが、ドロシアはわけのわからない何かに――抗《あらが》いがたい餌《えさ》か何かで、決して逃れられない罠《わな》にとらえられたような気がしていた。そしてヘイゼルミアはその中心にいて、ドロシアをさらに引き寄せようとしていた。

ヘイゼルミアは翌週しばらくロンドンを離れるとドロシアに告げた。前回ヘイゼルミアに滞在したとき、改めて自分の怠慢を思い知ったのだ。ドロシアに対する真剣な気持ちを上流社会に印象づけるためにできることはすべてしてきたし、求婚したときの彼女の答えも予測がついたので、すぐにも領地の問題を片付けなくては。隣で馬に乗る女性のほかは、ヘイゼルミアをロンドンにとどめるものは何もなかった。これから続くお披露目の舞踏会も、彼にとってはとくに楽しい催しではなかった。

　ドロシアはヘイゼルミアの計画をぼんやりとした気分で受け入れた。だが、彼の最後の言葉に驚いた。

「僕が不在のあいだ、どんなことであれ助けが必要なときには、ファーディやトニー、あるいはアルヴァンリーやピーターバラを頼ってくれ。僕の仲間なら誰でもかまわない。僕たちはずっと助け合ってきたから、必要があれば、彼らはためらわずに僕の役に立ってくれる」

　ドロシアは振り向いて目を見開いたが、ヘイゼルミアの態度にとくに変わった様子は見られなかった。ただ後悔したような瞳のきらめきが、彼の本当の気持ちを知るための手がかりになった。

　そのきらめきは、ヘイゼルミアが思いがけず多くを明かしたと気づいたときに目に浮かぶ。また彼は、口をすべらせたんだわ。ドロシアがそこで立ち止まって考えていれば、ヘイゼルミアの親しい友人たちがなぜミス・ダレントを守るのかと、疑問を覚えたに違いない。そして、将来のヘイゼルミア侯爵夫人だからこそ、ドロシアを守るのだと気づいたかもしれなかった。

　その後、ヘイゼルミアはドロシアを不謹慎な領域へと導くことに喜びを覚えた。自制心は早くも消えつつあり、じきに役に立たなくなる。そう気づいた彼は、長い経験から習得した手管を用いて巧みに彼女から離れた。ドロシアは戸惑っていたが、二人がどこに向かっていたのかもわかってはいないだろう。

　仲間たちのところに戻ったのは、二人が最後だった。ヘイゼルミアの表情を見て、ファーディは彼に言いたいことがあったのを思い出した。トニーにもだ！　全員がそろったところで、一行はハイドパークの出口を目指した。

　限られた者だけが出席できる仮面舞踏会が、翌週木曜にブレシントン邸で開かれる予定だった。今年デビューした娘たちはずっと仮面舞踏会を楽しみにしていた。こういう催しは、近年では不評だった。というのも、出席者が羽目をはずしやすく、しかも行動を監視するのが難しいからだ。とはいえ、しつこくせがまれた母親たちは集まって、妥協案を考え出した。仮面舞踏会である以上、厳格な規則を設けなくてはならない。入場者は招待された者のみで、ドレスの上に、ドミノと呼ばれる地味な黒のフード付きマントを着用する。仮面は入り口で渡されることになっていた。つまり、女主人がそれぞれの顔を確認してから入場を許されるというわけだ。

仮面舞踏会にヘイゼルミアが間に合わないと気づいてドロシアはがっかりし、自分も欠席しようと思った。だがつき添いの人たちは会場に入れないので、そのあいだレディ・メリオンがゆっくり休める。そしてセシリーが一人で行くのをいやがり、加えてレディ・メリオンが、ある紳士が街にいないという理由で恋しがったり嘆き悲しんだりするのはよくないとそれとなく口にしたのでドロシアははたと気づき、舞踏会に行くセシリーに快くつき添うことにした。

ブレシントン邸の玄関で招待状を手渡した二人は、女主人に入場を許されると、ブレシントン姉妹から仮面を受け取る列に並んだ。ドロシアの姿を見て、ジュリア・ブレシントンは忍び笑いをし、それからいわくありげにこっそり紙切れを押しつけた。

ドロシアは列に並んだまま、紙を開いた。そこにはたった一行だけ記されていた。〝真夜中にテラスで会ってくれ〟こんな有無を言わせぬ文章を書いてくる人物は一人しかいない。つまり、ヘイゼルミアはこの舞踏会に出席するのだ。遅れてくる予定だから、人込みの中で私を見つける暇もないのだろう。

ジュリアがなおもくすくす笑いながら、ドロシアの頭の後ろでしっかりと仮面の紐《ひも》を結んだ。ドミノのフードは髪をすっかり覆っている。この扮装《ふんそう》をしていてさえ、彼女とセシリーは戸口に足を踏み入れるやいなや、それぞれドミノを身に着けた怪しげな背の高い人物からダンスを求められた。

ドロシアはウエストになじみのある腕を感じ、笑みをたたえたはしばみ色の瞳を見上げた。そして即座に緊張を解いて笑い返した。

「もう来ていたのね!」

「もう? どうして僕がここに来ると知ったんだ?」ヘイゼルミアは驚いて尋ねた。

「手紙をくれたじゃないの」そう言いながら、ドロシアは恐ろしい予感にとらわれた。

「なんの手紙だ?」ヘイゼルミアは窓のほうへ彼女を引き寄せた。「見せてくれ」

手紙はドミノのポケットに入れてあった。ドロシアはそれを取り出し、彼に手渡した。

ヘイゼルミアは口元を引き結び、一行だけの文章に目を通した。ドロシアが仮面舞踏会に出席し、彼と同じくらい経験豊富などこかの紳士の手に落ちたらと考えるとたまらず、仕事を一日早く切り上げてロンドンに戻ってきたのだ。だが、いったいこれはどういうことなんだ?

仮面の下でドロシアの顔が青ざめるのを見て、ヘイゼルミアは彼女のウエストに腕をすべらせた。手紙をポケットに入れると、ドロシアを部屋の中央に導く。「今度僕の署名を見せるよ。そうすれば、君も僕が送った手紙だとちゃんとわかる」

「でも、あなたでないとしたら、いったい誰が?」

ヘイゼルミアはこの出来事を一瞬で忘れさせる奇想天外な話を作ろうかと考えた。だが、ドロシアの断固とした顔を見ると、それはうまくいきそうもなかった。「君同様、僕にもわからないよ」

ワルツが始まり、ドロシアは気がつくとヘイゼルミアの腕に抱かれてダンスフロアをまわっていた。ダンスが終わるころまでには、ヘイゼルミアもドロシアの心から謎《なぞ》めいた手紙のことを追い払い、彼にだけ注意を向けさせるのに成功していた。仮面舞踏会のいちばんの魅力は、物議をかもさずにひと晩じゅう一人の紳士の腕の中で過ごせることだとドロシアにもわかってきた。ヘイゼルミアも彼女を放すつもりはなく、幸運にも、舞踏室のほとんどの男女が同じ思いだった。ドロシアも同じ思いだったので、侯爵の独占欲は気づかれずにすんだ。

二度目のダンスのあと、ヘイゼルミアはドロシアを奥まった小さな空間に連れていった。ドロシアは知らず知らずのうちに心地いい彼の腕の中にいて、二人はこの一週間のことを報告し合った。

「ピーターバラ卿はとっても親切だったのよ」ドロシアはため息をついた。目が楽しげに躍っている。

「そうか？」ヘイゼルミアの目に不機嫌そうな表情が浮かぶ。

「そうよ」彼女は念を押し、無邪気につけ加えた。「彼があなたにそう言えって言ったの」

続いて起こった笑い声がドロシアの胸をうずかせた。ヘイゼルミアのはしばみ色の瞳のおかげで、平静を失ってしまいそうだった。「今度ジェリーに会ったら、ちゃんと礼を言わないといけないな。だが差しあたっては、ダンスを楽しもう」

ヘイゼルミアは、その後ドロシアに手紙について忘れさせることに全神経を集中し、彼女を楽しませるためにありとあらゆる手を尽くした。ドロシアの気持ちをうまくそらして、疑いを持たせずにファンショーに託せればいいのだが。そのあいだに、ドロシアに代わって、真夜中の約束を果たしに行くつもりだった。だが、ひと言ももらさず僕の話に聞き入り、挑発的な誘いの言葉にうれしそうに顔を赤らめたりはするものの、ドロシアは驚くほど冷静だ。おそらく僕の思惑も見抜いているだろう。彼女の気をそらすには、舞踏室の真ん中でキスをするくらいしか、いい考えは浮かばなかった。真夜中が近づいてきたころ、ヘイゼルミアはあきらめた。

真夜中になった時点で全員が仮面をはずすことになっていた。時計の針が真夜中にあと五分と迫ったとき、ヘイゼルミアはテラスに続く窓のほうにドロシアを促した。彼女もまた時間を気にしていた。

「本気でやってのけるつもりかい？」彼は尋ねた。

「当然でしょう！」ヘイゼルミアが一人で真夜中の約束を果たしたいと望んでいるのは、私がきっと女の子みたいに感情的になると考えているからだ。もっと私のことを理解してほしい――ドロシアは少し悲しくなった。

「僕の言うとおりにすると約束しなければ、君をテラスには行かせない」

これは私宛《あて》の手紙だから、あなたではなく、私が決めるという言葉がドロシアの舌の先まで出かかった。それにテラスに出るのに、あなたの許可など必要ないわ！　だが言い争う時間もなかったし、ヘイゼルミアの楽しげな目のきらめきが、ドロシアの思いを読み取っていると言っていた。いらだちを抑え込むと、彼女は同意した。「いいわ。約束する。何をすればいいの？」

「テラスを出たあと、絶対に窓を閉めないでくれ。僕は陰になった場所に身を隠している。テラスを歩いてもいいが、間違っても手すりに近づくな。窓から離れたとしても、せいぜい二、三メートルだ。わかったね？」

ドロシアはうなずいた。ヘイゼルミアもうなずき、ドロシアが通れるように重いカーテンを押さえ、彼女のあとからカーテンの奥の小さな暗い空間に入った。彼が窓を開け、ドロシアはそこから月に照らされたテラスに出た。

ドロシアの真正面に、砂利敷きの道に通じる石の階段があった。その向こうの深い暗闇《くらやみ》には芝生と植え込みが続いている。指示を心にとめ、ドロシアは屋敷に沿って左手に移動した。ほんの数歩行ったところで、階段に近いほうから声が聞こえた。

「ミス・ダレント！　こっちだ！」

まさにその瞬間、舞踏室の中にいた誰かがカーテンをぱっとひるがえし、別の窓を開けた。だが同時に、仮面をはずすよう指示する声が響き渡り、再び窓が閉まった。

砂利敷きの道に沿って走り去る足音は、ドロシアにも、陰にひそむヘイゼルミアにもはっきりと聞こえた。ヘイゼルミアはドロシアに近づき、ささやいた。「ここにいて」それから彼女の前をすり抜け、軽やかに階段を下りていった。

足音は遠ざかり、やがて聞こえなくなった。テラスの境に植えたしゃくなげの茂みは密生していて、ヘイゼルミアよりも背が高い。彼は陰鬱《いんうつ》な気分で考えた。誘拐するにはもってこいの場所じゃないか。ドロシアをテラスに一人残して、暗い庭園を捜しに行くほど彼は愚かではなかったので、仮面を取ってドミノのフードを下ろすと、テラスに引き返した。

「もう誰もいない。残念だが、しかたがない。何も被害はなかったから」

「でも、いったい誰があんなばかげたいたずらを仕掛けたのかしら？」ドロシアはジュリア・ブレシントンが結んだ仮面の紐をほどこうとした。

「僕がやろう」ヘイゼルミアは手を伸ばして紐をほどき、仮面を取ってドロシアの髪を覆っていたフードをはずした。それから両手で彼女の顔を挟んで引き寄せると、キスをした。両手がそのまま下のほうへとすべり下り、抵抗しないドロシアを抱き寄せる。

キスが深まるにつれ、ドロシアはまたしても時間の感覚を失った。ヘイゼルミアは温室でした以上のことをしなかった。彼の経験豊かな唇がやさしくなだめるようにドロシアを求め、ドミノの下では愛撫《あいぶ》の手が胸やウエスト、腰をさまよう。やがて、しぶしぶながらヘイゼルミアは彼女を放し、ドロシアが正気の戻る前に彼女の手を取って腕にかけさせ、窓に向かった。すっかりいつもの彼に戻っていた。

「言い訳が難しくなる前に舞踏室に引き返したほうがいい」

理性を取り戻す前に舞踏室に戻ったので、ドロシアは何も答えられなかった。二人はすぐに、笑い合い、おしゃべりを続ける友人たちに囲まれた。けれどもドロシアは舞踏会が終わるまで、ときどき彼女に据えられるはしばみ色の瞳をずっと意識していた。その表情がドロシアの心をざわめかせた。

一緒に舞踏室を出るときになって、ヘイゼルミアは手紙のことを思い出した。「不謹慎なまねを君にさせようとそそのかす手紙が届いたら、僕なら直接誘うということを思い出してくれ」

その言葉に何か答えを返すのは無理だったので、ドロシアは黙っていた。

その後間もなくブレシントン邸を出たが、ヘイゼルミア侯爵とファンショー卿は馬車までダレント姉妹を送ると言い張った。遅ればせながら、ひと晩じゅうヘイゼルミアに自分を独り占めさせていたことに気づいたドロシアは、何事も思いどおりにする彼のやり方に不満を覚え、憤りの一瞥《いちべつ》を投げかけた。だが、それは通じなかった——ヘイゼルミアは笑いながらドロシアの耳元で、そんな挑発的な視線を向けられると、こっちはキスをしたくなるだけだぞと言ったのだ。暗い馬車道で彼は言葉どおりの行動に出たあと、すっかりうろたえたドロシアに手を貸して、メリオン家の馬車に乗せた。

実はヘイゼルミアは、謎の手紙と、テラスでの出来事にかなり動揺していた。キャヴェンディッシュ・スクエアにファンショーと一緒に歩いて戻りな面舞踏会で、ドロシアはヘイゼルミアを高飛車だと考え、彼は拒絶されたような気分になった。あのあと彼女は機嫌を直したが、馬車に向かうときには、また冷ややかでそっけない態度に戻っていた。

親友同士の二人は黙って歩きながら、物思いに沈んでいた。キャヴェンディッシュ・スクエアの角に来たところで別れ、それぞれの住まいに向かったが、まったく違う理由から、どちらも将来を憂い、悩んでいた。

がら、彼はいろいろな可能性について考えた。

若い女相続人が身の代金のためにかどわかされる――可能性はある。しかし、これまで狙《ねら》われたのは、かなり裕福な女性だ。ドロシアは財産があるとはいえ、大金持ちというわけではない。あれが誘拐だとしたら、むしろヘイゼルミアの金を狙ってのことだと考えたほうがよさそうだ。ドロシアに対する好意をはっきり示したせいで彼女にそういった害が及ぶことなど、これまで想像もしなかった。

ヘイゼルミアは隣を歩く人物について考えた。友人もすべてがうまくいっているわけではない。ファンショーの沈黙が年下のミス・ダレントのせいだとするなら、彼にさらなる重荷を負わせるのは気が進まない。

愛する女性がはっきりした自分の考えを持っているのは、ヘイゼルミアにもわかっていた。いったん心を決めたら、彼女は頑としてそれを曲げない。仮

10

　仮面舞踏会に続く金曜、土曜、日曜にはヘイゼルミアがドロシアにつき添い、ダンスの相手を務めた。その様子をずっと見ていた者なら、愛の力に驚いたに違いない。実際、レディ・メリオンは誰もそばにいないとき、遠慮なく彼に非難の言葉をぶつけた。好き放題ふるまうのもたいがいにしろと言われても、ヘイゼルミアは礼儀正しく聞き、飛んでくる攻撃の矢をやり過ごした。金曜の朝に、母がヘイゼルミアに帰ってくれてよかった。しかも母親は、エスコートを申し出た忠実な息子に、ほかのことで頭がいっぱいなのはわかっているからと言って断ったのだ。

　夜に催される舞踏会やパーティでドロシアを注意深く見張るのは、さほど難しくなかった。彼の、あるいは彼女の信頼できる友人たちと一緒だったからだ。問題は、ドロシアがハイドパークの乗馬からメリオン邸に戻ったあとだろう。ヘイゼルミアには、昼間のドロシアの行動は知りようがなかった。

　金曜の午後は彼女を馬車に誘い、この問題を解決した。明日も一緒に出かけないかともう少しで言い出しそうになったが、ドロシアの顔をちらりと見ると、すでに疑問の表情が浮かんでいる。ドロシアなら、仮面舞踏会での出来事と、突然ヘイゼルミアがかいがいしくなったことを結びつけるだろう。ヘイゼルミア邸に戻った彼は、疑われずに彼女を見張りつづける方策を考え出すのに午後の残りを費やした。

　相談できる唯一の人物がファンショーだが、彼もいまだに悩みを抱えている。ヘイゼルミアはドロシアについてもっと情報が欲しかった。しばらくのあいだ、いい考えは何も浮かんでこなかったが、ようやくひらめいたのは、従僕が静かに暖炉の火をつけに書斎に入ってきたときだった。

彼は執事を呼んだ。「ミットン、メリオン邸の使用人と親しい者はいないか？」

ミットンにはこの奇妙な質問の真意がわからなかったが、ごまかす必要は感じなかった。「若いほうの従僕のチャールズがおります、だんなさま。ミス・ダレントの新しいメイドとよく出かけておりますよ」

「本当か？」ヘイゼルミアは考え込んだ。そして目を上げ、恐ろしく品行方正で、しかも抜け目のない執事を見つめた。「ミットン、もし可能なら、ミス・ダレントの明日の予定を聞き出してほしいとチャールズに頼んでくれないかな。時間はいくらでもかけていい。だが、事前に知りたいんだ。君は彼にそういうことができると思うか？」

「言わせていただければ、チャールズはとても有能な若者です」ミットンがいかめしい顔で答えた。

「それはよかった」ヘイゼルミアは笑みを抑えながら言った。

侯爵が土曜の未明に帰宅したとき、ミットンの言ったとおりチャールズが有能だとわかった。二日間のドロシアの予定を知らされたヘイゼルミアは、行動を絞って、いつものハイドパークの朝の乗馬と土曜の夜の舞踏会、それに日曜の夜のパーティに顔を出したが、パーティで彼は再び問いただされた。

「あなたはいったい何を考えているの？」ドロシアはその夜、一度かぎりのワルツに合わせて部屋をすべるようにまわりながら尋ねた。

「ワルツでよかった」ヘイゼルミアは無邪気を装って答えた。「それなら得意と思われているから」

ドロシアは聞きわけのない子供を見るように彼を見た。「こういう退屈なパーティに参加するのが、最近のあなたの習慣なのかしら」

「ああ、君は忘れているよ、いとしい人！　僕は君の魅力に参っている。知らなかったかい？」

そういう言葉が聞きたいとずっと思っていたけれど、その口調では、真に受けるのは無理だ。ドロシアは笑った。「まあ、いやね！　そんなに簡単にだまされないわよ。あなたがここにいる、もっともらしい理由を考えないといけないわね」

「僕がここにいることが、そんなに君の気に障るのか？」ヘイゼルミアは真顔で尋ねた。

はしばみ色の瞳の奥にひそむきらめきを見て、ドロシアはためらわずに答えた。「まあ、まさか！　今ならピーターバラ卿《きよう》だって歓迎するわ」

ヘイゼルミアは笑った。「そのとおりだ。だが、このパーティが退屈なら、どうしてわざわざその美しい姿を見せたんだい？」

「おばあさまが言い張ったのよ。わけがわからないわ」ドロシアは告白した。「おばあさまだって楽しんではいないのよ。ハーバートとマージョリーも来ているんですもの。二人が明日ダレント・ホールに帰るのはうれしいわ。それにセシリーときたら！　あの子は何かショックを受けたみたいに、あちこちふらふらしてばかり」ヘイゼルミアに視線を据え、ドロシアは先を続けた。「もしよければ、ファンショー卿にあなたから伝えてもらえないかしら。なんでも許されるとあの子に思わせるのはやめてほしいの。彼がはっきりだめだと言えば、あの子はやめるわ。はっきりと言われるほうがいいのよ」

「姉と違って？」ヘイゼルミアは挑発するように言った。

「そのとおりよ！」ドロシアは答えた。

翌日、ファンショーにドロシアの言葉を伝える機会があった。チャールズのおかげで、ドロシアとセシリーはレディ・オズウィーの屋敷で開かれるピクニックに招待されていた。ファーディがエスコートするそうなので、その日は安心してドロシアを彼にゆだねられると思い、ヘイゼルミアはファンショーを誘って郊外のクラパム・コモンで行われる懸賞試合を見に行った。その夜、姉妹はエグルモント伯爵夫妻と劇場に行く予定なので、つき添う必要は感じなかった。過酷な社交行事から離れ、すっかり楽しんだ二人は、翌朝になってキャヴェンディッシュ・スクエアに戻り、それぞれベッドに入った。

月曜の朝、ファーディとドロシアはトウィッケナムのテムズ河畔で楽しく一日を過ごすつもりでメリオン邸を出た。セシリーは不機嫌で愚痴っぽく、二つの悩みを抱えていた。一つはファンショー卿を不当に扱ったこと、もう一つは彼に自分の生き方を指図されることだった。

セシリーは姉を観察し、不思議に思った。自分よりもずっと独立心旺盛《おうせい》なドロシアが、どうしてあれほど侯爵の言いなりになっているのだろう。ドロシアは口元にうっすらと笑みを浮かべ、見るともなしに馬車の外を見つめている。姉はどう見てもヘイゼルミアに恋をしていると、セシリーは結論を出した。反対に、自分の心については誤解していた。もし私がファンショーに恋をしていたら、彼の決断に喜んで従うんじゃないかしら？　けれども、仮面舞踏会に来ていたほかのすてきな若者たちとすぐに仲よくなったことに対して、彼は厳格で古くさいことを言った。ファンショーの言うとおり、あの紳士たちとのつき合いは自分のためにならないかもしれない。

そう思っても、気分は晴れなかった。セシリーは陰《いん》鬱《うつ》な気分でオズウィー・ホールで馬車を降りた。

それでも釣鐘水仙の咲く川岸に着くと、気分がよくなってきた。輝く太陽と青い空、穏やかなそよ風――ピクニックには完璧《かんぺき》だ。間もなくセシリーは、花婿にふさわしい紳士たちとの出会いをあれこれ話すおしゃべりな娘たちの一団に加わり、そういう少女らしいことを楽しむには少々年のいっているドロシアは、オズウィー家の親戚《しんせき》の一人であるミス・デラミアと一緒にいた。社交シーズンを過ごすため、西ハンプシャーの実家からロンドンにやってきた無口で内気なミス・デラミアは、田舎の気晴らしについて楽しそうに話す美しいミス・ダレントに感謝していた。ドロシアのほうは、何週間もグレンジのことを忘れていたので、以前はいちばん関心のあったことについて話せてすっかり満足していた。

若者たちのつき添い役は、のんびりしたレディ・マーガレット・オズウィーだけだった。彼女はやる気なさげに、開けた場所にたくさんのクッションを積んでもたれていた。そういうわけで、このピクニックには素行のいい信頼できる紳士しか招待されていなかったが、ファーディはその選ばれた紳士たちの一人だった。当然ながら、ヘイゼルミア侯爵やファンショー卿、そして彼らの友人たちはいなかった。

食事のあと、ファーディは若い娘二人を連れて妖《よう》精《せい》の谷間に行った。釣鐘水仙やクロッカス、チューリップが咲き乱れているので、そんなふうに呼ばれている。谷間は川に来る途中に通った森の狭間《はざま》にあり、屋敷の裏に通じる広い道から枝分かれした小道の先にあった。谷間を敷きつめる色とりどりの花々に心ゆくまで感激の声をあげたあと、若い娘二人は不承不承ファーディに従って、来た道を引き返した。両腕にレディを従え、広い道に出たとき、従僕がミス・ダレントを見なかったかときいた。

「レディ・オズウィーと川辺にいるはずだよ」ファーディは従僕が手にした盆の上の手紙に気づき、尋ねた。「それはミス・ダレント宛《あて》かい？」

それは手紙で、従僕がたった今御者から受け取ったものだと考え、ファーディは親切に提案した。

「だったら、僕から彼女に渡しておこう。ミス・ダレントとはとても親しくしているから」

ファーディがダレント姉妹と一緒にやってきたことを知っていた従僕は、彼の手に手紙を託した。

娘たちを川までエスコートするのに左右の腕が必要だったので、ファーディは手紙を上着の内ポケットに入れた。空き地に着いたとき、ミス・ダレントはミス・デラミアと散策に出かけていて川辺にいなかった。ファーディは午後の残りをセシリーと話して過ごしたが、彼女が泣き出し、誰かの慰めを必要としたときには、ファーディも胸が痛んだ。セシリーは彼のよく知る匿名の紳士の欠点をあることないことあげつらった。だが、最後にはファーディも、彼女に相手の視点から物事を考えることを教え、多少は成果を上げたと感じていた。

楽しかったとはいえ、午後遅くメリオン家の馬車がオズウィー・ホールをあとにしたときには、安堵《あんど》のため息がもれた。だが彼は、セシリーと過ごしたおかげですっかりドロシア宛の手紙のことを忘れてしまっていた。

翌日、姉妹から、午前中の乗馬は取りやめるという伝言が届いた。おそらくセシリーはつらい夜を過ごしたのだろう。エグルモント伯爵はじきに彼女が義理の娘になると信じきっているが、もしかしたら、劇場訪問はセシリーにとってつらい試練になったのかもしれない。

そういうわけでファーディがのんびりと朝食をとっていると、側仕《そばづか》えのヒギンズが現れた。「上着のポケットにこれがあったのですが」

手紙や覚え書きのたぐいを服に入れたまま忘れることがよくあったので、ファーディはとくに何も考えず、宛名のない手紙を開いた。そしてそこにある文章を読んで、眉をひそめた。一枚の便箋《びんせん》をひっくり返してから、もう一度読み直す。それから塩入れに立てかけると、手紙を見ながらコーヒーを飲み干し、それをたたんで、側仕えを呼んだ。「ヒギンズ、これはどの上着に入っていた?」

「昨日レディ・オズウィーのピクニックでお召しになった青の細かい織り地のものです」

「ああ、そうかもしれないと思ったんだ」

ファーディは急いで服を着ると、ヘイゼルミア邸に向かった。いとこがまだ外出していないことを切実に願う。運は彼に味方した。ファーディがキャヴェンディッシュ・スクエアに入ったとき、侯爵とファンショーが屋敷の階段を下りてきたのだ。息を切らしながら、ファーディは二人に手を振ったが、びっくりした二人は、足を止めて彼を待った。あの冷静沈着なミスター・アチソン＝スマイズが、あわてているようにしか見えないのだから。

「ファーディ!」ヘイゼルミアが叫んだ。「いったいどうしたんだ?」

「そんなに急いでいる君を見るのは生まれて初めてだよ」ファンショーが言う。

「話があるんだ、マーク。今すぐ!」ファーディはあえいだ。

ヘイゼルミアはいとこがいつになく真剣な顔をしているのに気づいた。「屋敷に戻ろう」

一同は書斎に向かった。ヘイゼルミアが机の向こう側に座り、ファンショーが机の端に浅く腰かけると、二人はファーディを見た。二人に向かい合った椅子にどさりと腰を落とし、なおも息を整えようとしながらファーディは手紙を引っ張り出し、机の上にほうった。「これを読んでほしい」

ヘイゼルミアが真顔で、言われたとおりにした。それからファーディを見た彼の顔は無表情だった。

「どこで手に入れた?」

「レディ・オズウィーのピクニックで、ドロシアに手渡すはずだったんだ。従僕に道で会い、彼女宛だったので僕が代わりに受け取ったが、それをポケットに入れたまま忘れていたんだよ。ヒギンズが今朝見つけて、それが何かわからず、開けてしまった。君が見たいんじゃないかと思ってね」

「だったら、ドロシアは読んではいないんだな？」

ファーディがうなずいた。

わけがわからずファンショーが口を挟んだ。「何があったのか教えてくれないか？」

何も言わず、ヘイゼルミアは彼に手紙を渡した。そこにはこう書かれていた。

いとしいミス・ダレント
レディ・オズウィーのピクニックが、君がすでに楽しいと知ったことよりおもしろいとは思えない。だから、森を抜ける小道の突きあたりにある白い裏門で会わないか？　僕は葦毛《あしげ》を連れていくから、誰にも知られず小道を馬車でまわろう。僕を待たせないでくれ。君も知っているとおり、馬を立たせたままにしたくない。二時に待っている。
ヘイゼルミア

ファーディと同じくファンショーもヘイゼルミアの筆跡と署名を難なく見分けられるので、その手紙が偽物だとわかった。いつになく陰鬱なまなざしで友人を見据えながら、ファンショーはあっさりと尋ねた。「誰なんだ？」

「それがわかればいいんだが。これは二通目だ」

「なんだって？」ファンショーとファーディが口をそろえて叫んだ。

ファーディの持ってきた手紙を前に置き、ヘイゼルミアは引き出しを開けてブレシントン邸の仮面舞踏会で受け取った手紙を取り出した。並べてみると、どちらも同じ人物が書いたものだとわかる。ファンショーとファーディは机をまわってきて、ヘイゼルミアの肩越しにじっくりと観察した。

「最初のはいつ送られてきたんだ?」ファンショーが尋ねた。

「仮面舞踏会のときだよ。僕がロンドンに予定より一日早く戻ってこなければ、もくろみは成功していただろう。ドロシアはブレシントン邸の玄関で受け取ったんだが、すでに僕が来ているのを知ってびっくりしたんだ。彼女は手紙を信じたが、驚くには当たらない。いかにも僕がしそうなことだからね」

「言ってくれればよかったのに。そうすれば、こっちから罠《わな》を仕掛けられた!」ファンショーが声を荒らげた。

「罠は仕掛けたんだ」ヘイゼルミアは一瞬笑みを浮かべた。「ドロシアが真夜中にテラスに出ていき、僕は背後で身を隠していた。誰かはわからなかったが声がして、彼女に階段を下りて庭に来るよう呼びかけた。だが、そのとき舞踏室にいた誰かがテラスに面したほかの窓を開け、そいつはぎょっとして逃げたんだよ。僕は追いかけるつもりはなかった。ドロシアをテラスに一人残すわけにはいかないからね」

「それで、誰の姿も見なかったのか?」ファーディが尋ねた。ヘイゼルミアはかぶりを振ると、再び注意を二通目の手紙に戻した。

「ファーディが手紙を渡すのを忘れなかったら、彼女はその門に行っていただろうな」ファンショーが言った。

「いや。彼女は二度同じ手には引っかからない」ヘイゼルミアが言った。「だが、いちばんの謎は、誰がこの手紙を書いたかだよ」

「君の知り合いなのは間違いない」ファーディが口を挟む。

「そうだな」ヘイゼルミアが同意した。「だから厄介なんだ。最初は誘拐のたぐいかと思ったのに」

「ダレント姉妹は、狙《ねら》われるほど裕福ではないだろう」ファンショーが言った。

「彼女たちは違うが、僕はそうだ」侯爵が答えた。

「なるほど。そこまで考えなかった」

何か手がかりがつかめないかと期待して、三人は手紙を吟味した。ファンショーが沈黙を破ってファーディに尋ねた。「誰にしろ、どうしてこの人物がマークを知っていると思うんだ？」

「筆跡は違うけれど、文体は似せている。彼が言いそうなことだからね」聡明《そうめい》なファーディが答えた。

「いや、それほど君を知っているわけではないな。君は未婚の女性を馬車に乗せないし、葦毛について は言うまでもない」ファンショーが指摘した。

「一人だけ例外がいる」ヘイゼルミアが訂正した。

「ミス・ダレントだ」

「ああ」ファンショーが納得した。

ヘイゼルミアが先を続けた。「少なくとも、僕のものだと通用する文体で手紙を書けるほど、僕のことをよく知っている人物だ。僕が葦毛の馬車にミス・ダレントを乗せたことも、馬を待たせるのをいやがるのも知っている。そして、ブレシントンの仮面舞踏会に出ない予定だったのも知っていた」

「つまり」ファーディが結論づける。「我々と同じ階級だ。社交界に出入りしているという意味だが。少なくとも、一人はそうだ」

「それが当然の結論のように思えるな」ヘイゼルミアが同意した。

「これからどうする？」ファンショーが尋ねた。

「警察は呼べない」ファーディがきっぱりと言った。「動きは遅いし、騒ぎを引き起こす。レディ・メリオンは望まないだろう。それにドロシアも」

「僕だって望んでいない」ヘイゼルミアが言う。

「当然だ」これについては意見の一致を見たので、ファーディはほっとした。

「僕たちにできるのは、ドロシアを注意深く見張ることだけだ」ヘイゼルミアが言った。「彼女が手紙にだまされることはないだろう。だが、背後にいるのが誰なのかがわからない以上、彼女が一人にならないようにしなければならない」

「僕ら三人だけで？」ファンショーが問いかけた。

ヘイゼルミアはその質問について考えた。「しばらくは。必要なら、援軍を頼もう」

「彼女たちは今、何をしているんだ？」ファンショーがきいた。

「休んでいるよ」ファーディが答えた。二人の驚いた顔を見て、彼は説明した。「ゆうべは君の両親と一緒に劇場に行ったんじゃないか。結果として……セシリーはぐったりした」

「なるほど」ヘイゼルミアは訳知り顔でにやりとした。ファンショーが眉をひそめる。

「午後は彼女たちと一緒に馬に乗ろう」ファーディが続けた。「今夜はカールトン・ハウスの外交舞踏会が催される。これは問題ない。僕たち全員が出席するのだから」

「そうだな、ファーディ」ファンショーが立ち上がった。「君はミス・ダレントの行き先を必ず知らせてくれ。そうしたら、僕たちの誰か一人がそこに行くようにする。そんなに難しくないだろう。彼女たちだって町じゅうを遊びまわるわけにはいかないんだから。そうだろう？」

ヘイゼルミアもファンショーも、若いレディの予定表がどれだけみっちり埋まっているか、まったくわかっていないのだ。ファーディはこの状態が長く続かないことをせつに願った。

その後、彼は二人と一緒に階段を下り、歩道に出たところで、頭の中で練っていた考えを口にした。

「実のところ、問題を解決するいちばん簡単な方法は、君たち二人が彼女たちと今すぐ結婚することなんだよ。そうしたら、マークは一日じゅうドロシアと過ごせるし、セシリーも遊び歩いたりしなくなる。僕ももとの静かな生活に戻れる」この助言が二人には快く受け入れられなかったとわかると、彼はあわてて手を振った。「だめかい？　じゃあ、僕は行くよ。今夜、舞踏会で会おう！」

カールトン・ハウスで催される外交舞踏会は、ロンドンに駐在するすべての外交団と派遣団が出席することからそう名付けられた。主催者は摂政皇太子で、招待された者は実質的には参加が義務だった。その中には、その年に社交界にデビューした娘たち、ロンドンにいる貴族とロンドン社交界の名士たちが含まれる。この催しは退屈きわまりないとはいえ、皇太子の到着前に出席しているのが重要なので、誰もが早めに会場に姿を現した。

ヘイゼルミアは皇太子の人となりを知っていた。ドロシアが今夜誘拐される可能性はほとんどないが、彼女もセシリーも、また別の脅威にさらされるかもしれない。彼はファンショーと話し合い、姉妹がファーディと出かけて不在のときにメリオン邸を訪れた。レディ・メリオンは予測される厄介な事態を説明され、ヘイゼルミアの大型馬車を使ってカールトン・ハウスまで彼らと一緒に行くことに同意した。

その夜、メリオン邸を訪れたファーディは、つき添いの二人を見てぎょっとした。だがヘイゼルミアのひと言で、その目に理解の色を浮かべた。「しまった！　まったく考えつかなかったよ」

「何を考えつかなかったの、ファーディ？」ドロシアがきいた。彼女は二人のやり取りを目撃し、好奇心を刺激されたのだ。彼の驚きは、ヘイゼルミアとファンショーが姿を現した理由と関係あるはずだ。

ファーディは即座に答えられず、軽口でごまかすことすらできなかった。待っていれば、必ずファーディが何か言うとドロシアにはわかっていたが、ヘイゼルミアが静かに割って入り、こう言った。「ファーディ、レディ・メリオンが君を呼んでいるみたいだぞ」

「なんだって? ああ、そうだ! すぐに行かないと」ファーディは罠をすり抜ける兎《うさぎ》さながらの敏《びん》捷《しょう》さでレディ・メリオンのもとに急いだ。

ドロシアはうんざりしてヘイゼルミアを見た。「邪魔をしてくれたわね」

「ファーディの足をすくおうとするなんてひどいじゃないか。どう考えても彼は君にはかなわない。ききたいなら、僕から話を聞き出せばいい」

「あなたは何も言わないつもりでしょう。むだだわ」ドロシアは切り返した。「その手のことでは、あなたにはかなわないもの」

「そのとおり」

全員がそろったので、ほどなくして一同は馬車に乗って出発した。ヘイゼルミアの箱形の大きな馬車は豪華で、かさばる夜会服を着ているにもかかわらず、六人全員がゆったりと座れた。王家を襲う数々の問題のせいで、近年、公式の宮中拝謁は行われず、外交舞踏会がその代わりを果たしている。社交界にデビューした娘たちが頭に駝鳥《だちょう》の白い羽根を飾り、白ずくめでウエストをしぼって大きく張り出したスカートの夜会服を着るという宮中拝謁の伝統は、摂政皇太子が催す外交舞踏会に引き継がれていた。

白っぽい装いは、セシリーをこの世のものとは思えない姿に見せていた。ドレスの白とは対照的に、濃い色の髪と緑色の瞳のドロシアは、女神のようだった。いつものように、セレスティンがドロシアの年齢と体型を存分に生かしている。襟は深くくってあり、ウエストの位置をわずかに変えて彼女の細いウエストと腰の線を強調している。メリオン邸の居間に入ったとき、ヘイゼルミアはドロシアに目をやり、カールトン・ハウスでの厄介事を予想した自分は正しかったと考えた。

摂政皇太子のロンドンの住まいまでは馬車で十分ほどの距離だったが、混雑のせいで一行が舞踏室に入って名を読み上げられたのは、その後一時間近くもたってからのことだった。皇太子は寒がりなので、すでに室内は暑すぎるほどで、肩かけを持ってこなかったドロシアはほっとした。ヘイゼルミアは隣を歩く彼女を見下ろしながら、彼女が肩かけを持ってきてくれればよかったのにと思っていた。

ファンショーがセシリーをエスコートし、レディ・メリオンがファーディの腕に手をかけると、一行は舞踏室へと下り立ち、立ち止まっては知人たちとおしゃべりをした。ダレント姉妹が摂政皇太子にお目通りするのにいちばん安全な場所は、上流社会の生え抜きの人たちに囲まれた場所だ。レディ・ジャージーやほかの〈オールマックス〉の後援者夫人、そしてヘイゼルミアとファンショーの親しい友人たちも出席するはずだったし、そういった身分の高い人々のそばにいれば、皇太子が歓迎されざる命令を出す可能性もかなり減るだろう。

侯爵たちが忙しく友人たちと挨拶《あいさつ》をかわしていると、摂政皇太子の来場が告げられ、部屋全体にどよめきが走った。すっかり恰幅《かっぷく》のよくなった皇太子が腹心の友二人につき添われ、舞踏室へと足を進める。集まった紳士たちはお辞儀をし、レディたちは膝を折ってもっとも丁寧な挨拶をした。それが長い部屋を波のように伝わっていき、皇太子がお気に入りの貴族に声をかけたり、美女に色目を使ったりすると、しばしばその波は止まった。ドロシアは近づいてくる皇太子を観察し、彼ほどの年齢と位の人にしては、ふさわしいふるまいとは言いがたいと思った。これについては彼女のまわりの大多数が同じ意見だった。

お辞儀の波がドロシアの近くにまで達し、左手にいる娘が膝を曲げた。ドロシアもまた教わったとおりに頭を下げた。この姿勢を皇太子が通り過ぎるまで保っていなければならない。凍りついたように動かないで待つあいだ、視界に入るのは皇太子の足だけだった。巨大な金のバックルのついたけばけばしい真っ赤な舞踏用の礼装靴が、間近で止まった。危険を冒してまつげの陰から上をちらりと見上げると、皇太子の出っ張った薄青の目がこちらを見つめていた。彼は茶目っ気たっぷりににっこりすると、ドロシアの手を取り、まっすぐ立たせた。

それと同時にドロシアはすぐ後ろにいるヘイゼルミアを意識した。彼はわずかに右側に移って、ドロシアのウエストに手を添えている。ミセス・ドラモンド＝バレルがほんの少しだけ彼女の左側に移動したが、このかすかな動きによって、皇太子がドロシアのまわりの人々に気づいた。彼の好色な表情はいっきに引いていき、ドロシアの右肩越しにヘイゼルミアと視線が合ったときにはすっかり消えていた。

皇太子は心の中で悪態をついた。今年社交界にデビューした娘たちのうち、もっとも魅力的なのはミス・ダレントだが、個人的に楽しませてほしいとほのめかすのは賢明ではないと伝えられていた。上流社会では、彼女は事実上、ヘイゼルミア侯爵の婚約者と考えられている。無視してもいい貴族はいるが、ヘイゼルミアはその中の一人ではなかった。しかし、この魅惑的な濃い色の髪の美女がお辞儀をするところを見て、すっかり警告を忘れてしまった。それでも、ミセス・ドラモンド＝バレルのきわめて批判的な目と、ヘイゼルミアの冷ややかな視線によって状況を思い出した。皇太子は言おうとしていた言葉を引っ込め、態度を一変させて微笑《ほほえ》んだ。「そなたはとても美しい」彼はうなずくと、ドロシアの手を放し、微笑んだまま先に進んだ。

ドロシアの周囲で、手に取れるほどはっきりとした安堵が広がった。皇太子が舞踏室を進み、列が崩れると、ドロシアはヘイゼルミアに向き直り、問いかけるようなまなざしで彼を見上げた。

「そう、そのとおりだ」ヘイゼルミアは笑いながら認めると、ドロシアの手を取って自分の腕にかけさせた。「君はとてもうまくやった」

挑発を無視し、ドロシアは尋ねた。「どうして教えてくれなかったの？　彼が……つまり、ああいう人だということを」

「彼がいつそうなるのかはわからないからだ」

「私がおばあさまとではなく、あなたと一緒にいた理由はそれなの？」

「陛下はときどき脱線して、いろいろな……提案をする。君の場合には、まったく不謹慎なことになっていただろう」

「なるほど。あなたがそばにいれば何も言わないけれど、祖母しか一緒にいなかったら、そうしていたかもしれないということ？」

ドロシアが何も気づかなければよかったのにと思いながら、彼はただうなずいた。いずれ近いうちに、ヘイゼルミアがそこにいるだけでなぜ彼女が守られたのかに思い至るだろう。憂いに沈むドロシアの顔を一瞥《いちべつ》したあと、彼は広い舞踏室に向かった。

カールトン・ハウスでは、通常の社交界の決まり事は通用しなかった。有力な婦人たちは、摂政皇太子のおかげで放縦《ほうしょう》なふるまいが許されることを嘆いた。以前は、ヘイゼルミアにとっても、こういう倫理の崩壊は都合がよかった。だが今は、ドロシアが、カールトン・ハウスで起こりうる厄介事に直面するのではないかと懸念していた。

ダンスフロアにたどり着き、演奏家たちが曲を奏で始めたのを聞いて、ヘイゼルミアは黙ったままドロシアを腕に抱いてワルツを踊った。カールトン・ハウスにはダンスカードがなく、ワルツ以外は踊らない。彼女はずっと無言で、ヘイゼルミアはこのカールトン・ハウスが人けのない温室だったらよかったのにと願いながら、ダンスフロアをすべる彼女がどんなに硬く、よそよそしいかを感じていた。しかしそのうちに、ドロシアもなじみのある彼の腕に身を預けてきた。ヘイゼルミアは、自分たちが普段は上流社会の催しに出席しない数多くの紳士たちの注意を引いていると気づき、ダンスが終わったら、即座に彼女をレディ・メリオンのもとに連れていこうと決意した。冷静なドロシアの顔を見下ろしたとき、彼女が何を考えているかまったくわからないことに彼はショックを受けた。ドロシアはいつも率直に感情を表していたので、これほどまでに内にこもってしまうとは思いもよらなかったのだ。生まれて初めてどうしていいかわからなくなり、彼は黙り込んだ。

ダンスが終わると、ヘイゼルミアはドロシアの手を取って唇を寄せた。彼女の大きな瞳にいつもの緑色の輝きがよみがえる。彼はドロシアを見下ろして微笑み、その手を腕にかけさせると、レディ・メリオンを捜した。残念に思いながらもドロシアを祖母に引き渡そうとしたとき、次のダンスを誘いに来たアルヴァンリーの姿を見て彼はほっとした。過度に気をつかうのは、ドロシアをいらだたせるだけだ。そこで、再び彼女とダンスをするのはあきらめ、その場を離れて仲間を捜しに行った。

ドロシアはすっかり困惑していた。社交シーズンが始まって数週間がたったころ、おそらくシーズンの終わりには、ヘイゼルミアとある合意に——双方が納得した合意に達するだろうと考えていた。けれども今は、私にはまったく発言権がないように見える！　私がヘイゼルミアと結婚すると誰もが認めている。摂政皇太子までも！

これでは、ヘイゼルミアに紐《ひも》を引っ張られる無力な操り人形じゃないの。ドロシアの怒りに火がついた。私がヘイゼルミアに恋いこがれ、愛されているのかどうかと心を悩ませているあいだに、侯爵は私が彼のものだと世間に承知させてしまった。よくも私の意思を無視してくれたものだわ！

ヘイゼルミアに直接怒りをぶつけられないことに、ドロシアはいらだっていた。そして三曲のワルツのあいだ、明日彼になんと言うかということばかり考えていた。私は彼の都合に合わせて操られるようなかよわい娘じゃないと、ヘイゼルミアにわからせなければ。

その後、ドロシアはヘイゼルミアの友人たちと次々に踊ったが、今では彼らの全員が、友人の妻になる相手として彼女に接しているのがよくわかった。ダンスのパートナーは誰一人として彼女の内心の怒りには気づいていなかった。ふるまいは完璧で、どう見ても落ち着き払っていたからだ。さっそうとしたフランス男性がお辞儀をして次のワルツを望んだとき、ドロシアは向こう見ずな気持ちになっていた。ちょうどデズバラ卿につき添われ、祖母のもとに戻ったところだったが、彼はすでに立ち去っていた。

ド・ヴァネイ伯爵は祖母の許可を得ると、ドロシアをダンスフロアへと導いた。彼の話では、つい最近パリから着いたばかりらしい。巧みにほかの踊り手のあいだを縫ってまわりながら、伯爵はありふれた会話を流れるように続けた。ドロシアは気にもとめていなかった――ヘイゼルミアの名を聞くまでは。

ドロシアはためらわずに伯爵の話をさえぎった。

「ごめんなさい、伯爵、今あなたがなんとおっしゃったかよくわからなかったんですが」

「ああ、マドモワゼル、私は愛人たちと同じく、このうえなく美しいご婦人がたを守るのは、いかにも侯爵らしいと申し上げただけですよ。たとえばあのレディ・ウォルフォードとか。あちらで彼と話しているのが見えるでしょう」

ドロシアはド・ヴァネイ伯爵が指し示したほうをちらりと見た。ヘイゼルミアがレディ・ウォルフォードに顔を寄せて熱心に話し込んでいる。世間知らずのドロシアの目から見ても、二人のつき合いの深さがうかがえた。彼女は心が足元まで沈むのを感じたが、自制心を総動員させて落ち着いたまなざしを伯爵の目に戻した。だが伯爵は、ドロシアがヘイゼルミアとレディ・ウォルフォードを見て緊張したのを感じ取り、自分の成功に満足以上のものを味わった。そして、明るい調子で上流社会の話を続けた。

伯爵は知るよしもなかったが、彼はドロシアをどん底まで突き落とした。これまで困惑していたとすれば、今は最低の気分だった。今やドロシアの視界に入るのは、レディ・ウォルフォードと親密に話をするヘイゼルミアの姿だけで、ほかのすべては、苦痛のせいでかすんでしまったようだった。

マージョリー・ダレントがダレント・ホールに向けて旅立つ前日の日曜に、ドロシアと二人きりで話をしたいと言ってきた。〝ハーバートはあなたの後見人で、私は彼の妻だから……〟マージョリーは慎重に口を開いた。〝あなたに言っておくべきだと思うの。みんな、ヘイゼルミア侯爵があなたの心をもてあそんでいると考えているのよ。こんなことを言うのは残念なんだけれど、あなたが侯爵の魅力に抵抗しても、彼をますます引き寄せるだけじゃないかしら。ハーバートも私も、おばあさまを批判したくはないのよ。ただ、あんな男の罠に陥ったあなたを見て心を痛めているの〟

ドロシアは忍耐強く話を聞いていた。マージョリーは、ヘイゼルミアが私に見せる顔を知らない。それに、彼が結婚を望んでいなければ、レディ・メリオンが私たちのつき合いを認めるはずがない。

マージョリーは侯爵の数多い短所——賭事《かけごと》、競馬、それに加えて拳闘《けんとう》といった卑しいスポーツをあげつらい、とうとう話の核心にたどり着いた。〝つらいけど、はっきり言うのが私の義務なのよ。レディ・メリオンはそういう話題で無垢《むく》な乙女の耳を汚すべきではないと感じているみたいだけれど、こういう状況では、あなたはちゃんと知るべきよ。つまるところ、備えあれば憂いなしなのだから！〟

そのときまでには、ドロシアは想像をたくましくしていた。マージョリーがこしらえた侯爵の秘密の生活というのを知りたくてうずうずしていたのだ。そしてとうとうそれを聞かされたとき、あまりにつまらなくて、くすくす笑いそうになった。

〝いい、あの男は放蕩《ほうとう》者なのよ。たしかに、とても身分の高い放蕩者よ。でも、やっぱり放蕩者には変わりないわ。聞くところによると、彼の愛人たちの多くは、あなたや私のように生まれもいいそうよ。全員がうっとりするほどの美人なんですって。あなたのようにね〟

マージョリーがこの最後の言葉に込めたいやみに、ドロシアはもう少しで笑い転げそうになった。ヘイゼルミアが白紙の小切手を差し出すというくだりは、あまりにばかげていて、真顔を保つために大きく息を吸わなければならなかった。もっとも、マージョリーはその行為を侯爵の不実に対するショックの表れだと受け取ったのだが。

マージョリーは、ハーバートも自分もドロシアが侯爵とつき合いを続けるべきではないと考えていると最後に言った。ドロシアは、ロンドンで世話をしてくれているのはマージョリーでなく祖母なのだと思い起こしながら、なんとか癇癪《かんしゃく》を抑えた。

マージョリーの警告は滑稽《こっけい》な作り話だと考え、そのあとはすっかり忘れてしまっていた。けれども、いとこの主張のうち、少なくとも一つは間違っていなかった。ドロシアは、本当に自分はヘイゼルミアを知っているのかという疑問に直面していた。

彼の過去に大勢の女性が存在していたのは承知している。実践もなしに、女性に詳しくなるわけがないのだから。ただし、相手は高級娼婦《しょうふ》で、そういう生活もすべて過去のものだと思っていた。しかし、レディ・ウォルフォードは上流社会に属しているし、明らかに現在もヘイゼルミアとかかわりがある。

ド・ヴァネイ伯爵のあとの言葉はひと言もドロシアの耳に入っていなかった。ダンスが終わる直前、彼女はファンショーと踊るセシリーに気づいた。妹の輝く瞳から、二人が仲直りしたことがわかる。人込みの中でドロシアの視線をとらえたファンショーが、驚いた顔をした。すぐに離れてしまったので、ドロシアには彼が驚く理由がわからなかった。ダンスのあとド・ヴァネイ伯爵は几帳面《きちょうめん》にドロシアを祖母のもとに送り届け、すぐさま雑踏の中に消えた。伯爵がすばやく立ち去ったのにはわけがあった。彼もまた、ファンショーの驚いた顔を見たからだが、ドロシアと違い、その理由は知っていた。

ド・ヴァネイ伯爵が予想していたとおり、ほどなくしてヘイゼルミアがドロシアのそばに現れた。すぐに彼女の沈んだ顔に気づいたが、どうしたのかときくのは控え、代わりにレディ・メリオンにもう帰らないかと提案した。皇太子も立ち去ったので、おとがめなしにここを出られるはずだ。その場の雰囲気を嫌っていたレディ・メリオンは、即座に同意し、ファンショーとセシリーも戻ってきたので、あとはファーディを捜すだけとなった。彼はすぐに見つかり、一行はカールトン・ハウスをあとにした。

馬車でドロシアの真向かいに座ったヘイゼルミアは、彼女を動揺させたのがなんなのか、必死に手がかりを探した。トニーの話では、ドロシアはフランスの外交官と踊っていたそうだ。だが、その男が何を言ったにしても、彼女をそこまで動揺させるとは思えない。ドロシアは冷静な顔を保ちながらも、今にも泣き出しそうに見える。理由を尋ねることもできず、それゆえ慰めることもできない。それがヘイゼルミアのいらだちをいっそうひどくしていた。

馬車がメリオン邸の前に止まり、女性たちは屋敷に入った。ファーディは徒歩で帰っていき、馬車を先に行かせたあと、ヘイゼルミアとファンショーは広場を歩いて渡った。家までの道のりの半分を過ぎるまで、有頂天のファンショーは愛の喜びについて語りつづけた。ドロシアの助言は大いに役立ったらしい。ついでにヘイゼルミアの傲慢《ごうまん》なところを少々まねて、大成功をおさめたのだ。

ヘイゼルミアの反応がないことと、友人の深刻な顔に気づいて、ファンショーはきいた。「まさか、仲たがいしたなんて言うんじゃないだろうな?」

ヘイゼルミアはその口調を聞いてにやりと笑った。「正直なところ、よくわからないんだ」

「いやはや! 僕たちよりもうまくいっていないのか」

「不幸にもそのとおりだ」

「じゃあ」ファンショーが続ける。「ドロシアの助言を彼女自身にも役立てたらいいんじゃないか?」

「さる信頼できる筋から、年上のミス・ダレントのほうは、強引なやり方ではだめだろうと言われたよ」ヘイゼルミアはうっすらと笑みを浮かべた。

「それはたぶん、うまくいくって意味じゃないのか?」ファンショーはなおも快活な気分で応じた。

「実のところ、君は自分で思っている以上に真実を語っているようだ」階段の前で別れるとき、ヘイゼルミアが言った。

ヘイゼルミアほど観察眼の鋭くないレディ・メリオンとセシリーは、ドロシアの様子に気づかなかった。レディ・メリオンは頭痛がすると言って寝室に引き上げたし、セシリーは幸せに舞い上がり、今回ばかりはその鋭い目も姉の顔色の悪さを見逃してしまったのだ。おかげでドロシアは答えにくい質問に答える必要もなく、無事寝室に引き取った。

その後彼女はベッドに横たわったまま、何時間にも思えるほど窓の外を眺めていた。ヘイゼルミアはあの自然な気づかいとやさしい愛撫《あいぶ》、そして厄介なはしばみ色の瞳で私を夢中にさせておきながら、一方ではあの美しいレディ・ウォルフォードとはるかにいかがわしいつき合いを楽しんでいた。ドロシアはみじめな気分で考えた。もっと悪いわ。それは彼が私を愛していないことを意味しているのだから。

それに気づくまで長い時間がかかったが、今はすべてがはっきりした。ヘイゼルミアは結婚しなくてはならない。だから、私ならちょうどいいと思ったのだ。彼は冷淡で意地悪なミス・バントンではなく、無知な田舎娘を選んだ。上流社会のことを知らず、やさしく従順で、無難で操りやすい妻になるからだ。跡継ぎを産み、彼がこれまでずっとそうしてきたようにレディ・ウォルフォードのような人たちが提供する得がたい喜びを楽しむあいだ、田舎の屋敷を管理する。おそらく、私の無関心な様子が、彼の目を引きつけたのだろう。私を得ることは挑戦であり、征服だったのだ。これですべてがはっきりした。

ロンドンに来て初めて、グレンジが恋しくなった。あそこの暮らしはもっと単純で、美しい愛人がいるのに、利己的な理由から恋を仕掛けるような傲慢な貴族をあしらう必要もない。ドロシアが浅い眠りに陥ったのは、夜明けも近いころだった。

屋敷に戻ったヘイゼルミアは書斎に向かった。ブランデーをたっぷりついで椅子に落ち着くと、消えかけた暖炉の火をじっと見つめる。

社交シーズンの終わりまで待ってドロシアに求婚しようと決意したとき、ヘイゼルミアは二人の関係がこんなふうにもつれるとは思っていなかった。いまだに、今夜どうしてうまくいかなくなったのかの手がかりさえもつかんでいず、説明を求めることもできなかった。今夜、ドロシアは二人の関係がどんなに公に知られているかに気づいたが、それを喜んではいなかった。結婚の告知も間もなくだと思われているなんて知ったら、ドロシアはなんと言うだろう！　ヘイゼルミアは彼女が激しく怒るところを想像してにやにやした。もっとも、自分の策略につい ては後悔していない。モートンの森とあの宿でのヘイゼルミアの態度を見れば、ドロシアも、彼がおとなしくて御しやすい男だとは思わないはずだ。もし彼女に自分の夫を自由に選ばせていたら、妻を抑える力もない、どこかの退屈なうすのろと結婚することになったに違いない。ドロシアには彼女を制御する誰かが必要だ、彼女を見張り、面倒を見て、彼女を慈しむ誰かが。ヘイゼルミアがあの場にいて助けなかったら、ドロシアはどんな厄介事に巻き込まれていたことか。彼はそう考えて身震いした。ドロシアは目の前にある危険の半分も気づいていなかった。ヘイゼルミアに対してさえ無防備だった。

今でもそれは驚きだった。ドロシアはたしかにピーターバラとウォルシンガムに危険を感じた。けれども、一緒にいても、ほんの少しも危険を意識した様子を見せたことはなかった。それは、モートンの森でヘイゼルミアがドロシアを抱きしめ、彼女が経験したこともないようなキスをしたあのときからだ。これもドロシアの奇妙な面ではあるが、彼にとっては大いにありがたいものだった。

ドロシアがヘイゼルミアの独断的なやり方を嫌うのは、彼女がこれまでほとんどのことを自分の思いどおりにしてきたからかもしれない。彼女は、セシリーやレディ・メリオン、ファーディのような人たちを望みどおりに動かしてきた。今夜ヘイゼルミアたちがメリオン邸に立ち寄ったとき、ドロシアは彼から理由を聞き出そうとはしなかった。あれは、甘い言葉や策略でヘイゼルミアを操るのは無理だと気づいたからだろう。そのほうが都合がいい。今後も彼女にそんなことを許すつもりはないからだ。ヘイゼルミアは唇の端に笑みを漂わせながら考えた。だが、ドロシアがそれを試みるのは反対しない。

ため息とともに、ヘイゼルミアは今の問題に意識を向けた。今、ドロシアはすっかり内にこもっている。いつもなら彼もドロシアの機嫌を直す自分の力を信じているが、今は不可解な出来事が多すぎて頭がいっぱいだ。彼は机に目をやった。引き出しには謎の手紙が二通ある。誰かが彼の名をかたり、しかもいまだにその人物を特定できていない。

行動を起こすなら、道は一つしかない。レスターシャーの領地の家令が彼に来てほしいと言ってきているが、そこに行くには、途中ノーサンプトンシャーを抜ける。ダレント・ホールはそう遠くない。ヘイゼルミアはすばやく予定を確かめ、明日の昼食の約束を思い出した。いいだろう。明日遅い時間にレスターシャーに向かい、帰り道に、あの厄介なハーバートのもとを訪れようじゃないか。それから、今度こそ母に報告すべきだろう。となると、ヘイゼルミアでひと晩過ごすということだ。全部で七日かかる。ロンドンに帰ってくるのは来週の火曜日だ。

ドロシアを置いていくのは気が進まなかった。彼女にいつ危険が及ぶかもわからないからだ。できるだけ早く彼女と結婚して、問題を解決するのが賢明だろう。ヘイゼルミア侯爵夫人を誘拐するのは、ミス・ダレントを誘拐するよりはるかに困難なのだから。実際、不可能だと言ってもいい。ヘイゼルミアは最後の酒のひと口をあおると、寝室に引き取った。

絹のシーツに横たわりながら、彼は玄関ホールへと遠ざかるマーガトロイドの足音を聞いていた。リッチモンド邸の温室でのひとときを思えば、ドロシアの気持ちは疑いの余地はない。たとえ無意識にしても、その後の彼女のふるまいが、彼の期待を裏付けていた。彼女は僕を愛している。満たされぬ欲求の中で、それを思うと頭がくらくらして、喜びと驚嘆を覚えた。だからこそ、最後までやり遂げる忍耐力が生まれたし、自分のものにするまでは彼女の好きにさせようという余裕も出てきた。ほかの問題はさておき、抵抗するドロシアを見るのは楽しかった。時がたつにつれ、彼女は思いをうまく隠せなくなってきている。ヘイゼルミアはため息をついた。よかれ悪《あ》しかれ、彼女にはもう時間がない。来週の火曜には二人のかけ引きも終わり、そのあとには、それ以上のものが始まるのだ。

ヘイゼルミアは張りつめる体を意識しながら、伸びをした。ドロシアにキスをするべきではなかった。今では彼女を見るたびに、身震いするほど差し迫った欲求にかられて同じことを繰り返したくなる。そして、その衝動を抑えられずにキスをするたびに、もっと差し迫った欲求にかられて、ベッドに連れていきたくなるのだ。ドロシアの髪の温かさや肌のなめらかさ、唇の甘さ、そして何よりも吸いこまれそうな緑色の瞳――そのすべてが自制がきかなくなるほど彼の欲望を刺激する。数多くの経験の中で、こんなことは初めてだった。とにかくドロシアと結婚すれば、この拷問も終わる。彼はもっと楽な姿勢をとると、エメラルドの瞳を思いながら現実の世界から逃避した。

11

翌朝、カールトン・ハウスの人いきれに疲れたレディ・メリオンは、寝室から出てこなかった。ドロシアもよく眠れず気分がさえなかったが、祖母の具合を見に行った。レディ・メリオンは孫娘の大きな瞳の下に浮かぶ隈《くま》に即座に気づき、午前中はずっとベッドにとどまるよう言いつけた。ハイドパークに行けば、きっとヘイゼルミアに会う。彼と普通に会話するのはまだ無理だと感じ、ドロシアは同意した。

セシリーは午後にファンショーと馬車で出かける予定だったので、予定の変更にも動揺しなかった。彼女はドロシアの指示に従って、ファーディに午前の約束を取り消しにすると手紙で知らせ、姉の午後の乗馬につき添ってほしいと頼んだ。

午後ファーディがやってくると、ドロシアは予定どおりハイドパークに向かった。ファーディは観察眼の鋭いほうではないが、それでも、ドロシアがいつもと違うことに気づいた。そこで、彼女の気持ちをそらすために、カールトン・ハウスの舞踏会や摂政皇太子の仲間たち、そして頭に浮かんだことについてなんでも話した。彼の気づかいを察し、ドロシアは楽しそうな顔を取り繕った。ファーディもまた、彼女が実質上ヘイゼルミアと婚約したも同然と考えているという事実を無視しようと努めた。

ハイドパークに入り、馬車道との境の草地をのんびりと進んでいたとき、ドロシアは前をちらりと見て馬を止めた。息をのみ、レディ・ハノーヴァーの新しいかつらを描写するファーディをさえぎる。

「ファーディ、向こうの林のほうまで早駆けしたいの。フリージアの花が咲いていると思うのよ」

言うが早いか、鹿毛《かげ》の牝馬《ひんば》を左手のオークの木々に向かって疾走させる。ファーディはふいをつかれたが、自分の馬をそちらに向けてあとを追った。そのとき、近づいてくる馬車が目に入った。あれはヘイゼルミアの二頭立て二輪馬車で、侯爵は葦毛《あしげ》の馬を操り、隣にレディ・ウォルフォードを乗せている。馬を走らせる間際にちらりと見ただけだったが、ヘイゼルミアがドロシアの突然の疾走を目にしたのはたしかだった。ドロシアはハイドパークの真ん中で侯爵をあからさまに無視した。そのぞっとする事実に気づいて、ファーディはショックを受けた。

「いったい自分が何をしているかわかっているのか？」林のそばでドロシアに追いつくと、ファーディは問いつめた。「あれはヘイゼルミアだぞ！」

「ええ、知っているわ、ファーディ」ドロシアは答えた。ファーディは心から困惑しているようだ。

「君が何をたくらんでいるかなんて知りたくもない」ファーディが先を続ける。「でも、ヘイゼルミアのような人間をハイドパークの真ん中で無視するなんて、絶対にまずいぞ！」

「そうね、ファーディ。すぐうちに帰りたいの、お願い」

「僕もそうしたいね！」彼は声を張り上げた。ヘイゼルミアがじきに追ってくるだろう。

キャヴェンディッシュ・スクエアに戻る途中、ファーディはドロシアに罪の重大さを認識させようと努めた。何が原因であんなとんでもないふるまいをしたのかはわからない。だが、ドロシアを説き伏せて、間もなくヘイゼルミアと対峙《たいじ》するときに悔い改めたそぶりを示させたら、彼女も苦しい試練をくぐり抜けるのが少しは楽になるかもしれない。ヘイゼルミアはとても気性が穏やかだと思われているが、それは違うのだ。彼は癇癪《かんしゃく》持ちだが、ただ、ほとんど癇癪を起こさないというだけだ。

ファーディは、ドロシアがすでにヘイゼルミアの痛癪を経験していることは知らなかった。隣に美しいレディ・ウォルフォードを伴い、葦毛を操る彼を見たドロシアは、そこにとどまって礼儀正しく二人に挨拶《あいさつ》をするのが耐えられなかった。自分のふるまいが最悪で、ヘイゼルミアに怒る権利があるのはわかっている。だが、ドロシアも大いに不満を抱いていて、意地悪にも、侯爵と話をするのが楽しみだとさえ思っていた。幸い、ファーディにはドロシアの心の内は読めなかった――激怒するヘイゼルミアと会って話したいなどという、まともな人間なら考えないだろうことを考えているとは。

メリオン邸に着くと、ファーディは屋敷内までドロシアにつき添い、興味ありげな様子のメローの前を通り過ぎて居間に入った。ドロシアは檻《おり》に閉じ込められた雌の虎《とら》のように部屋を行ったり来たりし始め、取り乱したファーディには、反省するどころか怒っているように見えた。

「あの人を馬車に乗せたまま、よくも私に近づいてこられたわね！」突然ドロシアが声をあげた。

ファーディはじっと見つめた。「ヘレン・ウォルフォードと馬車に乗ることのどこが悪いんだ？」ドロシアはどうかしてしまったに違いない。

「あなたは知っているんでしょう？　彼女は彼の愛人なのよ」

「なんだって？」ファーディは文字どおり目をむいた。「違うよ！　君は誤解している。彼女がマークの愛人じゃないのは絶対に間違いない」

ファーディとヘイゼルミアの関係を思い出し、ドロシアはその言葉を受け流した。何を言い争うにしても、彼はいとこの味方につくはずだ。

通りに面したドアに尊大なノックの音が響いた。ファーディが窓の外をちらりと見ると、ヘイゼルミアの二頭立て二輪馬車が止まっていた。

ドロシアが馬車道から離れていくのを見て、ヘイゼルミアは雷に打たれたくらい驚いた。僕にあんなふるまいをするなんていったどういうつもりだ？　この場で怒りをあらわにするわけにいかないのは承知していたが、それでもやはり声が出せるようになるまでにしばらく時間がかかった。彼はヘレン・ウォルフォードに尋ねた。「ヘレン、君を友人たちのもとへ送っていってもいいかな？　すぐにレスターシャーに発《た》たなくてはいけないし、まだやり残した仕事があるんだ」

レディ・ウォルフォードはヘイゼルミアの癇癪をよく知っていた。子供のころ、よく彼を怒らせたからだ。いつもなら温かく楽しげなはしばみ色の瞳が、瑪瑙《めのう》のように冷たく曇っていたので、彼女はただにっこりして同意した。ミス・ダレントに、ほかの娘たちより気骨があるといいのだけれど。ミス・ダレントはこれから、もっとも不快な事態に直面するだろう。ヘイゼルミアが彼女に夢中だということは、この際あまり関係ない。ほかのヘンリー家の人間と同じく、彼には意外なほど厳格なところがあり、さほど愛していない女性なら話は別だが、未来の妻ともなれば、はるかに高い行動規範が求められるのだ。つまり彼のドロシアは、ことさら大変な時間を強いられるのに違いない。

レディ・ウォルフォードを馬車から降ろしたあと、ヘイゼルミアはただちにメリオン邸に向かった。到着すると、ひと言も言わずに利発そうな顔の少年に馬車の手綱をほうり、玄関に向かう階段を上った。

興味をそそられたメローに迎えられ、ヘイゼルミアはやさしそうな声を取り繕って尋ねた。「ミス・ダレントはどこにいる、メロー？」

「居間でございます」

「ありがとう。知らせに行かなくてもいいぞ」

彼は玄関ホールを横切り、居間のドアを開けた。そしてファーディに微笑《ほほえ》みかけると、開いたドアを押さえたまま言った。「たしか君は帰るところだったんじゃないかな、ファーディ」

それは命令にほかならなかったが、ファーディは緊張を浮かべたはしばみ色の瞳を見つめながら、二人だけにしていいものかと考えた。だが、ドロシアに目をやったときには、すでに決断は下されていた。

「さようなら、ファーディ」

そういうわけでファーディは部屋を出た。ドロシアがヘレン・ウォルフォードを愛人と思っているといとこに言うのはあきらめた。ヘイゼルミアに愛人の話をさせるのなら、ドロシアに切り出させるのがいちばんいい。居間のドアがかちりと閉まる音を聞いたとき、ファーディはレディ・メリオンに事情を説明しておいたほうが賢明だろうと考えた。

階上のレディ・メリオンに自分のわかる範囲で状況を話し、彼は五分後に玄関ホールに下りてきた。まだ居間のドアは閉まっている。懸念を感じつつ、ファーディは自分の住まいに戻った。

ファーディが出ていってドアが閉まると、ヘイゼルミアは部屋の奥に進んだ。

「とても賢明だ。ファーディを巻き込む必要はないからな」乗馬用の手袋をはずし、壁際の小さなテーブルにほうる。ドロシアは暖炉の前に置かれた肘かけ椅子のそばに立ち、背もたれをしっかりとつかんでいた。その姿をちらりと見て、彼と同じくらい怒っているのがわかった。怒りの理由はわからないが、そうと知ったのでヘイゼルミアは癇癪を抑え、比較的落ち着いた声で尋ねることができた。「ハイドパークで僕を無視した理由を説明してもらおうか」

表面上は落ち着いているその口調が、ドロシアのくすぶる怒りに火をつけた。「あの人と馬車に乗っているときに、よくも私に近づけたものね」

ヘイゼルミアは怒りに燃える緑色の瞳を探った。

その言葉の意味がつかめなかった。「ヘレンのことか？」彼は不思議そうな顔で尋ねた。

「あなたの愛人よ！」ドロシアが言い放った。

「僕のなんだって？」鞭《むち》のように飛んできた言葉に、ドロシアは身をすくめた。ヘイゼルミアがひときわ怒りを募らせて、さらに近づいてくる。かろうじて抑えられている怒りが、全身から発せられているようだった。目は細めたまま、やさしげな声を繕って彼は尋ねた。「ヘレン・ウォルフォードが僕の愛人だと誰が言ったんだ？」

「それがあなたになんの関係があるの――」

「君は間違っている」ヘイゼルミアがドロシアをさえぎった。「実際、大いに関係があるよ。ヘレン・ウォルフォードが以前愛人だったことはないし、今も将来も絶対にありえないからね。それで、ミス・ダレント、誰にそんな話を聞かされた？」

怒り狂ったはしばみ色の瞳を見つめ、ヘイゼルミアが嘘《うそ》をついてはいないのが彼女にはわかった。「ド・ヴァネイ伯爵よ」彼女はとうとう答えた。

「取るに足りない男だ」ヘイゼルミアは吐き捨てるように言った。「君が知りたいようだから言うが、僕はヘレン・ウォルフォードが三歳のときから知っている」彼はドロシアのすぐ脇《わき》に立って彼女を自分のほうに向かせた。「だがそれはともかく、君はまだ理由を説明してくれていない。公の場で大胆にも僕を遠ざけたのはなぜだ？」

低く落ち着いた声だったが、抑えられた怒りが感じ取れた。自分が誤解していたのはわかった。ところが、彼の次の言葉がすべての詫《わ》びる気持ちを吹き飛ばしてしまった。

「ロンドンでは田舎の流儀は通用しないと言ったはずだ」ヘイゼルミアはそこで黙った。ドロシアの目に激しいむき出しの怒りが浮かんでいたので、ふいをつかれたのだ。

「私に流儀の話をするなんて！　それならあなたから説明してほしいものね！　私があなたに夢中になるか試すために、ダンスの相手をしてきたのは知っているのよ。それもただ、私があなたの伝説的な魅力に参らなかったからでしょう？　マージョリーが教えてくれたわ、だから――」

ドロシアはそれ以上続けることができなかった。ヘイゼルミアが青ざめていたのだ。彼女の話の要点を理解したとき、これまで情熱を抑えつけていた手綱がぱちりと切れた。ヘイゼルミアはなめらかな慣れた動きでドロシアを抱きしめると、唇を合わせて乱暴とも言える激しさでキスをした。ドロシアはあわててもがいたが、彼はいつものように髪に指を差し入れて頭を押さえながら、体にまわした腕に力を込めた。心臓が二度打つあいだにキスは信じられないほど甘美なものになり、ドロシアは彼の無言の命令に応《こた》えて唇を開くと、感覚だけに身をまかせた。全身に欲望があふれてくるのを感じる。それは徐々に強まって、未知の世界ながらも、抑えられないほどにふくらんだ。気がつくとドロシアはヘイゼルミアの熱のこもったキスに、もっとも恥知らずなやり方で応えていた。もうかまいはしない。唯一の願いは、彼にやめてほしくないということだけだ。

ヘイゼルミアの唇が上を向いたドロシアの顔をかすめ、額、まつげ、顎、そして美しい白い喉へと下りていく。赤くなった唇を再びとらえると、彼は甘くやわらかいその中をそっと探った。ドロシアはうめいて、ヘイゼルミアを自分のほうに引き寄せた。腕は彼の首にまわされ、指は彼の黒髪をつかんでいる。ヘイゼルミアは心の中で微笑みながら、キスを深めて、燃え広がる彼女の欲望の炎をあおった。やがて二人は溶け合い、ともに焼きつくされそうなほどに火が燃え上がる。ドロシアは、あらゆる意味で彼にひけをとらないほど情熱的だ。彼はそれを求め、そして受け取った。ドロシアはすべてを投げ出している。ヘイゼルミアが求めれば、間違いなくいつでも体も心も彼のものになるだろう。すっかり満足したヘイゼルミアはドロシアを抱き寄せ、二人の体をぴったり重ね合わせて、どれだけ彼女を求めているかをはっきりと伝えた。

ドロシアは理性を失いかけていた。ヘイゼルミアの手が体をさまよい、巧みな愛撫《あいぶ》が全身に欲望のさざ波を起こす。意識のほんの一部が分離して、ショックと不安と狼狽《ろうばい》を感じていた。けれども、そのほかの部分は聞く耳を持たなかった。いつかは彼もやめるに違いない。でも、ああ、これが続くあいだは楽しみたい！　でも、いくらヘイゼルミアだって、祖母の居間で私を誘惑なんてできないでしょう？

ドロシアの体に走った震えが、ヘイゼルミアを我に返らせた。出ていかなくては。出ていくつもりなら、今すぐに。ここはメリオン邸で、彼の領地ではない。もしドロシアの目を見たら、どこにも行けなくなってしまうだろうし、それに今は、彼女と話したい気分ではなかった。ドロシアから離れて、何が起きたのかを考える時間が必要だ。今、たしかなのは彼女に対する肉体的欲求だけで、それを表すには言葉は必要なかった。二人が簡単に引き下がれないところまで来てしまったのはわかっていたし、ここでやめるのに、楽な方法などない。そこでヘイゼルミアは唐突にキスをやめ、彼女の体を放した。彼の髪にからみつく指をほどいて、荒々しく彼女を押しやると、さっと背を向ける。そして手袋を取り上げ、ドアを開けて部屋を出た。

玄関ホールで彼はメローに行き合った。ヘイゼルミアはいつもと同じ表情を浮かべているし、彼の髪型はもともと少々の乱れも気にならないようなものだったので、メローは大げんかにはならなかったのだと考えて、急いでドアを開けた。

メリオン邸を出たヘイゼルミアは広場を横切り、自分の屋敷に向かった。彼は何もまともに考えられないほど混乱をきたしていた。怒りといらだち、傷ついた自尊心、そしてある種の高揚感が、彼の中でないまぜになっている。出ていかなくては。ロンドンから出ていくのだ。そうすれば、熱病にかかった頭も冷めて、自分たちが今いる場所を正確に見きわめることができるだろう。ヘイゼルミア邸に入って、使用人たちが使うドアからミットンが現れたのを見て、彼は階段のところで立ち止まった。「ただちにレスターシャーに向かう。来週の火曜に戻ってくる予定だ。マーガトロイドをよこしてくれ。あと、鹿毛を二頭立て二輪馬車につないで十分後に玄関前につけておくようにとジムに伝えてほしい」

「かしこまりました、だんなさま」ミットンが答えた。彼はヘイゼルミアを子供のころから知っていた。そこで、即座に使用人用の広間に行き、全員に侯爵の命令を伝えると、主人は虫の居所が悪いとだけつけ加えた。一同は大急ぎで仕事に取りかかった。マーガトロイドは階段をかけるように上った。

鏡の前でネッククロスからダイヤモンドのピンをはずしていたヘイゼルミアは、急いで荷造りをしている側仕え《そばづか》に突然向き直った。「マーガトロイド、ジムが屋敷を出る前につかまえてほしいんだ。メリオン邸の前に馬車を置いたままだと伝えてくれ。もし彼が厩《うまや》に行ってしまっていたら、従僕の一人を彼のもとにやってから、ここに戻ってくるように」

一瞬の戸惑いを見せたあと、マーガトロイドはドアに向かい、威厳を損なわない範囲でできるだけ早く階段をかけ下りた。ヘイゼルミアは自分の不面目を振り返って情けなくなった。使用人たちが彼の不機嫌の理由に気づいていなかったとしても、メリオン邸に馬車を置いたまま歩いて戻ってきてしまったという事実がすべてを物語っている。

マーガトロイドが使用人用の広間に着いたとき、ちょうどジムがヘイゼルミア家のお仕着せを着て出かけようとしていた。主人の伝言を聞き、広間にいた使用人たち全員が無言で目をまるくした。次の瞬間、屋敷の正面にいる口実を作れる者はみな、通りに面したドアに突進していた。ドアを開けて、広場の向こうのメリオン邸を見たミットンとジム、マーガトロイド、チャールズはそれが恐ろしいものであるかのように二頭立て二輪馬車を見つめた。

「なんてこった！　この目で見なきゃ信じられなかっただろうな」ジムが言った。

それぞれがかぶりを振って、一同は仕事に戻った。ジムは貴重な葦毛を引き取りに広場を横切り、マーガトロイドは急いで階段を上って、主人に馬車の支度をしていると伝えた。

結局、主人が現れるまで、ジムは五分ほど鹿毛を歩かせなければならなかった。階段を下りて書斎に入ったヘイゼルミアは、今日の午後届けられた書状の山に気づいた。封筒をざっと眺め、大半は封を切らないままほうっておく。だがその中にあった質の悪い平凡な封筒に注意を引かれた。力強い筆跡で〝ミスター・M・ヘンリー〟と宛名《あてな》が書かれている。それを開け、中に入っていた書類に目を通し、次に目を上げたとき、彼はぼんやりと宙を見ながら長い指で考え深げに机をこつこつ叩《たた》いた。そしてしかめっ面で手紙を上着のポケットに押し込むと、腰を下ろしてファーディ宛に手紙を記そうとした。それは簡単ではなかった。まだ、ちゃんと集中することもできない。結局、領地の用件があってレスターシャーにしばらく行かねばならず、来週火曜にロンドンに帰ってくると書いた。次に、トニーはこれを知っていて、昼食のときにドロシアに対するくわだてについて仲間に知らせたので、みんなが彼女から目を離さないよう協力してくれるだろうと記し、自分の代わりにドロシアの面倒を見てくれという単純な言葉で手紙を締めくくった。

最後に署名をしてから、もう一つ思いついた。ペンを取り上げ、追伸を書き加える。ファーディにはできるなら、ドロシアに彼女の身を案じていることを黙っていてほしかった。しんみりと微笑みながら、ヘイゼルミアは手紙に封印を施し、ベルを鳴らして従僕を読んだ。ドロシアがいったん疑い出したら、ファーディには彼女の注意をそらすことはできないだろう。ドロシアは自分がロンドンに戻る前に気づくはずだ。ヘイゼルミアはミスター・アチソン＝スマイズの住まいにただちに届ける指示とともに手紙を渡すと、屋敷を出て、待っていた馬車に向かった。

情熱的な抱擁から解かれたドロシアは、椅子のそばに立ったまま、呆然《ぼうぜん》として動くこともできなかった。玄関のドアが閉まる音を聞き、指先を腫《は》れぼったい唇に当てる。しだいに目の焦点が合ってくると、震える息を吸い込んで、戸口に歩み寄った。そしてドアを開け、メローに気づきもせずに階段を上がって自分の部屋に入った。

ドロシアの足音を聞いたレディ・メリオンが朝の間から出てきた。ファーディが去った五分後に階下に下りてきたのだが、ドロシアとヘイゼルミアを二人きりにさせるのにも限度があると思い、手を振ってメローを下がらせてから静かだった居間のドアを開けたのだ。そして、ヘイゼルミアの腕に抱かれるドロシアを見て、すぐさまドアを閉めた。それから打ち沈んだ表情でメローに朝の間で座っているからと言い、もし誰かが訪ねてきたらそちらに通すようにと命じたのだが、今、階段の上に消えたドロシアの姿を見た彼女はため息をついた。あきらめの境地でベルを鳴らし、お茶を頼む。

ドロシアには、少なくとも三十分は一人で泣き明かす時間が必要だろう。涙に暮れる若い娘と筋の通った話をするのは無理だ。そこで、ファーディから聞かされた午後の出来事について一人で静かに考えてみた。そのどれも理屈が通らない。もっと詳しい話がわかったら、何が起きたのかもう少し理解できるに違いないが、すぐに結論に飛びつくほど、レディ・メリオンは若くなかった。お茶を飲み干すと、彼女は決意を胸に階段を上がった。

ドロシアは寝室に入るとドアを閉め、ベッドに身を投げて、こらえきれずに泣きじゃくった。気兼ねなく泣いたのは、この数年で初めてだ。安堵《あんど》と当惑と鬱積《うっせき》したやり場のない感情があふれ出てくる。失望とわずかないらだちが苦悩に苦い味を添えていた。

十分間、嵐《あらし》は弱まらず続いたが、とうとう疲れきって渦巻く万華鏡のような心も徐々に落ち着き、激しいすすり泣きもおさまった。枕《まくら》にもたれて背を起こし、真っ赤になった目に濡《ぬ》れたハンカチを押しあてたとき、祖母がノックをして部屋に入ってきた。

いつも平然と落ち着いた孫娘はベッドの隅にいた。大きな瞳が涙に濡れているのを見てハーマイオニ・メリオンは近づいていき、ベッドの端に腰を下ろした。ドロシアが息をのんで、ささやく。「ああ、おばあさま、私はどうしたらいいの？」

レディ・メリオンはきびきびと言った。「まず顔を洗って別のハンカチを持ってきなさい。それでずいぶん気分がましになるから」ドロシアが立ち上がると、彼女は続けた。「そのあと、ゆっくり話しましょう。ヘイゼルミアとどうなったのか、そろそろ説明してちょうだい」

ドロシアは緑色の瞳を祖母の顔に向けたが、何も言わなかった。顔を洗って拭《ふ》いたあと、化粧台の引

き出しを探ってきれいなハンカチを取り出している

あいだに、理性的に考える力が戻ってきた。祖母は説明を聞く権利がある。けれども、いまだに答えの出ていない疑問がたくさんあった。ドロシアは考え込みながらベッドに引き返して、腰かけた。

レディ・メリオンに促されたドロシアは一瞬顔をしかめ、それから深く息を吸って話し始めた。「ゆうべ、あの舞踏会で、皇太子が……つまり彼は……知っていたの……私とヘイゼルミア侯爵とのあいだに……つながりがあると。今では私にもわかっているわ。ほとんどの人が、私たちのあいだにある種の合意があると思っているのよ」

「お披露目の舞踏会で最初のワルツを踊ったんだもの、誰だってそう思うわよ」レディ・メリオンがふふんと笑った。

「ワルツ？」ドロシアは混乱して繰り返した。「どういう意味なの？」

レディ・メリオンはため息をついた。「やっぱり知らなかったのね」彼女は鋭い目で孫娘を見てから言った。「この数週間、マーク・ヘンリーに対するあなたの気持ちは日に日にはっきりしてきたわ。いいえ、感情をあらわにしているなんて言っているんじゃないの。その正反対ですものね。でも、二人が一緒にいるところを見たら、誰だってあなたが彼に引かれていると疑わないでしょう。それに、社交シーズンの最初から彼が示していた態度を見れば、彼の気持ちだってはっきりしていた。舞踏会のあと、彼は私に言ったのよ。結婚を申し込むつもりだと。自分の都合のいいときに、って言っていたわ。まったく彼らしいじゃないの」

祖母の言葉を聞き、ドロシアにもようやくわかりかけてきた。経験豊かな祖母に説明を求めてみるのもいいかもしれない。「実を言うと、彼が……ちょうどいい花嫁を探しているんじゃないかと思ったの。

彼は結婚しなければならないわ。家族が何年も前から結婚を迫っていたと聞いているし」ドロシアは大きく息を吸い込むと、胸の中の不安を打ち明けた。「モートンの森で私と会ったとき、私が結婚になんの期待も抱いていないと知って、彼は考えついたんじゃないかしら」ドロシアは言葉を切って、先を続ける気力をふるい起こした。「つまり、結婚に対してさほど多くを望んでいないから、私が満足して便宜的な結婚を受け入れるだろうと。それなら、彼は愛人たちとのつき合いを続けられるでしょうから」

レディ・メリオンが驚いた顔をした。それから頭を振って大笑いした。「おやまあ！　ヘイゼルミアの注意深くまとめ上げた求婚の計画が、それにふさわしい結末になってうれしいわ」

困惑したドロシアは説明を求めるようにレディ・メリオンを見つめた。だが、祖母はその無言の問いかけを手を振って退けた。「かわいいドロシア、私はさっき居間に行ったのよ。あなたとヘイゼルミアが……夢中だったときに。私の経験から言うと、便宜的な結婚を考えている男性は、求婚する前に花嫁となる相手を誘惑したりしないわ」彼女の顔には、不埒《ふらち》で楽しそうな笑みが輝いた。「あなたは、ヘイゼルミアがあなたを愛しているのに気づいていない、社交界で唯一の人間じゃないかしら」

「まあ」希望と忍び寄る疑念がドロシアの胸でせめぎ合った。希望が勝ったが、疑念はまったく負けてしまったわけではなかった。

レディ・メリオンがドロシアの思いに割って入った。「ファーディがヘレン・ウォルフォードについての誤解について口にしていたけど」

「ド・ヴァネイ伯爵が、彼女はヘイゼルミアの愛人だと言ったの。ヘイゼルミアはそれを否定したわ」

レディ・メリオンは思わず大きなうめき声をあげそうになった。「彼に直接尋ねたということ？」

「というより、彼は私がハイドパークで彼を無視した理由を知りたがったのよ」ドロシアは早くもいつもの落ち着きを取り戻していた。「彼女が子供のころから知っているとヘイゼルミアは言っていたわ」

「そうよ。ヘレン・ウォルフォードの父親は、レディ・ヘイゼルミアの遠い親戚《しんせき》で、子供のころからヘイゼルミアでときどき夏を過ごしていたから。ファーディよりも少し若いはずよ。ちょっとおてんばなところがあって、マークとトニーに迷惑をかけていたけれど、二人はアリソンに接するようにヘレンに接していたわね。私の記憶では、しょっちゅう厄介事から救い出していたわ。それも喜んで、というわけじゃなかった。ヘレンは不幸にも、結婚相手に恵まれなかったのよ。アーサー・ウォルフォードは放蕩《ほうとう》者で賭博《とばく》師だったけど、幸い自殺をしたのよ。詳しい話を知る人はいないけれど、ヘイゼルミアがかかわっていたわ。ヘレンは一度、彼に夫の最期についていて尋ねたけれど、彼はそれは知らなくていい、ただその事実に満足すべきだと言ったそうよ」

「いかにも彼らしい言葉ね」ドロシアは鼻をくすんといわせた。物事を思いどおりに動かすのが、ヘイゼルミアには長年の習慣になっている。

「とにかく、ヘイゼルミアはずっとアリソンと同じようにヘレンに接してきたわ。彼女が愛人だと思われて、彼はびっくりしたんじゃない？」

ヘイゼルミアの顔を思い出し、ドロシアはうなずいた。「でも、どうしてヴァネイ伯爵は私にそう思わせたのかしら？」

「わざと意地悪を言う人に慣れないといけないわね。ヘイゼルミアを困らせたり、あなたを利用しようとする人間は少なからずいるでしょう」レディ・メリオンは言葉を切って孫娘の優美な姿に目をとめた。「もし私があなたなら、ヘイゼルミアの愛人の話題は絶対に持ち出さないわ。少しは愛人だっていたでしょう。いいえ――」その表現が不正確だと気づいて訂正する。「少なからず、ね。実際、列をなすほどいたわよ。それもとびきりの美人ばかり！　ただし、ヘイゼルミアの愛人はあなたの関知するところじゃないのよ。もし彼が父親の例にならうとしたら、彼女たちはみな過去のこと。彼がどんなにあなたに夢中かを考えれば、将来、そういう密通に目をつぶらなくてはならないような事態は起こりそうもないわ。ほかの多くの女性たちと違ってね」

このすばらしい助言に、ドロシアはうなずいた。

レディ・メリオンは孫娘の青ざめた顔に浮かぶ疲労のあとに気づいた。そして身を乗り出して、安心させるようにドロシアの手をそっと叩いた。「あなたは疲れているのよ。夕食はここに運ばせるから、早くやすみなさい。これからのことを考えなくてはならないけれど、話は明日にしましょう」

ドロシアは憔悴《しょうすい》しきっていたが、奇妙にも、高揚感も同時に味わっていた。そしておとなしくうなずき、祖母の頬にキスをした。レディ・メリオンは突然自分の年齢を思い起こし、部屋を出た。

トリマーが夕食の盆を持って現れたとき、ドロシアは思いがけずかなりの食欲を覚えた。

おいしい鶏肉《とりにく》を噛《か》みながら、自分の状況について考える。ものすごい大事件が起きたわけではないけれども、間違いなく以前とは状況は変わった。ヘイゼルミアと手に手を取って、軽い戯れだけの安全な岸辺から、強い力で魂ごと盗まれそうな場所に足を踏み出したのだ。彼の腕の中でどんなふうに感じたかを思い、ドロシアは身を震わせた。どんなに彼が欲しいと願ったか。ヘイゼルミアはたしかに賭《かけ》に勝った。理性の一部が小さな声で、どんな抵抗も簡単に踏みにじる彼の巧みな策略に怒りを感じるべきだと言っていた。けれども実際は……。実際はなんの抵抗もしなかった。まったくしなかった。

ドロシアはウィチェット特製の薬湯のカップをぼんやりと取り上げると、椅子に背を預けた。夜が更けるにつれ、暖炉の火がありがたく感じられる。振り返ってみると、ヘイゼルミアが真剣に思いを口にしたような出来事は一つも思い出せない。それでも、彼の堂々とした落ち着きは、安心を与えてくれていた。冷静にヘイゼルミアについて考えることができていたら、はしばみ色の瞳に光る特別な温かさの奥の本当の思いが見えていたのだろう。彼はいつも変わらず、ずっと私を気づかってくれた。あの宿屋では、部屋を見張る護衛役を雇ってくれていたのも翌朝知った。祖母の言葉を信じるのは難しくない。ああ！　でも、彼の口からはっきりと聞きたい。そのためなら、どんなものも犠牲にするのに。

ドロシアはそこにヘイゼルミアの顔を見出《みいだ》そうとするかのように、暖炉の火をじっと見つめた。この先何が起こるかはっきりとはわからない。彼女はもう一度あくびをし、きちんと考えるには疲れすぎていると気づいた。明日の朝まで待ったほうがいい。

トリマーが入ってきて、盆を片づけた。それからドロシアの着替えを手伝い、静かに出ていった。

厚い羽毛のマットレスに横たわったドロシアは、深いため息をつき、ベッドの中にもぐり込んだ。ウィチェットの薬湯の効き目のせいか、彼女は夢も見ない深い眠りに落ちていった。

次の日、ドロシアは朝早く目覚めた。すっきりしていたが、奇妙に眠気が消えなかった。自室から、窓の外を見つめる。今では庭園の桜の木もすっかり葉が生い茂っていた。九時になると、寝室を出て、彼女は朝の間に下りていった。セシリーは午前中マウント・ストリートのベンソン家で過ごすので、ファーディとの乗馬は中止にしたと聞いていた。二つの心配から解放され、ドロシアは心の中で感謝した。

妹の好奇心を満足させるという精神的苦痛を感じずにすんだのだ。コーヒーを一杯飲み、トーストをひと切れ口にしたあと、祖母のところに行くのはまだ早すぎると考えた。そこで衝動的にトリマーを呼んで、広場を散歩することにした。

空には太陽が輝き、さわやかなそよ風にまばらな雲が流れていた。新鮮な空気を楽しみながら、ドロシアは庭園を抜けて広場の反対側へと歩いていった。そして足を止めて、向こうにある静まり返った邸宅をちらりと見てから、元気よくメリオン邸に引き返した。もうレディ・メリオンも起きているだろう。

そう思いながら階段を上っていたドロシアは、下りてきたファーディと行き合ってびっくりした。

いとこからの短い手紙を受け取ったファーディは、もしドロシアが何も知らされていないなら、誰かがレディ・メリオンの孫娘に及ぶ危険について知らせなくてはいけないと考えた。ハイドパークでの出来事に関して避けられないゴシップについては、すでにレディ・メリオンを安心させた。昨夜出席したパーティで、誰もそれを気にとめていないとわかったからだ。そこでは、単なる恋人たちのいさかいとしか思われていなかった。

運よく、レディ・ジャージーがあの場面を目撃していた。彼女はその直後にミセス・ドラモンド＝バレルの屋敷で開かれたお茶会に出席し、当然のことながら、ミス・ダレントのおかしな行動と、同様に侯爵の反応についてぺらぺらしゃべった。

少なからぬ否定的な意見があったものの、ミセス・ドラモンド＝バレル自身がその場の流れを決定づけた。ヘイゼルミアの友人である彼女は、ドロシアに感心し、侯爵の選択を心から認めていた。ヘイゼルミアはそういう扱いに我慢できないだろうから、ミス・ダレントは当然厄介なことになるという見解に対し、〈オールマックス〉のもっとも容赦ない後援者は冷ややかに応じた。〝ヘイゼルミアが動転したところを誰か見たことがあって？　誰であれ、あの紳士の平静を失わせることができる女性には、祝辞を贈るべきじゃないかしら。もし彼女が侯爵に何もかも完全に支配できるわけではないと悟らせることができたら、私は拍手喝采《かっさい》するわ〟こうしてドロシアはちょっとしたいざこざは引き起こしたが、侯爵に対する反抗を成功させたと見なされた。

ファーディは立ち止まってドロシアと挨拶をかわした。「三時に君を誘いに来るよ」

「ああ、ファーディ、私にできるかしら」

「できるかできないかの問題じゃない。君はそうしなくちゃいけないんだよ」ドロシアが理解していないのを察して、彼は提案した。「おばあさまのところへ行っておいで。彼女が説明してくれるから」

ファーディはそう言ってから手を振って玄関ホールに下りていき、メローから帽子を受け取ると、屋敷を出た。ドロシアは外套《がいとう》をトリマーに渡すと、レディ・メリオンの私室に入っていった。

レディ・メリオンはすでに長い時間をかけて考えていた。ドロシアが二つの誘拐未遂の標的にされたという知らせは、老婦人に衝撃を与えた。だが、ドロシアを守るための手はずが整っているとすれば、ほかにできることはない。ドロシアに警告したほうがいいというファーディの提案は退けた。すでにヘイゼルミアはもう充分なほどドロシアの苦悩のもとになっているのだから、これ以上の苦悩を孫には与えたくない。ヘイゼルミアの不在は不安だが、ドロシアには、彼の描く将来を受け入れるための準備期間となるはずだ。

ハイドパークでの出来事に関して悪い噂《うわさ》が立っていないと聞いて、レディ・メリオンはうれしい驚きと少なからぬ安堵を覚えた。そして、午後、ハイドパークを馬でまわるというファーディの申し出には大いに感謝した。〝身を隠すことは彼女のためにはなりませんから〟若い紳士はしたり顔で意見した。

ドロシアが部屋に入ってきたときレディ・メリオンはにっこりし、手ぶりで座り心地のいい寝椅子に呼び寄せた。「ずいぶん顔色がよくなったわね」

「とても気分がよくなったもの」ドロシアは祖母の頬にキスをすると、優雅に腰を下ろした。

ドロシアの落ち着きと自信を見て取り、レディ・メリオンはうなずいた。「ヘイゼルミアがあなたの心をとらえたのは間違いないわね？」

その慎重な言葉づかいにドロシアはにっこりし、あっさりと答えた。「しばらく前から、私はヘイゼルミア侯爵を愛しているわ」

「前にも言ったけれど、彼はすでにあなたに求婚する意思があると認めたの。いつか都合のいいときにね。でも、あなたはどう答えるつもりなの？」

抑えきれない笑い声がドロシアの口からもれた。

「ああ、おばあさま。私にほかの選択肢があると本当にお思いなの？」

レディ・メリオンはくすりと笑った。「正直なところ、ないでしょうね。ヘイゼルミアはあなたの気持ちにちゃんと気づいているし、昨日の居間での様子を思えば、承諾といっても単なる形式的なものになるわね」冷静で落ち着いた孫娘が顔を赤らめた。「覚えておきなさい。いろいろなことを知っている夫を持つのは厄介なのよ。でも、すべて完璧《かんぺき》なんてありえないし、それにこれは悪い縁組ではないと思うの。彼の父親がそっくりだったのよ。アンシア・ヘンリーはロンドンでいちばん幸せな妻だったわ」

ヘイゼルミアに加勢するためにこれ以上できることはないと思い、レディ・メリオンは先を続けた。「今後どうするか決めないとね。ゴシップ好きな人たちに、二人のあいだにはほんの小さな意見の食い違いがあったにすぎないと思わせるようにしないドロシアはいかにも高慢そうに眉を上げた。

「それでいいのよ」レディ・メリオンがうなずく。「ただし、この件に関しては、私とファーディの言うとおりになさい。彼はこういうときにはすごく役に立ってくれるわ。物事がどう見えるかとか、決して人がしてはいけないことは何か、よくわかっているから。これまでどおり約束した催しにはすべて出席するのよ。そこでは、いつもと変わりない自分に見せるように」孫娘を見つめ、彼女は冷ややかに言った。「今なら、さほど難しくなさそうね」

ドロシアは大きな緑色の瞳を祖母に向け、落ち着いた自信たっぷりな態度でにっこりした。奇妙にも、レディ・メリオンはうろたえた。「おばあさま、私は今後ふさわしいふるまいをすると約束するわ。でも、外交舞踏会の前の私と同じ私だとは思わないでほしいの」

レディ・メリオンはとりあえずその言葉を受け入れた。「最後に一つ、ファーディはヘイゼルミアが来週火曜までロンドンを離れると言っていたわ。領地の一つに出かけたとか。つまり……」彼女はドロシアの目に浮かぶ疑問に応えて先を続けた。「二人のけんかのせいじゃないのよ。友人たちには、昨日の夜から出発について話していたそうだから」

その知らせを聞いて、ドロシアは考えた。二、三日もあれば、新しい外向けの顔に磨きをかけられるだろう。傲慢《ごうまん》な侯爵とのかけ引きには、まだいくつか罠《わな》が残されている気がする。だがヘイゼルミアが次に現れるまでには、充分に備えているつもりだった。

12

ハイドパークに着いたファーディとドロシアは、あちこちをぶらぶらする紳士淑女たちの群れに加わって、挨拶《あいさつ》をしたり最新の噂《うわさ》話に花を咲かせたりした。少なからぬ人の目がドロシアに向けられていた。鹿毛《かげ》の馬を寄せてきたピーターバラ卿《きょう》と気安い態度でおしゃべりしながら、ドロシアは上手に自分を取り繕った。誰から見ても、すっかりくつろいでいる様子だった。

幌《ほろ》付きの四人乗り馬車に尊大そうに座っていたミセス・ドラモンド＝バレルが、手を振ってドロシアを呼び寄せた。彼女はドロシアの装いを褒め、しばらく三人で話をした。ヘイゼルミア侯爵のことも、昨日の出来事も話題にのぼらなかった。ミセス・ドラモンド＝バレルの青い瞳を見つめて彼女の意図を察し、ドロシアは心からの笑みを向けた。

次にレディ・ジャージーにつかまった。彼女はミセス・ドラモンド＝バレルとは正反対で、ハイドパークを離れたあとにヘイゼルミアとドロシアのあいだに何が起こったかを探ろうと、ありとあらゆる手を使った。言葉巧みなヘイゼルミアと丁々発止とやり合ってきたことが、サリー・ジャージーのような人物をあしらう役に立った。ドロシアが侯爵さながらに楽しげに、寛大な様子で話をはぐらかすので、レディ・ジャージーは怒るどころかおもしろがった。ようやくレディ・ジャージーから逃れた一行は馬を進めた。

「ふう！」声の届かないところまで来るとファーディが声をあげた。「あれほど答えが欲しくて必死なレディ・ジャージーを見たのは初めてだ」

その後も、何人もの婦人たちがドロシアが最後に侯爵に会ったときの詳細を知りたがったが、レディ・ジャージーの質問攻めほど手ごわいものはなく、ドロシアもたやすく受け流せた。

門のところでピーターバラ卿と別れ、メリオン邸に戻ったあと、ファーディはレディ・メリオンにドロシアの手際のよさにすっかり満足したと告白した。その言葉を耳にして、ドロシアが目をきらめかせた。

「まあ、ありがとう、ファーディ」

ファーディはその反応をどう受けとめていいのかわからず、ドロシアの自信たっぷりな態度にかすかな不安を感じたまま、今夜の大夜会にエスコートするために八時に来ると言って立ち去った。

続く数日間、ヘイゼルミアの友人たちはドロシアを守ろうと見張りつづけた。彼らはなんとかそれを悟られないよう努めていたが、ドロシアにはその様子がおかしかった。彼女は好奇心をそそられ、ファーディに理由を尋ねたが、結局あきらめた。彼が不在のいとこを持ち出して逃げたからだ。「知りたいなら、ヘイゼルミアにきくのがいちばんだ」つまり、侯爵が黙っていろという指示を残したという意味だ。ドロシアはそれ以上ファーディを追及せず、ファーディは〝ヘイゼルミアがそう言った〟という言葉が免罪符として働くのに気づいて、それを使うことが多くなった。彼は、いとこがロンドンに戻る予定が遅れたりしないことを願った。

ヘイゼルミアの友人たち全員と踊りながら、ドロシアはその機会を利用して彼らの数多い趣味や楽しみについて聞き出した。その結果、ドロシアはヘイゼルミアの情報も引き出すことができ、徐々に彼の複雑な人物像を理解していった。友人たちのほうは、ドロシアを守る仕事を楽しんでいた。大きな緑色の瞳に魅了されたのは一人ならずいた。ヘイゼルミアが不在のせいで、彼女の生来の自信はますます際立ち、それに加えて、誰かを待ってでもいるような近寄りがたい雰囲気もあった。だが、だからといって、ヘイゼルミアの求婚に不満を抱いているようにも見えない。気まぐれなピーターバラでさえ、侯爵の幸運をののしりながらもドロシアとの友情を深め、そうして全員が彼女の崇拝者となった。

ファンショーはセシリーを追いかけつつも遠くからなりゆきを見守っていた。ドロシアの態度が落ち着き払っている理由は、たった一つしか考えられない。だが、ファーディから聞いた話とセシリーが何も言わないことを考え合わせると、まだヘイゼルミアは求婚していないようだった。ファンショーはわけがわからなくなった。ドロシアは、みごとにみんなを手なずけてしまった。番犬たちがどう利用されたかを知ったら、ヘイゼルミアは驚くに違いない。もっとも、彼ならおもしろがるだろうが。

ドロシアにとって時間はあまりにもゆっくり流れていたが、侯爵のはしばみ色の瞳が微笑《ほほえ》んでいるのを見るためなら、どんな犠牲もいとわないと彼女は思っていた。とはいえ、二人きりで会うのを楽しみにしているわけではなかった。なぜあんなふうにふるまったかの理由を説明する際に、気まずさを味わうのは間違いないからだ。けれども、先に延ばすよりは早いほうがいいし、それに、今は待つしかない。多くの人たちがドロシアを喜ばせようと努力しているのだから、文句を言うのも無作法というものだ。

土曜の夜に、メルチェット家の舞踏会で恐ろしいことが起こった。エドワード・ブキャナンのことなどまったく頭にないにしても、彼が亡霊のようにドロシアにつきまとう可能性があると予想するべきだったのだ。ハイドパークでの出来事を耳にした彼は、その後の噂を興味深く追っていた。そして、ミス・ダレントの選択肢は急速に減りつつあると考えた。

エドワード・ブキャナンはドロシアがデズバラ卿

とダンスフロアの脇《わき》に立っていたときに、臆面《おくめん》もなく声をかけてきた。不運にも演奏家たちにちょっとしたトラブルがあり、思いがけない空白の時間ができたので、客たちは部屋を歩きまわっておしゃべりをしていた。デズバラはエドワード・ブキャナンと初対面だったので、ドロシアの以前からの知り合いだと言われて額面どおりに受け取った。ミスター・ブキャナンの慇懃《いんぎん》無礼な態度に自分が憤慨してしまうのはわかっていたので、ドロシアはデズバラにレモネードを一杯持ってきてほしいと頼んだ。そのあいだに、歓迎されざる求婚者を追い払うつもりだったのだが、そのもくろみは裏目に出た。ドロシアが気づいたときには小さな控えの間にエドワード・ブキャナンと一緒にいて、再び求婚されたのだ。

「僕はとにかく、君の後見人の承諾を得たんだ。今は、ヘイゼルミアに対する君の行動について噂が立っている。僕が言いたいのは、今となっては粋《いき》な色男たちは誰も君を手に入れようとはしないということだ」エドワード・ブキャナンはドロシアに向かって眉を片方つり上げた。もったいぶった口調がさらにゆっくりになる。「やつはお高くとまっているし、君は自ら機会をつぶしたんだよ。もっと下に目を向けるほうが賢明じゃないのかな。ヘイゼルミアや彼の仲間は、君には手の届かない存在だ。僕との結婚を考えるべきだ。絶対にそうすべきなんだ！」

怒りに身をこわばらせ、ドロシアはなんとか声を落ち着かせようと努めた。「ミスター・ブキャナン！　もう二度と言いませんが、どんな状況にあっても、私はあなたと結婚したいとは思いません！　これで充分伝わったと信じます。私は絶対に気持ちを変えませんから。ハーバートがあなたの求婚を後押ししたのは、間違っていますわ。申し訳ありませんが、舞踏室に戻らないといけないので」

ドロシアは戸口を背にして立っているエドワー

ド・ブキャナンの脇をすり抜けた。同時に、彼女をあちこちで捜していたデズバラの姿が見えた。ドロシアは心からほっとしたが、そのとたんにブキャナンが彼女の肩をつかんでキスをしようとした。ドロシアは必死にもがいて顔をそむけた。

次の瞬間、ブキャナンは体ごとぐいっと引き離され、乱暴に壁に投げつけられていた。あっけに取られた彼は、そのまま床にへたり込んだ。両脚を前に投げ出したまま、間の抜けた顔をしている。デズバラは上着を直してドロシアに腕を差し出すと、最後に振り返って言った。「これがピーターバラでもウオルシンガムでも、ましてやヘイゼルミアでもなく、僕だったことに感謝するんだな。その三人の誰かだったら、あざどころか、何本も骨を折られたことだろうよ。これでもう、君はミス・ダレントに迷惑をかけないとは思うがね」こう言うと、デズバラはドロシアを促して舞踏室に戻った。

この顛末《てんまつ》のあと、ヘイゼルミアの友人たちは二度とドロシアを一人にすることはなかった——舞踏室でも、ハイドパークでも、社交界の集まりでも。

ヘイゼルミアの注意は血気盛んな鹿毛の馬を制御することだけに向けられていた。彼は首都の込み合う通りを縫うように進んでいた。ひとたびハムステッドの村を過ぎ、フィンチリー・コモンを通り越したところで、両手から力を抜いた。すると、鹿毛が前に飛び出した。思う存分馬たちが走ってくれたので、二頭立て二輪馬車は、並の速度で走る大きな馬車を飛ぶように追い越してきた。ジム・ヒッチンは険しい顔で馬車にしがみついて口元を固く結び、主人のいつもの腕がなまっていませんようにと祈っていた。日が暮れ、影が広がり始めていた。道にとばりが降りて穴や轍《わだち》を隠してしまうと、ジムは速度を落としてほしいと願った。だが、馬車はバーネット自治区を過ぎても速度を落とす気配を見せず、こういうときの定宿となっているハーペンデンのジョージ亭を目指してグレート・ノース・ロードを北上していた。

ジムは沈黙を守っていた。遠慮からではなく、侯爵の気を散らしたくなかったからだ。だが、ヘイゼルミアがセント・オルバンズの手前の急カーブで、北へ向かう乗り合い馬車をすれすれで追い越したとき、ジムは肝をつぶしてはっきりと悪態をついた。

「今のはなんだ、ジム?」ヘイゼルミアがすかさず言った。

「いや、なんでもありません」ジムは答えた。そしてこらえきれずにつけ加えた。「ただ、もしだんなさまがおれたち二人の首の骨を折りたいっていうなら、もうちょっといいやり方を知ってるってだけですよ」

返事はなかったが、少ししてからジムは主人が静かに笑う声を聞いた。「悪かった、ジム。ここまで急がなくてもよかったんだ」馬車は減速し、やがてもっと安全な速度でなめらかに進み始めた。

まだだんなさまはかっかしている、とジムは思った。だが、馬車がこの道からはずれないかぎりは、おれたちは生き延びるさ。

二人がメルトン・モウブレイとオーカムのあいだにあるヘイゼルミアのレスターシャーの領地ローリーに到着したのは、木曜日の午後も遅い時間だった。気難しい家令のウォルトンが主人に来てほしいと望むとき、その判断に決して誤りはない。ヘイゼルミアが片付けなければならない仕事が山ほどあったので、彼らはその夜から取りかかった。帳簿を調べ、続く二日間の活動の計画を練った。

ウォルトンはジムから、主人の身のまわりに変化が起こりそうだと聞き、必要なことをすべてすませられるよう手はずを整えた。この社交シーズンのあいだに、もう一度主人を呼び寄せるのはまず不可能だろう。ほかの使用人たちと同じく、ウォルトンもまた、主人の機嫌にはつねに注意していた。今回は直接癇癪《かんしゃく》をぶつけられることはなさそうだったので、金曜日から土曜日にかけて、ウォルトンは侯爵にひっきりなしに用件を持っていった。

土曜の午後になってヘイゼルミアは仕事を中断し、書斎を出てジムに明日早朝に発《た》つと伝えた。社交シーズンからすっかり離れたこの二日間が、心の平静を取り戻すのに役立った。こういう無味乾燥な作業に無理に没頭したおかげで、彼はドロシアを置き去りにしたときからずっと続いている混沌《こんとん》とした感情をなんとか押しやった。そして今、ようやくそれに対処できると感じていた。

レスターシャーは夕方になると風が冷たく、暖炉に火が入れられた。ヘイゼルミアは飲み物をつぐと、暖炉の前に置かれた座り心地のいい肘かけ椅子に腰を下ろし、火に向かって長い脚を伸ばした。両手でグラスを包み込み、ぱちぱちはねる炎を見つめる。

エメラルド色の瞳を思い描き、彼女は今ごろ何をしているだろうと考えた。ああ、そうだ。メルチェット家の舞踏会だったな。社交シーズンのロンドンで延々と繰り返される催しの数々から遠く離れ、ヘイゼルミアはどれほどドロシアにそばにいてほしいと思っているかをいつも以上に強く意識した。メリオン邸の居間で起こったことは、必然の出来事だったのだろう。ドアを入っていったとき、ドロシアに対して激しい怒りを覚えていたのは認めるが、それは義憤というより、自尊心を傷つけられたせいだった。ドロシアのほうも驚くほど怒っていたが、彼女はすぐにその理由を話してくれた。ヘイゼルミアはにやりとした。若いレディとしてどうふるまうべきかと教えられてきたことが、あのほんの数分で台なしだった。愛人について知っていると口にするだけでなく、さらに問いつめようとする女性など、彼女のほかに思い浮かばない——母親を除いては。

社交界では、ヘイゼルミアとヘレン・ウォルフォードとの関係は広く知られているので、まさかドロシアがあんなふうに考えるとは想像もしなかった。伯爵もさすがしいまねをしてくれたものだ。ヘイゼルミアはムッシュー・ド・ヴァネイとちょっとしたいさかいがあったのをぼんやりと思い出した。ある時期、目をかけていた娼婦《しょうふ》の一人をめぐってのことだった。彼女の名前はなんといっただろう？　マデリン？　ミリアム？　ドロシアがあの夜沈んでいたのは、間違いなく伯爵の嘘《うそ》のせいで、それに、皇太子のこともある。彼女がハイドパークでヘレンと僕を見て逃げ出したのも、驚くことではない。

だが、どうして僕に立ち向かわずに、ただ逃げ出したのだろう？　たとえマージョリー・ダレントにそんなふうに吹き込まれたとしても、ドロシアなら信じなかったのでは？　ヘイゼルミアは上質のフランス産ブランデーを飲み、それが温かく喉をすべり落ちていくのを感じた。そう、彼女はマージョリーの戯言《たわごと》など信じなかったはずだ。ダレント夫妻は月曜日にロンドンを発った。つまり、ドロシアとマージョリーが何か話したのだとすれば、それは月曜よりも前のことだ。だが、日曜の夜のあの退屈なパーティで、ドロシアはいつもどおりにふるまっていたし、外交舞踏会のときも、皇太子の愚行のせいで余計なことに気づくまではまったく無頓着《むとんちゃく》だった。あのときでさえも取り乱しはせず、ただ、ヘイゼルミアに対して怒っていただけだ。その少しあとド・ヴァネイ伯爵の邪魔が入り、ドロシアは内にこもって、ほとんど泣き出しそうな様子だった。とはいえ、メリオン邸の居間での彼の行動が、すべてを解決したはずだ。ドロシアがあのキスの意味に気づかなかったはずはない。

彼がドロシアを愛してしまったせいで、ドロシアは彼を傷つける力を得た――そのことに、ヘイゼルミアはあの日まで気づかなかった。ヘイゼルミアはもともと強い人間で、自分の力を信じていたので、人の意見に左右されることはなかった。例外は、母親とアリソン、トニーとファーディ、そしてそれには劣るがヘレンくらいだ。だが、ドロシアは彼ら全員を合わせたよりもはるかに大きな存在となっていた。そうした人間的なもろさを、人が耐えなくてはならないものなら、僕もそれに耐えなくてはならない。ドロシアはヘイゼルミアを激しく非難したが、それは彼の背信行為を疑って傷ついたからだ。今後は、あんな誤解は絶対にさせない。

ではあの出来事が、二人の状況を変えたのだろうか？　いや、これまでと同じだ――今はドロシアも、ヘイゼルミアが愛していることに気づいたということを除けば。計画どおりに二人の仲が進展すれば、一カ月かそこらのうちに結婚できない理由はないだろう。だったら、彼の欲求不満も、ドロシアの不安も過去のことになる。

ヘイゼルミアは天井にさまよわせていた視線を暖炉の火に戻した。夕食の用意ができたと家政婦が知らせにやってきたとき、彼は幸せな気分で、ドロシアに関するみだらな想像をめぐらせていた。

ヘイゼルミアへの経路からさほどはずれないコービー近郊のダレント・ホールに、ヘイゼルミアは十時前に到着した。彼は先に馬車を降りて馬を誘導していたジムに手綱をほうった。

玄関ホールに通されると、ヘイゼルミアは執事に尋ねた。「ヘイゼルミア侯爵だが、ダレント卿は時間を数分割いてくれるだろうか？」

訪問者の位の高さを認めて、執事は書斎に彼を案内し、主人に取り次ぎに行った。ミルチンからヘイゼルミア侯爵が話をしたいと望んでいると聞かされたとき、ハーバートはのんびり朝食をとっている最中だった。彼はぽかんと口を開けたが、一瞬あと、我に返って返事をした。「よろしい、ミルチン、もちろんすぐに行くよ。彼をどこに通した?」

ミルチンは答えて、引き下がった。ハーバートはドアを見つめていた。ヘイゼルミアの用件がなんなのかにほとんど疑いの余地はないが、マージョリーは彼がまじめではないと主張し、たとえそうだとしても結婚相手としてふさわしいとは考えられないと言っていた。だが、妻の希望にそうのは、まったくもって不可能だ。ハーバートは書斎でヘイゼルミアと顔を合わせる前から気が気でなかった。一方の侯爵は、この美しい重みのある書斎で屋敷の主人よりもゆったりくつろいでいるように見えた。

二人のやり取りは短く、むだがなかった。仕切ったのはハーバートではなくヘイゼルミアで、ハーバートは侯爵の要望に耳を傾けたあと、すでにエドワード・ブキャナンにドロシアに求婚する許可を与えたと言わざるをえない気分になった。

ミスター・ブキャナンの名前を聞いて、ヘイゼルミアの顔つきが真剣になった。「君はブキャナンの身元も確かめずに、被後見人に求婚する許可を与えたと本気で僕に言っているのか?」はっきりと事実を指摘され、ハーバートはさらにどぎまぎした。

「彼はドーセットに領地を持っていると聞いている」ハーバートはあわてふためいた。「それに、彼はサー・ヒューゴー・クリアと知り合いだ」

「そして間違いなく、サー・ヒューゴーから、ミス・ダレントはグレンジの領地を相続したと聞いているはずだ。念のため言っておくが、エドワード・ブキャナンはドーセットに荒れ果てた農家を所有していて、一文なしだ。彼がロンドンにいるのは、つい最近地元の女相続人とかけ落ちしようとして、ドーセットにはいられなくなったからだ。僕は驚いている。君が後見人としての義務をそれほど軽く考えているとは」

ハーバートは決まり悪さに真っ赤になりながらも、沈黙を守っていた。

「君は僕の一族と、社交界での僕の立場を知っている。財産についても詳細を聞く必要はないだろう。ミス・ダレントに求婚する許可をこの僕に与えることに異論はないと考えていいだろうか？」

辛辣《しんらつ》な口調にハーバートはひるんだ。「当然ながら、君がドロシアに求婚する意思があるなら、もちろん僕は許可を与える」彼はもじもじしながら、愚かにもこうきいた。「だが、もしドロシアがブキャナンの申し込みを受け入れていたら？」

「君の被後見人は、君よりもずっと人を見る目があるよ」ハーバートの同意を得たとなると、あと必要なのは、結婚の取り決めをかわす一族の弁護士の名前だけだった。

ハーバートはこの質問に奇妙にも気後れした様子だった。「たしか、ドロシアはチャンセリー・レーンの〈ホイットニー・アンド・サンズ〉を使っていると思う」

侯爵がこの言葉の意味を理解するまでに一瞬の間があった。彼は不審そうに目を細めながら尋ねた。

「つまり、ミス・ダレントには彼女個人の弁護士がいて、君の弁護士とは違うということか？」

「おばのおかしな案なんだ」ハーバートが弁解するように言う。「彼女は突飛なことを考えていた。娘たちの財産は自分たちで管理するのがいちばんだと思いこんでいたから」

「とすると」手袋をはめながら、ヘイゼルミアは追及した。「ダレント姉妹が結婚しても、財産は彼女たちの手に残るということなのか？」

「そう、そうなんだ」ハーバートはヘイゼルミアをまっすぐに見た。「だが、君にはなんの影響もないだろう？　彼女の領地は君のとは比較にならない」

「ああ、そのとおり」ヘイゼルミアが同意した。

「ただ、不思議に思ったんだ。君がそれをブキャナンに教えたのかどうか、と。教えたのか？」

ハーバートは一瞬ぽかんとした。「いや、彼は尋ねもしなかった」

「そうだと思った」このうえなく皮肉な笑みでヘイゼルミアの唇がゆがむ。将来の親戚《しんせき》とぐずぐず話したいとも思えず、彼は再び玄関ホールに戻った。だが、マージョリー・ダレントと顔を合わせる運命にあったらしい。彼女の顔はいつもより険しく、夫に向けられた険悪なまなざしを見て、ヘイゼルミアはもう少しで彼に同情しそうになった。

「ヘイゼルミア侯爵――」彼女が口を開いた。

だが会話の手綱は渡さないとヘイゼルミアは決意していた。「レディ・マージョリー」彼は反撃に出た。「すぐに暇乞《いとまご》いするのをお許しいただきたい。あなたのご主人との用件はもうすみました。早急にヘイゼルミアに戻らなければならないのです。ご存じのとおり、母のもとへ」

「レディ・ヘイゼルミアはお加減が悪いのですか？」マージョリーが尋ねた。

ヘイゼルミアはただ厳粛な顔つきをしただけだった。「この件については、僕が勝手に話せるものではありません。あなたならおわかりでしょう」彼はマージョリーの手を取って優雅にお辞儀をすると、ハーバートに向かってうなずき、その場から逃れた。

月曜の午後、彼はヘイゼルミアに着いた。母親はやすんでいたが、侯爵は家令のリディアードの目がきらりと光ったのを見て、山積みになっていた些末《さまつ》な用件に注意を向けた。夕食の直前まで彼は居間に行かなかった。使用人たちがいなくなれば、母親は間を置かずに、なぜこの屋敷にいるのか息子にきくはずだ。母親の審問を受けるなら、夕食の前よりもあとのほうがいい。

ヘイゼルミアはそのつもりで、執事のペントンがやってくる直前に居間に入っていった。レディ・ヘイゼルミアはその戦略に気づき、息子のキスを頬に受けながらしかめっ面をした。母親を間違いなくむっとさせる笑みを見せて、彼は自分の意思を伝えた。母上が言いたいことはわかっていますが、何も聞きたくありません――少なくとも今はまだ、と。レディ・ヘイゼルミアは息子は父親にますます似てきたと考えた。

夕食をとりながら、ヘイゼルミアは母親がロンドンを発ってから社交界で起きた取るに足りない出来事について詳しく話した。息子が使用人たちの前では核心に触れないのはわかっていたので、レディ・ヘイゼルミアも懸命に耳を傾けていた。だが使用人たちが立ち去ったところで、彼女は深く息を吸い込んだ。「さあ、なぜここに来たか教えてくれる？」

「ええ、母上」ヘイゼルミアは静かに答えた。「母上の客間のほうがもっとくつろげるんじゃないかと思うんですが」

広大な地方の邸宅の二階にあるレディ・ヘイゼルミアの客間は、気持ちのいい部屋だった。カーテンはすでに引いてあり、日没後の薄明かりを締め出している。暖炉には小さな炎が明るく燃えていた。レディ・ヘイゼルミアは暖炉の前のお気に入りの肘かけ椅子に座り、息子はその向かい側の椅子を炎から少し離したあと、優雅に長い脚を投げ出して座った。

じりじりする母親に、彼は微笑みかけた。長年の経験からそういうやり方に慣れていたので、レディ・ヘイゼルミアは不躾《ぶしつけ》に尋ねた。「どうして私に会いに来たの？」

「母上の推測どおり、ドロシア・ダレントに求婚するつもりだと伝えに来たんです」

「ずいぶん几帳面《きちょうめん》だこと」

「ずっと几帳面だったのはご存じでしょう。少なくとも、こういうことに関しては」

それは事実だが、レディ・ヘイゼルミアはその言葉は受け流した。「婚礼の日取りはいつ？」

「まだ求婚していないので、なんとも言えません。僕の希望では、できるだけ早く」

「実を言うと、あなたのいつにない忍耐力に驚いているのよ」

ヘイゼルミアは肩をすくめた。「最初は待ったほうがいいと思ったんですよ。彼女はロンドンに来たばかりだったし、もし彼女が断ったら、大勢の人たちが決まり悪い思いをするでしょうから」

「そうね、それは理解できるわ。でも、どうして気を変えたの？」

彼は鋭い目で母親を見つめた。「今週レディ・メリオンから手紙が来ませんでしたか？」

「ええ、来たわ」レディ・ヘイゼルミアが認める。「でも、あなたから話を聞くほうがいいもの」

息子はため息をつき、ロンドンを発つ前の出来事について簡潔に語った。二度の誘拐未遂についても打ち明けたが、母親がすでにレディ・メリオンからの手紙でそれを知らされているのはわかった。話が終わると、レディ・ヘイゼルミアは混乱したように彼を見た。「彼女が危険にさらされているのに、どうしてあなたは国じゅうをふらふらしているの？」

「仲間に彼女を見張ってもらっていますし、できるだけ早く結婚して危険を取り除くことが、ずっと道理にかなっているように思えたからですよ」ヘイゼルミアは辛抱強く説明した。「ローリーに行かなければならなかったので、帰りにハーバート・ダレントをちょっと訪ねたんです」

母親はとうとう納得した。「そうね、毎度のことながら、あなたの言うとおりね。ハーバートは大喜びしたんじゃない？」

「実際のところは、違いましたね」ヘイゼルミアはにやりと笑った。「彼の夫人が、僕は放蕩《ほうとう》者でしかなく、結婚を許可して一族に入れるべきではないと夫に吹き込んだようです」

レディ・ヘイゼルミアは驚いて言葉を失った。しばらくたってヘイゼルミアは言った。「では、母上も認めてくれたということですか？」

ミス・ダレントの欠点について考えていた母親は我に返って言った。「もちろんよ！　彼女ならぴったりだもの。ぴったりどころではないわ。数多い長所の中には、あなたを夢中にさせるというたぐいまれな才能も含まれているんだから」

「まさにそのとおり」ヘイゼルミアが楽しそうに応じる。「それに、僕たちのつき合いを社交界に知らしめるために苦労してきたわけですから、告知をしても誰も驚かないでしょう」

「メリオン邸の舞踏会のワルツのことを考えればね」アンシア・ヘンリーは目を閉じ、小声で続けた。「あなたには本当に死ぬほど驚かされたわ」

ヘイゼルミアははぐらかさずに応じた。「それは言いすぎでしょう、母上！」

レディ・ヘイゼルミアは目を開けてにっこりした。「でも、そのとおりだったもの。口うるさいご婦人たちはみんなぞっとしていたのよ」

親子が楽しげにそのときの記憶に思いをはせるあいだ、話は中断した。だが、とうとうレディ・ヘイゼルミアが口を開いた。「いつ彼女に申し込むつもりなの？」

「彼女に会う約束を取りつけたらすぐにでも。おそらく水曜日あたりに。もし彼女が同意してくれたら、数日のうちにここに来ます。この屋敷を見るのは彼女にとっても意味があるでしょう」

レディ・ヘイゼルミアはため息をついた。小さな誤解があったとはいえ、傲慢《ごうまん》な息子がいつものように勝ちをおさめ、すべてを自分の決めたとおりに進めるのは間違いない。頑固なドロシアでさえも手なずけられたようなのだから。こんなふうに物事が運べば、マークはじきに鼻持ちならない人物になるだろう。ドロシアには大きな望みをかけていたのに。それでも義理の娘ができるのだし、少なくとも、扱いにくい息子について語り合うことができる。それにこの息子のことだから、一年もたたないうちに孫が誕生するはずだ。そう考えると元気が出てきた。

「あなたの隣の部屋を改装する手はずを整えないといけないわね」

13

ヘイゼルミアは新しい黒馬二頭を操り、ロンドンに戻った。鹿毛《かげ》は田舎で休ませるために置いてきた。ヘイゼルミア邸の裏手にある厩《うまや》に二頭立て二輪馬車をすばやく乗り入れたのは、午後遅くなってからで、新しい馬の走りについてジムと話し合いながら厩から出てきたところに、乗用馬二頭を引くファーディが近づいてきた。

いちばん信頼できる友人兼保護者としての役割にすっかり疲弊していたファーディは、いとこを見て喜んだ。そして馬を降りて手綱をジムに渡しながら、ダレント姉妹が乗っている馬の出どころは、この一連の出来事の中でしっかり守られている秘密の一つであることを彼は思い起こした。毎日乗っている鹿毛の牝馬《ひんば》がヘイゼルミアのものだとドロシアに知られたら、何を言われるかは想像がつく。そのころまでには二人が結婚していて、この件については、自分ではなくヘイゼルミアに話してほしいとファーディはせつに願った。彼はいとこに向き直った。「戻ってきてくれてほっとしたよ」

「そうか?」黒い眉が問いかけるように上がる。

「何か起きたってわけじゃないんだ」ファーディはあわてて請け合った。「ただ、ドロシアは何かあると勘ぐっていて、なんと答えるべきなのか、ますます難しくなってきているから」

「哀れなファーディ! 君には少々荷が重すぎたみたいだな」

「まさにそのとおりだよ」ファーディはむっとして言い返した。「彼女は君の友人たち全員を献身的な奴隷に変えてしまったよ。ああ、そうさ! そんなこと、予想もしていなかっただろう?」彼ははしばみ色の目が見開かれるのを見て満足し、きっぱりとうなずいた。「君が不在のあいだ、手綱を握っていたのは彼女だったんだ!」

ヘイゼルミアは目を輝かせて、ため息をついた。「君たちにミス・ダレントをまかせれば安全だと思った僕が間違っていた。そううまくはいかないと予想するべきだったのに。僕があいだに入って、君たちを救わないといけないようだな」

「君にとってはなんでもないことだろうよ。彼女が愛しているのは君で、僕たちじゃないんだからな。あんなに意のままに僕たちを操る女性は見たことがない。すぐに彼女を連れ去ってくれ!」

ヘイゼルミアはこの露骨な励ましに大笑いした。「信じてくれ、ファーディ。そのつもりだ。できるかぎり早くそうするが、今夜は無理だと思う。アルヴァンリーのところで晩餐会《ばんさん》があるから」

「僕はドロシアとセシリーをレディ・ロスウェルの小さなパーティにエスコートする。若い者だけの集まりだし危険はないと思うが、忘れないでほしい。明日は彼女を君にまかせるからね」

「ああ、そのつもりだ」二人でキャヴェンディッシュ・スクエアに引き返しながら、ヘイゼルミアが言い足した。「君を楽にしてやろう。明日の朝、僕が会いに行くとドロシアに伝えてくれ」

ファーディは疑念を抱きつつ、じっといとこを見つめた。「とにかく、伝えておくよ。でも、もしかしたら彼女は馬に乗って出かけたいとか、ちょうど重要な約束があったとか言い出すかもしれない」

「もしそうなら」ヘイゼルミアは期待で微笑《ほほえ》みながら言った。「もっとも説得力のある口調でこうつけ加えてくれ。公の場で会うよりも、二人きりのほうが彼女にとって都合がいいはずだとね」

ファーディはその言葉をヘイゼルミアのように力強く伝えられるか疑問に思ったが、しぶしぶうなずいた。「わかった。それなら大丈夫だと思う」

「ああ、うまくいくよ」ヘイゼルミアはいかめしい顔で答えると、ファーディの憤然とした顔を見て大笑いした。そしていとこの肩を叩《たた》くと、自分の住まいに歩いて戻るファーディを残して屋敷に入った。

その約二時間後、ファンショーがネッククロスの最新の結び方を試そうとしていたとき、せわしなくドアを叩くノッカーの音が響いた。彼は片腕に予備を何本もかけて無言で立っている側仕《そばづか》えに、見に行くように不機嫌な顔で命じた。

一分後、ファンショーがなおも夢中でネッククロスを結んでいるときにドアが開いた。

「ハートネス、いったい誰にアイロンをかけさせた？　どれもくたっとしていて使いものになりゃしない」

楽しげな声がそれに応《こた》えた。「下手な靴職人はいつも台のせいにする」

ファンショーが振り返った拍子に、また結び目がほどけた。「驚いた、帰ってきたのか?」

「ごらんのとおりだよ」ヘイゼルミアが答える。「そう言ったと思うが」

「君の行き先なんて知るわけないだろう。どこへ行っていたんだ――レスターシャーだけか?」

「ローリー、ダレント・ホール、ヘイゼルミアだ」

ファンショーがその意味を理解するのにしばらくかかった。「ドロシアにはもう会ったかい?」

「いや、田舎を飛びまわっていたから、アルヴァンリーの晩餐会に出るのもいいかと思ってね。それに、ファーディが彼女たちは今夜退屈なパーティに出席すると言っていたから、明日までは安全なはずだ」

「明日か。よし! ダレント・ホールはどこにあるんだっけ?」

「へえ、君もその気になったのか」

「指図したがる女性に足かせをはめさせようと突然決意するのは、君一人じゃないんだぞ」ファンショーは辛辣《しんらつ》に言った。

笑いながらヘイゼルミアが言う。「ノーサンプトンシャーだよ。コービーからそう遠くないところだ。頼むから僕に結ばせてくれ。さもなくば、ジェレミーがどうしたかと思うだろう。じっと立っていろよ」彼は友人のネッククロスをすばやく結んだ。長い指が硬い布地に望みどおりのひだを作り上げていく。「よし、できた。さあ、出かけよう!」

ファンショーはでき上がった結び目を感嘆の表情で見つめた。「悪くない」

頭の上にほうり投げられた外套《がいとう》を笑いながら着ると、彼は先に出ていったヘイゼルミアに追いついた。

ジェレミー・アルヴァンリーはこの六年、親しい友人だけを集めて年に一回晩餐会を開いている。当たり年の最良のワインを味わう美食家の紳士だけの集まりで、仲間たち全員がなんとか都合をつけて出席するので、いつもきわめて楽しい催しとなる。今年も例外ではなかった。ワインと同じく会話もなめらかに進んだ。話はほとんどがミス・ダレントを見張るときに直面した問題で、ヘイゼルミアを大いに笑わせた。誰もがハイドパークでのひと幕を知っていたが、その後の顛末《てんまつ》については想像もしなかった。彼らはヘイゼルミアをよく知っているだけに、ドロシアのふるまいに驚いていたのだ。しかも、ヘイゼルミアがいつもどおり機嫌もいいと知って、どう考えていいかわからなくなった。とはいえ、ヘイゼルミアが見るからに楽しんでいる様子なので、彼らも機会をとらえては自分たちの苦労話を披露した。

友人たちは知るよしもなかったが、その内容は、ヘイゼルミアがファーディやファンショーからその後聞いた話を裏付けた。明らかに主導権を握っていたのはドロシアだ。彼女はヘイゼルミアの指示に従って友人たちが動いていることに気づいていた。彼らがドロシアに魅了されたのは、見ればわかる。彼女の巧みな追及から逃れる唯一確実な方法は、ヘイゼルミアの名を出すことだったと聞いて彼はおもしろがった。これが功を奏したのだとすると、ドロシアは自分が何をしているか正確に知りつつも、女の手管にだまされない百戦錬磨の紳士たちの一団を操っていたということになる。

みなの会話の途中にデズバラがヘイゼルミアの椅子の脇《わき》に立ち止まり、エドワード・ブキャナンに関する話を伝えた。侯爵は黒い眉をひそめ、それから肩をすくめた。「やはり、そういう手に出たのか。君がその場にいてくれてよかった」デズバラは笑みを残して去っていった。

晩餐のあとは〈ホワイツ〉に行って夜を過ごすのが——もっと正確に言うなら翌朝まで過ごすのが、

毎年の恒例だった。十一時ごろまでには、一同はカードゲームにすっかり熱中していた。

ファーディとドロシア、セシリーはレディ・ロスウェルの屋敷に八時ぴったりに到着した。そこには、招待客をヴォクソール公園でのびっくりパーティの会場に連れていく馬車が待っていた。ドロシアもファーディもあまり乗り気ではなかったが、セシリーだけは上機嫌だった。礼儀正しく辞退するのは不可能に思えたので、ドロシアも、さらに気の進まないファーディもしかたなく馬車を乗り換えた。

ヴォクソール公園では、レディ・ロスウェルがダンスをする場所に面したブースを借りていた。周囲には花綱から色とりどりのランタンがぶらさがり、あたりを明るく照らしている。若い者はダンスに加わったが、ドロシアとファーディはブースの中に座っていた。レディ・ロスウェルが母親のように、預かった若者たちをしっかりと監視していた。

ドロシアはヘイゼルミアが予定どおりロンドンに戻ったと聞き、次に会うときのことばかり考えていた。憂いに沈んだ彼女の顔を見て、ファーディはいとこの伝言を思い出した。レディ・ロスウェルに聞こえるところで伝えるわけにはいかない。「妖精《ようせい》の泉を見に行きたいだろう、ミス・ダレント?」

ドロシアは妖精の泉など見たくもなかったが、ファーディがそう思っているというのも奇妙だ。そのとき、彼がほんのわずかに首をかしげたのに気づき、戸惑いながらも同意した。レディ・ロスウェルはとくに何も言わなかったので、ドロシアはファーディの腕に手をかけてその場を離れた。いったんレディ・ロスウェルから見えず、声も聞こえないところまで来ると、ドロシアは即座に訪ねた。「私に言いたいことってなあに、ファーディ?」

いっきに物事を進めようとするのは彼女の悪い癖

だと思いながら、ファーディは答えた。「ヘイゼルミアに午後会ったんだ。君宛《あて》の伝言を頼まれた」

「そうなの？」ドロシアは頭を上げた。

その短い言葉の調子が気に入らなかったが、ファーディはなんとか先を続けた。高飛車ないとこに、自分で伝えてくれと言えばよかった。「明日の朝、君に会いに行くと伝えてくれって言われたよ」

「わかったわ。彼に会えなくて残念だけれど。明日の朝は、友達を訪ねなくてはいけないのよ」

「僕もそう言ったんだよ」ファーディは取りすましてうなずいた。そして困惑したドロシアの目を見て、あわてて説明した。「君にはほかの約束があるかもしれないと、彼に言ったんだ」

「それで？」

自分の役割がますますいやになってきた。ファーディは深く息を吸い込むと、男らしく先を続けた。

「公の場で会うよりも、二人きりのほうが君にとって都合がいいはずだと伝えろと言われたよ」

あからさまな脅し文句に、ドロシアは言葉を失った。怒りの浮かぶ彼女の瞳を見て、ファーディは二人きりでいるよりも、そろそろ引き返して大勢の人に囲まれたほうが安全だと考えた。「レディ・ロスウェルのところに戻ろう」彼は提案した。

ドロシアはおとなしくファーディに腕を取られるまま来た道を引き返し始めた。彼女は怒っている。いや、それ以上だ。よくもあんな命令を伝言できたものだとファーディは心の中で思っていた。とはいえ、ヘイゼルミアと最後に会ったときのことを思い出すと、これ以上彼を挑発するのは避けたほうがいい。明日会うのを断れば、次に会うのは舞踏室の真ん中ということになる。そう考えるだけで、ドロシアはヘイゼルミアの要求に従う気になった。

ドロシアとファーディがブースを去って間もなく、

セシリーがレディ・ロスウェルのところにやってきた。ロスウェル卿《きょう》につき添われた彼女は心から楽しんでいる様子だ。彼女の上気した頰に気づいたレディ・ロスウェルは、息子に氷を持ってくるよう言いつけた。セシリーが夫人の隣に座り、このパーティについてうれしそうに話しているとき、ノックの音がした。

レディ・ロスウェルの返事に応え、紳士の使用人とおぼしきお仕着せを着た男がブースに入ってきた。

「レディ・ロスウェルですか？」

「そうだけど、何か？」

「ミス・セシリー・ダレントに至急の伝言をお持ちしました」男は封印された手紙を差し出した。

レディ・ロスウェルがうなずいたのを見てから、セシリーはそれを受け取り、封印をはがして一枚だけの書状を開いた。それを読むうちに彼女の顔は青ざめ、読み終わったところで力なく椅子に背を預けたので、レディ・ロスウェルが手紙を取り上げた。

「なんということ！」文面に目を通したレディ・ロスウェルが声をあげる。「ああ、お気の毒に！」

「彼のところに行かないと」セシリーが言った。

「ドロシアとファーディを待ったらどう？」

「とんでもない！　三十分以上帰ってこないかもしれないのに。作法にもそむいていないはずですわ。レディ・ロスウェル、行ってもいいでしょう？」

セシリーの大きな瞳を見て、レディ・ロスウェルは反論できなかった。だが不安を感じ、ファンショー卿の使用人と一緒に馬車の待つ門に向かうセシリーの後ろ姿をずっと目で追っていた。

十分後、ファーディとドロシアがブースに戻ってきた。レディ・ロスウェルはセシリーを行かせたのが間違いではなかったと確かめたくて、すでに息子に様子を見に行かせていた。彼女は安堵《あんど》して顔を上げた。「ああ、戻ってきてくれてよかったわ。セシリーが気になる伝言を受け取って、ファンショー卿の使用人と出ていったのよ」

二人ともこれだけではわけがわからなかったが、差し出された手紙をファーディが読んだ。

ミス・セシリー・ダレント

私は手術室にいるファンショー卿の代わりにこれを書いています。彼は先ほど起きた事故により、深刻な傷を負いました。ひどく危ない状態にあり、あなたに会いたいと望んでいます。この手紙は彼の使用人に託します。ファンショー卿が保証したとおりの信頼できる者ですので、あなたを彼のもとへお連れすることをお許しいただければと思います。急がなければならないとつけ加える必要はないかと存じます。

外科医ジェイムズ・ハーテン

「ああ、そんな!」ドロシアが言った。

「ぺてんだよ」ファーディが言う。

「なんですって?」ドロシアが尋ねた。

「この手紙だ」彼は説明した。「でっち上げだよ」

「でも、どうしてわかるの?」レディ・ロスウェルがうろたえた声で尋ねた。

「なぜなら、今夜はアルヴァンリーのところで晩餐会が開かれていて、そのあとはみんなで〈ホワイツ〉に行くからですよ。毎年、恒例なんです。だからトニーがどこにいるにせよ、マークも一緒にいる。それに、マークはこんなことは絶対にしない。こういうことに関しては、悪魔のように厳格なんだ」

ドロシアはその言葉が真実だとわかっていた。

「これがでっち上げなら、目的はなんなの?」

ファーディは、ミス・ダレントは二人いることをみんなが忘れていることに気づいた。「言いたくはないが、彼女は誘拐されたんじゃないかと思う」

「何かおかしいと思ったのよ」レディ・ロスウェルが声を震わせた。「ああ、どうしましょう」

「ファーディ、私たちはどうすればいい？」ドロシアが尋ねた。

ファーディはしばし考え、みんなからの圧力を受けながらも名案を考えついた。「この手紙のことを知っている者はほかにいますか？」

「誰も」レディ・ロスウェルが答える。「これが届いたとき、ウイリアムはちょうど氷を取りに行っていたの。それに、あの子には見せたくなかったし」

「よかった。ドロシアと僕はメリオン邸に戻ります。もし何か要求や伝言が届くとしたら、そこでしょうから。レディ・ロスウェル、ほかの人たちには、ドロシアの気分がよくないのでセシリーと僕とでうちに連れて帰ったと言ってください」

レディ・ロスウェルはこの提案に同意した。「いいわ、そうしましょう。それで、ドロシア、ハーマイオニには私は誰にも口外しないからと伝えてほしいの。セシリーを行かせてしまったことに責任を感じるわ。あなたのおばあさまが私のことをなんと思うか、考えるのも恐ろしい」

ドロシアはうなずいて、お礼と励ましの言葉をつぶやくと、ファーディと馬車に向かった。

御者が飛ばしてくれたにもかかわらず、キャヴェンディッシュ・スクエアまで二十分の時間を要した。驚いたメローに出迎えられたあと、予想したとおり二人はドロシア宛の手紙を見つけた。レディ・メリオンはミス・ベリーの屋敷でのカードゲームの集まりに出かけていて、あと数時間は戻りそうもなかった。

ドロシアを居間に急《せ》き立て、メローの前でドアを閉めると、ファーディは手紙を見つめてうなずいた。「やつらが何を望んでいるか確かめよう」

ドロシアは安っぽい封印をはがすと、手紙を読んだ。ファーディが彼女の肩越しにのぞき込んだ。

いとしいミス・ダレント

君の妹を預かっている。もし彼女の顔をまた見たいなら、こちらの指示に従うように。ただちに馬車を出し、バンステッドの南にあるタドワースの〈キャッスル・イン〉に向かえ。誰も連れてきてはならない。さもなくば、妹の評判に間違いなく傷がつくだろう。君が夜明け前に着かないようなら、こちらとしては、当局に通報したと結論せざるをえない。よってその際には、妹を連れて国外に出なければならないだろう。君の良識は信頼できるものと信じている。

郷士エドワード・ブキャナン

「あの卑劣漢め！」ファーディの美しい顔に嫌悪の表情が刻まれた。「君は行ってはだめだ」間を置いて彼はつけ加えた。「でも、誰かが行かなければ」

ドロシアは懸命に頭をめぐらせていた。ある意味では、セシリーが誘拐されたのは私のせいでもある。自分のことばかりにかまけて、妹に注意を払わなかった。そもそも私たちがロンドンに来たのも、セシリーの夫を探すためだったのに。「そうね。でも、誰が？　それにどうやって？」

〝誰がどうやって〟に関して、ファーディはほとんど疑っていなかった。「とにかくヘイゼルミアをつかまえよう。トニーも彼と一緒にいるはずだし、二人ならどうすればいいか知っているだろう。そういうことはマークの得意とするところなんだ」

ドロシアのうつろなまなざしがふいにファーディの顔に据えられた。彼の言葉は難なく理解できる。だが、心の中でドロシアはうめいた。侯爵とのあいだに立ちはだかる問題が頭から離れない。あんな別れのあと、こんなふうに再会するのだけは絶対に避けたかった。妹が私のしつこい求婚者にとらえられたのは、私の責任だ。ヘイゼルミアと顔を合わせて妹を救ってほしいと頼むなんて我慢できない。「いいの、ファーディ。ヘイゼルミアもファンショーも、ほかの誰もかかわる必要はないわ」

ファーディは唖然《あぜん》とした。それから、断固とした表情になった。そのあとの十分間は押し問答に費やされ、とうとうドロシアは妥協案を出した。

「おばあさまを呼んできてほしいの。そうしたら、何をすべきか決めてくれるでしょう」

ほっとしたファーディは、ミス・ベリーの屋敷に向かった。

メローがドアを開けて女主人を出迎えたのは、一時間以上もあとのことだった。ベリー姉妹のこぎれいな小さな屋敷に着く前に、ファーディはドロシアの具合が悪いのでメリオン邸に戻ってほしいとレディ・メリオンに伝言を送っていた。だが、屋敷に着いたファーディは、部屋に呼び入れられた。レディ・メリオンは接戦の三番勝負に熱を入れている最中で、ぴんぴんしていたはずの孫娘の具合がどれくらいひどいか知りたがった。社交界の半数にも感じられる興味深げな視線にさらされて、ファーディはしかたなくドロシアの容態は危険でないと請け合った。にっこりして彼女はゲームを終わらせた。

だが今、毛皮の外套を手渡すレディ・メリオンの表情は、満足にはほど遠かった。居間に向かうあいだも、鋭い青い目の上で眉が心配そうにひそめられている。ファーディは居間に入ると、ドアを閉めた。

「ドロシアはどこ?」レディ・メリオンが尋ねた。

ファーディは呆然《ぼうぜん》としながら、まるでドロシアが隅に隠れているのを期待するかのように部屋を見まわした。淡い青色の瞳が、炉棚の鏡の角に差しかけてある白い四角い封筒をとらえた。

レディ・メリオンはその視線を追って炉棚に近づき、封筒の中身をすばやく取り出すと、片手で椅子を探ってそこに座り込んだ。白粉《おしろい》の下の彼女の顔は青ざめていたが、話し出したときの声はしっかりしていた。「あの娘《こ》ったら！　一人でセシリーを助けに行ったんだわ」

「なんですって？」

レディ・メリオンはもう一度手紙を読んだ。「この騒動の責任があるとか、わけのわからないことが並べ立ててあるの」彼女は声を荒らげた。「自分でブキャナンをあしらえると書いているわ」

ファーディも今度ばかりは激しい怒りで何も言えなかった。レディ・メリオンが再び口を開いた。

「とにかくヘイゼルミアを呼びましょう。ドロシアは絶対に反対のようだけれど、この状況では、彼にも知らせるべきだわ。あの娘も実質的には侯爵と婚約しているわけだし、こんなふうに馬車で田舎道を行くのも、彼に隠しておくのも許されないとわかっていいころよ」鋭い青い目がファーディに向けられる。「それで、どうやって彼をつかまえるの？」

ファーディは我に返った。「今夜は簡単です。伝言を書いていただければ、それを〈ホワイツ〉に届けさせましょう。一年のうちで今日だけは、彼の居場所がはっきりしているんです」

レディ・メリオンはそっけなくうなずくと、小さな書き物机に歩み寄り、ヘイゼルミア宛の手紙をいっきに書き上げた。

ファーディは何か考えていたが、やがて封をする彼女に言った。「宛名は僕が書きます」

レディ・メリオンは眉を上げたが、何も言わず椅子から立ち上がった。ペンを取り上げたファーディは顔をしかめ、それから表面にいとこの正式な称号付きの名前を書き連ねた。

ファーディはメローを呼んで彼に封筒を手渡すと、

ただちに〈ホワイツ〉に届けさせるように指示し、返事を受け取る必要はないとつけ加えた。そうして彼はレディ・メリオンとともに腰を据えて待った。

ファーディの予想どおり、ヘイゼルミア侯爵とファンショー卿はカードルームのいつもの指定席にいた。ヘイゼルミアはずっと親でいたので、テーブルについた友人たちは、なんとかそれを崩すことに全力をあげていた。だがゲームを始めてから小一時間がたち、ちょうどひと区切りがついたところだった。

ヘイゼルミアが次の勝負の札を配っているときに接客係が手紙ののった金属製の盆を持って脇に立った。彼は札を配り終わると手紙を取り上げ、添えてあった銀のナイフを使って封印を切った。それから手紙をテーブルに置き、カードに注意を向けた。

即座にファーディの筆跡だと彼は気づいた。だが、なぜいとこが突然称号を含めた正式名を書いて手紙をよこす気になったのかが理解できない。それどころか、なぜ夜のこの時間に手紙を届けさせたのか、見当もつかなかった。半ば上の空だったにもかかわらず、ヘイゼルミアは最初の勝負に勝ち、みなが次の競り札を考えているあいだに手紙を開けた。

ファーディの行動がいつもと違う理由は、すぐに明らかになった。ヘイゼルミアはすばやく文面に目を通しながら、周囲の人間に気づかれないように、なんとか平静な表情を保った。手紙にはこう書かれていた。

親愛なるヘイゼルミア

セシリーがエドワード・ブキャナンに誘拐されました。書き置きによると、彼はとある宿屋に来るようドロシアに要求しています。ファーディに私を呼びにやらせたあと、ドロシアはその宿屋に行ってしまいました。ファーディはあなたなら助けてくれるだろうと言っています。私たちはメリオン邸にいます。

ハーマイオニ・メリオン

手紙を再び折りたたむと、ヘイゼルミアは思いに沈んだ様子でカードを見つめた。それから手紙を上着のポケットに入れると、再びゲームを始めたが、競り上げようとするマーカムを制してゲームを終わらせた。そして椅子を引いてから接客係に合図をし、彼の前にある紙で巻いた硬貨の山を片付けさせた。

「大変申し訳ないが、僕抜きで勝負を続けてほしいんだ」ヘイゼルミアは言った。

「厄介事でも?」ピーターバラが尋ねる。

「そうじゃないと思う。ただ、キャヴェンディッシュ・スクエアに戻らないといけないようだ。親を代わってくれるかい、ジェリー?」

ヘイゼルミアがピーターバラに親を引き継ぐあいだ、ファンショーは顔をしかめていた。彼もまたファーディの筆跡に気づいていた。ようやくヘイゼルミアの視線をとらえると、彼は問いかけるように眉を上げた。かすかなうなずきが返ってきたので、ファンショーもゲームをやめ、数分後二人は〈ホワイツ〉の階段を下りていた。入り口を出たところで、ファンショーが尋ねた。「なんなんだ？　君の母上のことじゃないだろうな?」

ヘイゼルミアはかぶりを振った。「キャヴェンディッシュ・スクエアの反対側のことだよ」それ以上何も言わず、彼はただ手紙を渡した。二人は街灯の下で立ち止まり、ファンショーがそれを読んだ。

「なんということだ！　セシリーが!」

「僕たちが厳重にドロシアを守っていたから、やつは計画を少し変えたんじゃないかと思う」ファンショーがまだ手紙を見つめているのに気づき、ヘイゼルミアは彼の手からそれを取り上げた。「急いだほうがよさそうだ」

二人はキャヴェンディッシュ・スクエアまでの距離を十分もかけずに戻った。すっかり困惑したメローがメリオン邸のドアを開けると、ヘイゼルミアは告知も待たずに居間に入っていった。

レディ・メリオンが立ち上がった。「来てくれてよかった！」冷静に見せようとはしているが、思いがけない不安が顔に浮かんでいる。

ヘイゼルミアは安心させるように微笑み、レディ・メリオンの手を取ってお辞儀をすると、再び彼女を座らせた。部屋の反対側でファンショーがファーディを問いつめているのに気づいて、ヘイゼルミアがさえぎった。「最初からすべて聞こう」

その声に二人は黙り込み、ヘイゼルミアを見た。それからファンショーは好戦的な態度を、ファーディは身構えた態度を捨てた。ファーディはレディ・メリオンの向かい側の椅子に座り、一方ファンショーは部屋の反対側から椅子を持ってきた。

ヘイゼルミアはうなずくと、寝椅子の肘かけに腰を下ろした。「始めてくれ、ファーディ」

「ドロシアとセシリーをレディ・ロスウェルの屋敷に連れていったんだ、言っていたとおりにね。静かでささやかなパーティだと思っていた。なのにヴォクソール公園に行くとわかったが――」

「断れなかったのか？」ファンショーが割り込んだ。

ファーディはヘイゼルミアを見つめて答えた。

「君たちが気に入らないだろうとは思ったけれど、どうしようもなかったんだ。ドロシアもセシリーも言うことを聞かないだろうし、辞退して引き返すわけにもいかない」

ヘイゼルミアがうなずく。「そうだな、わかるよ。それで？」

「最初は順調だった。何も厄介なことはなかったんだよ。若者たちだけだったし、問題のある人物もいなかった。それでドロシアを連れて散歩に出た」ファーディがヘイゼルミアを見てうなずく。「君の伝言を伝えるためだよ。だがブースに戻ったとき、レディ・ロスウェルからセシリーは出ていったと聞かされた。彼女宛の手紙を持って使用人がやってきたんだ」上着のポケットに手を突っこむと、手紙を取り出す。「その男はレディ・ロスウェルに、君のところの使用人だと言ったそうだ、トニー。それがこれだ」

ファーディはくしゃくしゃになった手紙をファンショーに渡した。それを読み進めるファンショーの顔が険悪になった。彼はヘイゼルミアに手紙を差し出し、ファーディを見た。「それで、彼女はその男と行ってしまったのか？」

「レディ・ロスウェルは止めようとしたそうだが、君もセシリーがどういう娘だか知っているだろう。そのあと、僕たちはすぐにここに戻った」

「レディ・ロスウェルのほかに何が起きたか知っている者はいるか？」ヘイゼルミアが尋ねた。

「いや、幸運にも誰もいない」ファーディが答える。「それに、彼女は誰にも言わないと約束した。ドロシアの具合がよくないから、セシリーと僕がつき添って帰ったと言っているはずだ」

「彼女はいい友達なの」レディ・メリオンが口を開いた。「まずいことは何も言わないわ」

「それでそのあとは？」ヘイゼルミアが促した。

「ここに戻ってきたら、ブキャナンからの手紙が届いていた」

「その手紙はどこにある？」ファンショーが尋ねた。

書き物机の上にあることをレディ・メリオンが思い出した。ヘイゼルミアがそれを取りに行き、一枚だけの手紙を読んでいると、ファンショーが彼の肩越しにのぞき込んだ。

「これはほかのものと同じ筆跡かな？」ファンショ

ーが尋ねる。

ヘイゼルミアがうなずく。「ああ、どれも同じだ。つまり、ずっとエドワード・ブキャナンだったということだ」彼は手紙をたたんで再び寝椅子に戻った。

「そのあとに何が起きた？」

「僕は君たちを呼ぼうと言った。それがいちばんいいと思ったから。だがドロシアは同意しなかったんだ。その必要はないと言って。僕はどうしてもいやだったが、そこで彼女が、レディ・メリオンを連れてきてほしいと言ったんだよ。このうえなくおとなしく従順にね。いい考えだと思ったから、それに従ったんだが、僕が背を向けたとたん、飛び出していくつもりだったとはね！　ひと言も言わなかったんだから！」ファーディの怒りが戻ってきた。

ヘイゼルミアは微笑んだ。

レディ・メリオンは眉をひそめた。「それで？　あなたたちは彼女を追いかけるの？」

黒い眉がいささか尊大そうに上がった。「もちろんです。ドロシアならブキャナンを充分に抑えられるでしょうが、僕も状況をきちんと把握したい。しかし……」ヘイゼルミアの視線が、部屋の隅に置かれた葉蘭《はらん》に据えられる。「このまま飛んでいけば、話がもつれそうな気がする」

「どうしてだ？」ファンショーが再び腰を下ろしながら尋ねた。

「今のところ、セシリーはタドワースの〈キャッスル・イン〉にいる。エドワード・ブキャナンと彼の共犯者たちと一緒に。ドロシアは真夜中前に発《た》ち、そこにたどり着くには三時間近くかかるだろう。今は十二時半過ぎだ。僕たちならその距離を二時間で行ける。だから、さほど彼女に遅れることなくその宿屋に着くはずだ」ヘイゼルミアは言葉を切って息を継いだ。「けれども、僕たちがあわてて追いかけても、ダレント姉妹二人ともがロンドンから謎《なぞ》の失《しっ》踪《そう》を遂げたという事実は残る。トニーと僕も同じ夜に謎の失踪を遂げる。それに、彼女たちに追いついたとき、僕たちは何をする？　二人をロンドンに連れ戻すか？　だが、朝までにここに戻るのは無理だろう。ゴシップ好きは言いたい放題に噂《うわさ》する」

レディ・メリオンが顔をしかめた。

青ざめたファーディは呆然とした。「そうだな」

「だったら、どうする？」ファンショーが尋ねた。

ヘイゼルミアはにっこりした。「問題を解決できないわけでもない」レディ・メリオンの心配そうな顔を一瞥《いちべつ》し、笑みとともにつけ加える。「想像力豊かなあなたの孫娘がここにいて助けてくれないのが残念ですが、それらしい話をでっち上げましょう。ベルを鳴らしてメローを呼んでくれ、ファーディ」

ヘイゼルミアは自分の屋敷から馬丁を呼んできてくれと執事に頼んだ。一同が待つあいだ、彼の口元には奇妙な笑みが漂っていた。そしていきなり、ドロシアは一人で行ったのかと尋ねた。

レディ・メリオンが答えた。「あの子の置き手紙には、メイドのベッツィを連れていくと書いてあったわ。それに、もちろん御者のラングが馬車を操っているでしょう」

ヘイゼルミアは満足したかのようにうなずくと、再び黙り込んだ。

ジムが帽子を手に持って部屋に入ってきた。ヘイゼルミアはしばらく彼を眺めてから微笑み、ジムがよく知っている穏やかな声で言った。「ジム、山ほど指示がある。君が最初から最後まで完璧《かんぺき》に、それもできるかぎり早く実行するのがきわめて重要なんだ。まず、葦毛《あしげ》を馬車につけてほしい」

「なんだって？」ファーディとファンショーがまったく同時に声をあげた。

「だめだ！　無茶だよ、マーク。まさか夜中の悪い道をあの葦毛に走らせようなんて思っていないだろうね」ファーディが大声をあげた。

主人を見つめていたジムは、ただ目をぱちくりさせた。ファンショーは抗議しようと口を開けたが、ヘイゼルミアににらまれて黙った。

「必要なときに使えないなら、国じゅうでいちばん速い馬を持っていたってなんの意味もないじゃないか」ヘイゼルミアが言った。そしてジムに向き直り、先を続ける。「葦毛の支度が整ったら、厩番に言って、広場まで引っ張ってこさせるんだ。それから厩にいるいちばん速い馬――つまり稲妻号《ライトニング》に鞍《くら》を着けてくれ。君はそれに乗って、ただちにエグルモントへ行け」彼はファンショーを振り返って尋ねた。「ご両親はそちらにいるんだろう?」

「そうだ」ファンショーはわけがわからないまま答えた。

「よし。では、ジム。君はエグルモント伯爵に会いたいと言うんだ。レディ・エグルモントでもいい。二人にファンショー卿が夜明け前にセシリー・ダレントと一緒に到着すると伝える。あとでファンショー卿が説明するからと言えばいい。次にヘイゼルミアに向かい、侯爵未亡人に会う。僕がミス・ダレントを連れて夜明け前に着くと伝えて、やはり、僕から説明すると言うんだ」突然にやにやしながら、彼はつけ加えた。「君は事情を知らないほうがいいかもしれないな。それならやましさを感じずに、何も知らないと言えるから」

侯爵の母親をよく知っているジムは笑みを返した。ヘイゼルミアはうなずいて彼を送り出した。

ファンショーは友人の頭に浮かんだ計画をある程度察して、にんまりした。ヘイゼルミアはあえて彼と目を合わせずに、レディ・メリオンとファーディに向かって言った。「僕が何か見落としていたら、言ってください。水ももらさぬ話に仕立て上げなければならない」二人の注意を引いたことに満足し、彼は先を続けた。「社交シーズンの初めに、僕は不覚にもドロシアにヘイゼルミア・ウォーターの眺めの美しさについて話した。ドロシアはそれをセシリーに伝え、二人は僕とトニーを脅して、無理やりにでも一緒にあのすばらしい光景を見に行こうと考えた。僕たちの立派な親も協力し、計画を立てた。あそこは晴れた日の朝に見るのがいちばんだし、機会を待って一週間も田舎で過ごす気もない。だから月の輝く夜に馬車に乗って出かけ、夜明けにあの湖を見たあとヘイゼルミアとエグルモントに寄って、ロンドンに戻ってこようと決めた」レディ・メリオンにうなずきかけながら、彼は言い足した。「レディ・メリオンも同行する予定だった。今夜は月のきれいな夜で、明日の朝は晴れるだろうから、僕たちが計画していた遠出にぴったりだ。何か言いたいことはあるかい、トニー？」

ファンショーは腕に顔を伏せてうめき声をあげた。

「彼女たちの評判を救うには充分だ。だが、僕たちのほうはどうなる？」

ヘイゼルミアはにやにやした。「この話が僕たちの仲間をだませるとは思わない。僕が気にかけているのは、ほかの社交界の面々だよ」彼はそこで間を置いた。「セシリーの名誉を守るためにおまえが大きな犠牲を払ったと聞いたら、彼女がどれほど感謝するかを想像して、自分を慰めるんだな」

レディ・メリオンがふふんと笑った。ヘイゼルミアはドロシアが感謝すると期待しているのだろうか。

やがて、彼は再び口を開いた。

「先を続けよう。いつ出かけるかはレディ・メリオンとダレント姉妹が決め、そのうえで僕たち二人に連絡が来ることになっていた。ロスウェル家のパーティで、姉妹は今夜がぴったりの夜だと気づいた。

そこで、ドロシアの具合が悪いことを口実にしてメリオン邸に引き返し、〈ホワイツ〉に伝言を送った。

ファーディが手を貸した。カードルームの全員が、僕が手紙を受け取ったところを見ているし、そのあと僕たちはキャヴェンディッシュ・スクエアに帰った。そこまでは問題ない。僕たちが到着し、今夜はおあつらえ向きの夜だと納得したところで、ファーディがレディ・メリオンを呼びに行った。なんと言って呼び戻したんだ、ファーディ？」

「ドロシアの具合がよくないと」

「だったら、それでまるくおさまる。とはいえレディ・メリオン、ここに戻ったとき、具合が悪くなったのはあなたです。少なくとも、ヘイゼルミアまで夜通し馬車に揺られていくのはやめたほうがいいと思えた。だが、午後にドロシアと僕が婚約した以上は外出を延期するより……」

ヘイゼルミアはこの発言が引き起こした衝撃を見て取り、いきなり言葉を切った。

「いや、まだ求婚はしていない。だが、ハーバートの許しはもらったし、彼女に拒絶はできないだろう。だから僕たちがロンドンに戻ってくるときには、そうなっているはずだ」ヘイゼルミアはそこで黙ったが、誰も何も言おうとしないので、再び話し始めた。「どこまで話したかな？　そう、こういう状況なので、あなたはメイドのベッツィを同行させた。そして僕たちは即座にここを発った。ドロシアと僕はジムと一緒に二輪立て二輪馬車を使い、トニーとセシリーはベッツィと一緒に四輪立てであとに続いた。この時期、社交シーズンはいささか退屈になるので、みんなで数日田舎で過ごす。これが、これまでに起きたことと、これから起きることだ」

誰もが沈黙し、考え込んでいた。レディ・メリオンの頭の中には、ヘイゼルミアがドロシアに彼と結婚することになると告げるときの場面が浮かんでいた。ドロシアが逆らえば、マーク・ヘンリーにはいい薬になるに違いない。彼がうまく乗り越えるだろうことは疑っていない。なので、期待に満ちた笑みを浮かべながらレディ・メリオンは沈黙を守った。

ヘイゼルミアが再び口を開いた。「トニー、君と僕はこれからタドワースに行って、二人をブキャナンの手から取り戻したあと、ヘイゼルミアとエグルモントに向かう。レディ・メリオン、あなたはここにとどまり、僕たちが噂にならないようやりくりしてください。ファーディ、最後に君だが、もしかしたらいちばん重要な役まわりかもしれない」

ファーディはひどく疑わしげな顔をした。いとことの長いつき合いのおかげで、こういう言葉のあとには必ず用心深くなる。「何をすればいいんだ？」

「まず、明日の『ガゼット』に僕がドロシアと婚約したと告知を載せてほしい。時間はあるはずだ。それからきわめて巧妙に、僕たちのロマンチックな悪ふざけの顛末を社交界に広めてくれ」

「だめだ！」ファンショーがうめいた。「二度と〈ホワイツ〉に顔を出せなくなるじゃないか！」

ヘイゼルミアの笑みが広がった。「僕たちが滑稽《こっけい》なふるまいをしたと騒ぎ立てられれば、今夜の行動について深追いされる可能性は低くなるだろう？」

ファーディに向き直り、彼は尋ねた。「何か重要なことを見落としていないだろうか？」

ファーディは頭の中で今の話をおさらいした。そして視線をいとこに戻したとき、その目は輝いていた。「すばらしいよ。完璧だ。明日は久しぶりにジンジャー・ゴードンのところに寄ることにするよ」

この言葉はファンショーのうめき声を引き出した。赤毛《ジンジャー》のサー・ジョージは根っからのおしゃべりで、サー・バーナビー・ラスコムのいちばんの競争相手だ。ほんの二言三言でも彼の耳に入れれば、その効果は必ず表れる。

「よし！　これで話はついた」ヘイゼルミアは時計を見て立ち上がった。「さあ、トニー。出かけたほうがいい」レディ・メリオンの手を取って、彼は自信ありげに微笑みながら見下ろした。「心配しないでください。二人とも無事救い出しますから」

ファーディに向き直ったとき、ヘイゼルミアは彼の顔に楽しげな笑みが浮かんでいるのに気づいた。

「調子に乗りすぎるなよ、ファーディ。僕はロンドンを離れたくはないんだから」

とりとめのない空想にひたっていたファーディははっとして、すべてきわめて慎重に進めるからとあわてて請け合った。ファンショーが別れの挨拶《あいさつ》をしたあと、ヘイゼルミアはファーディのほうに疑わしげな一瞥を投げかけてからドアに向かった。

二人は足早にキャヴェンディッシュ・スクエアを横切った。ヘイゼルミア邸に到着したとき、ファンショーが言った。「うちに戻って着替えてこなければ。僕を拾っていってくれるか?」

ヘイゼルミアはうなずいて屋敷に入った。間もなく主人の命を受けた使用人たちは忙しく準備を始め、ヘイゼルミアは十分もたたないうちに夜中に田舎道を馬車で行くのにふさわしい格好に着替えて、葦毛をつないだ二頭立て二輪馬車に座っていた。ファンショーの住まいの前で彼を拾い、二人は人けのない通りをかなりの速度でかけ抜けた。郊外に出たところで手綱をゆるめると、馬車は前に飛び出した。

エドワード・ブキャナンの計画は最初からほころびが出ていた。計画の第一段階は、ヴォクソール公園からセシリー・ダレントを誘拐することだった。社交界にデビューしたほかの娘たちと大差ないと推測していたので、暗い小道で取り押さえられた彼女が威勢よく抵抗したとき、ブキャナンはふいをつかれた。側仕えの助けもあり、両手を押さえて猿ぐつわをしたが、セシリー・ダレントは彼の向こうずねを蹴《け》り上げ、二人がかりで馬車に押し込むことになった。すっかり用心したブキャナンは、彼女を〈キャッスル・イン〉のたった一つの客間に押しこめて頑丈なオーク材のドアに鍵《かぎ》をかけるまで、ずっと縛って猿ぐつわをしたままにしておいた。

〈キャッスル・イン〉は小さな宿屋だった。本街道から遠くないところにあり、思いがけない客に邪魔されない程度に離れている。入り口から酒場に直接入るようになっていて、エドワード・ブキャナンは火のそばに陣取り、ジョッキでエールを飲みながら、気取って将来について考えていた。彼が見たささやかな地所のどれにも劣らないハンプシャー州グレンジのミス・ダレントは、熟したプラムのように、ヘイゼルミア侯爵の手の中に落ちようとしていた。侯爵には金など必要ないのに、これはははなはだしく不公平だ。そこで彼は誤った運命を正そうと乗り出した。ところがミス・ダレントは罠《わな》を逃れる超人的な能力を備えていた。仮面舞踏会でも、ピクニックでも、もくろみは失敗したが、今回は、うまくいったと自負している。妹を救うためなら、彼女は自らやってくるはずだし、そうすればこっちにはちょっとした財産が手に入る。ミス・ダレントはヘイゼルミア侯爵とけんかしたので、侯爵はロンドンにいない。エドワード・ブキャナンは炎を見つめて微笑んだ。

一人きりでいるのに飽きてきて、立ち上がって伸びをする。ミス・セシリーはほぼ一時間ほど一人でいる。だからあえて中に入って、美人姉妹の将来について未来の義理の妹と話し合っても安全だろう。

客間のドアを開け、ブキャナンが中に入ると、花瓶が頭めがけて飛んできた。彼はぎりぎりのところで頭を下げ、花瓶はドアに当たって粉々になった。

「出ていきなさい！」レディ・メリオンを思わせる口調でセシリーが言った。「よくもここに入ってこられたわね！」

ブキャナンはてっきり彼女が落胆と恐怖からさめ

ざめと泣き、何かを正確に投げつける力などなくなっていると思っていた。ところが、彼女は部屋の中央に置かれた重い松材のテーブルの向こう側に立ち、テーブルには飛び道具となりそうなものが一列に並んでいる。彼は尊大な態度を装うと、セシリー・ダレントの武器を指し示した。「こんなまねをすることはない。保証するよ」

「嘘《うそ》つき!」セシリーは小さな塩入れを取り上げた。「頭がおかしいとしか思えないわ」

ブキャナンの顔がしかめられた。「未来の義理の兄にそんなふうな口をきいてはいけないよ」

その言葉をセシリーが理解するまで、まるまる一分ほどかかった。「でも、ドロシアはあなたと結婚しないわよ」

「必ず結婚する」エドワード・ブキャナンは自信を持って答えた。そして油断なく塩入れを見つめながら、テーブルの手前の椅子を引いて座った。「今となっては、ヘイゼルミアも彼女を欲しがらないだろう。ハイドパークで知らん顔をされたんだから。ほかの色男たちだってそこまで熱心に頑張ろうとはしないさ。それに彼女がここにやってきて、僕と一夜を過ごせば……とにかく、僕と結婚しなかったら、どんなスキャンダルが起こるか考えてごらんよ」

「なんてひどい! 本当に頭がおかしいんだわ! 私はハイドパークでドロシアとヘイゼルミアのあいだに何が起きたかは知らないけれど、彼がロンドンを出たのは、領地をまわるためだというのは知っている。今ごろ戻ってきているはずよ。もしあなたが
……無理やりドロシアと結婚しようとしていると彼が知ったら、間違いなく……」

エドワード・ブキャナンは動じなかった。「侯爵が知ったとしても、そのときには遅すぎる。君の姉さんは僕と結婚の約束をし、ヘイゼルミアはスキャンダルを恐れて絶対に戦わない」

「なんのスキャンダル？　彼があなたを殺したら、もみ消せばすむだけよ。ヘイゼルミアが望めば不可能なことはないとトニーが言っていたわ」

しつこい疑念がブキャナンの鈍感な頭に芽生えた。イゼルミアの武勇伝が記憶によみがえる。そして、〝ジェントルマン〟ジャクソンの拳闘《けんとう》クラブでのヘイゼルミアの武勇伝が記憶によみがえる。

デズバラの警告が意識をよぎった。彼は頭を振って無意味な考えを押しやった。「ばかげている！」

だが、トニー・ファンショーがすでに気づいたように、エドワード・ブキャナンもまた、セシリーの粘り強い面に気づいていた。彼女は、この計画がヘイゼルミアに知られたときに起こりうる事柄を並べ立てた。ヘイゼルミアの下すだろう処罰は、かなり特殊なものに及び、ブキャナンは彼女の注意をそらすこともできなくなった。セシリーが人を馬につないで四つ裂きにするとどうなるかを思い出そうとしているとき、ドアのノックの音が邪魔した。

大きな安堵とともにエドワード・ブキャナンは立ち上がった。「きっと君の姉さんが来たんだ」

タドワースに着くまでのあいだ、ドロシアはエドワード・ブキャナンと会うことを心配するよりも、ヘイゼルミアとの再会のことばかり考えていた。ミスター・ブキャナンなど恐れていないし、彼をあしらう自分の能力についてもまったく疑問を抱いていない。〈キャッスル・イン〉に乗り込んだら、その足でセシリーを連れて出ていけばいい。唯一の心配といえば、祖母がファーディの熱心な勧めに折れて、ヘイゼルミアに連絡することだった。それさえなければ、セシリーと一緒にロンドンに引き返し、ヘイゼルミアには今夜ではなく、明日の朝に会える。寝不足を除けば、何も悪いこともない。

ラングが難なく宿屋を見つけた。中に入ったドロシアは、ひと目でここは悪くない宿だと見て取った。彼女はベッツィとラングを酒場の座席に残し、客間のドアを叩いた。ドアが開くと、胸を張ってさっさと中に入る。そしてドアを押さえている男にはちらりと目を向けただけで、すぐに妹に歩み寄り、両手を伸ばした。「よかったわ、かわいいセシリー」

姉妹はキスをかわし、ドロシアは手袋をはずした。「ここには問題なく来られたの？」

エドワード・ブキャナンはドアを閉めると椅子に座り、すべてがあるべき姿に進んでいないと感じた。セシリーはドロシアの意図を察した。二人は誘拐した人物を無視して、厄介事などまったく起こらなかったかのように楽しそうに会話を始め、ドロシアは冷たい手を温めるために暖炉のほうに移動した。

突然エドワード・ブキャナンはこれ以上耐えられなくなった。「ミス・ダレント！」

ドロシアは振り返って彼を見つめた。その顔には軽蔑《けいべつ》しか浮かんでいない。「ミスター・ブキャナン、あなたも今は正気を取り戻したでしょうから、私も無理に話す必要はないと思っていましたけど」

感情を押し殺した口調は辛辣だったが、エドワード・ブキャナンはそう簡単に怒りを静められないところまできていた。「ミス・ダレント、今夜の出来事はショックだっただろう。だが、よく考えるといい。君はここにいる。僕もここにいる。君は結婚する必要がある。僕はその役を引き受けるつもりだ。君にも、いずれエドワード・ブキャナンはそんなに悪くない相手だときっとわかる」

「あなたは誰よりも不快な人物で、あなたと出会ったことが私の不運だったわ。こうまでして私と結婚したがる理由がどうしても理解できないけど、そんなことはどうでもいいわね。妹も私も、今後いっさいあなたと口をきくつもりはないんですもの！」

エドワード・ブキャナンはいきなり立ち上がり、椅子をひっくり返した。「だが、君は気を変えると思うよ。僕が君のかわいい妹と今夜何時間か一緒に過ごしたと吹聴《ふいちょう》されたくはないだろう」

ドロシアとセシリーが振り返って彼を見た。二人の顔には侮蔑の表情がくっきりと浮かんでいる。

「ああ、そうだよ、君は気を変える。ヘイゼルミアと一緒に自分の運も捨ててしまったんだ。妹まで同じように、ファンショーをつかまえ損なうような目にはあわせたくないだろうからな」

セシリーはかんかんに怒っていた。「お姉さま、彼の言うことなんて聞かないで！　トニーとヘイゼルミアが来るまで待ちましょう」

セシリーが毒舌をまき散らしそうになったので、ドロシアは妹の腕を押さえて止めた。背筋を伸ばしてまっすぐに立つと、彼女ははっきりと言い放った。

「ミスター・ブキャナン、スキャンダルにはなりません。妹と私はただちにこの宿屋を出て、メイドと一緒に私たちの馬車で戻ります」

「それで、今夜ここで起きたことを話してまわる僕を、どうやって止めるつもりだ？」

ドロシアは目を見開いた。「あら、もちろんヘイゼルミアが止めるわ」彼の名を使わないですむなら何を差し出してもいい気分だったが、こう言うのが最善だろう。妹の幸せが危機に瀕《ひん》している今は、必要なことはなんでもするつもりだった。

ドロシアが落ち着いて侯爵の名を出したことで、一瞬エドワード・ブキャナンは動揺した。だがすぐに彼は立ち直った。「君とあの傲慢《ごうまん》な侯爵がけんかしていたのは周知の事実だ。それを別にしても、僕はたまたま彼がロンドンにいないと知っている。侯爵が戻ってくるころには、もう手遅れだよ」

「侯爵の行動に関して、あなたの言うことが正しいのなら、彼が今日ロンドンに戻ってきたこともご存じなんでしょうね。私たちの関係については説明するつもりはありません。ヘイゼルミア侯爵は明日の朝、私に会いたいと言ってきたとだけ申し上げれば僕

「充分じゃないかしら」ドロシアはセシリーに向き直った。「行きましょう。もう戻らないと。ヘイゼルミアとの約束に遅れたくないの」

だが、ブキャナンはまだ負けを認めたわけではなかった。「口で言うのは簡単だ。たとえ彼が今ロンドンにいるとして、誰が彼に話すんだ？　いや、君たちをここから出ていかせるわけにはいかない」

ドロシアは癇癪《かんしゃく》を爆発させた。「なんてばかな人なの！　ヘイゼルミアが聞いていないといいわね。私がここにやってきた唯一の理由は、彼を巻き込む理由がないからなのに。あなたに分別があるなら、大急ぎで私たちを帰しているはずよ」

「ばかな！　つまり彼は何も知らないんじゃないか！」

「私が出てきたときは知らなかったわ。でも、今になっても彼が知らないなんて、一グロートだって賭《か》ける気はないわね」


「それでも結婚する時間はまだある」ブキャナンは考えながら言った。「僕は特別許可証を持っているし、この村にだって牧師はいる」

セシリーが口をぽかんと開けた。「あなた、頭がおかしいわよ」

「ミスター・ブキャナン」ドロシアは辛抱強く言った。「よく聞いてくださらないかしら？　私はあなたとは結婚しません。今も、今夜も、これからも」

「いや、するんだ！」

ドロシアは口を開けて拒絶しようとしたが、開いた口はふさがらず、言葉は消えてなくなった。というのも、戸口からゆったりした静かな声が聞こえてきたからだ。「君をがっかりさせるのは心苦しいが、この場合はミス・ダレントが正しい」

三人の目が戸口に立つヘイゼルミア侯爵に向けられた。彼は無造作に戸枠にもたれていた。

14

ヘイゼルミアがどれくらいの時間そこに立っていたのかを知るためなら、ドロシアはなんでもしただろう。部屋の両端にいる二人の視線がからみ合った。彼はかすかに微笑《ほほえ》むと、体をまっすぐに起こしてドロシアに歩み寄り、いつものように彼女の手を取ってキスをした。温かなはしばみ色のまなざしを受け、ドロシアの顔が赤くなる。ヘイゼルミアは彼女の手を握りしめたまま、振り返ってエドワード・ブキャナンを見た。

ヘイゼルミアのあとから部屋に入ってきたファンショーがわざとらしくドアを閉めた。セシリーが抑えた歓声をあげて、彼のもとにかけ寄った。

二人の貴族の到着に、エドワード・ブキャナンは言葉と逃げ場を失った。目にしているものが信じられない。突然足をすくわれたブキャナンは、おののきながらヘイゼルミアを見返した。はしばみ色の瞳には、考え込むような光が浮かんでいた。

「このばかげた会話を続ける前に、君に一つ指摘しておこう。いいか、ブキャナン、君が結婚しても、ミス・ダレントの領地は彼女のものなんだよ」

冷ややかで明快な言葉がエドワード・ブキャナンに、まるで冷水を顔に浴びせたかのような効果をもたらした。数秒のあいだ、彼は驚いて口もきけなかった。「いや、それは……僕はすっかりだまされたんだ！」彼は気色ばんだ。「ダレント卿《きょう》がそう思い込ませた！　それに、サー・ヒューゴーも！」

セシリーとファンショー、そしてドロシアは、この興味深い告白に無言で聞き入った。ヘイゼルミアが続ける。「だから、その……苦労とでも言おうか、そこから立ち直るために、君は長い休みを取る必要があると思う。そうだな、ドーセットの君の土地がいい。僕は君の顔を、ロンドンでも、ほかの場所でも二度と見たくない。もしそうなったら、あるいは君が再び誘拐を実行するとか、誰かに迷惑をかけるような行為に携わっていると僕の耳に入ったときには、今回の件を詳細に書き記したものを君の手紙に添えて当局に渡すつもりだ。すべては君の手書きで、一つにはいい具合に署名までついている。彼らは非常に興味を持つだろう」

容赦ない言葉がエドワード・ブキャナンの壮大な計画を粉々にした。彼は険しいまなざしでまずファンショーとセシリーを、次いでヘイゼルミアとドロシアを見た。「だが、スキャンダルが……」ヘイゼルミアと目が合うと、彼の声は小さくなった。

「どうやら思い違いをしているようだな」その口調はエドワード・ブキャナンの血さえ凍らせるほどの冷たさだった。「ダレント姉妹はファンショー家と僕の家を訪れる途中なんだ。メイドと御者がつき添っている。僕たちは街を出るのが遅くなり、ここで落ち合う約束をした」短い間があり、はしばみ色の瞳がしげしげとブキャナンを見た。「君は何か……不謹慎なことでもあると言っているのか？」

エドワード・ブキャナンは青ざめ、落ち着きを失った。「いや、まさか。もちろん違う！　そんなことはいっさいほのめかしていない」突然首まわりがきつく感じられ、彼は人差し指をネッククロスの下に差し入れた。これでは退却するしかないだろう。

「遅くなった。もう行かないと。ではみなさん、ごきげんよう」ブキャナンはもっとも簡単なお辞儀をして戸口に向かったが、ファンショーがドアを背にして立っていた。ヘイゼルミアがうなずいたので、ファンショーはドアを開け、うろたえるブキャナンを外に出してやった。

あわてて走り去る足音が一同の耳に届いた。宿屋のドアがばたんと閉まり、静寂が訪れた。

客間では、絵画のように静止した状態が一転した。セシリーはためらうことなくファンショーの腕に身を投げ、ドロシアはそれを見て、同じようにできたらいいのにと思った。今の状況では、落ち着きを保つことすらできそうにない。

「いやはや！　とんでもない大間抜けだな」ファンショーが言う。「どうしてあんなに簡単に彼を逃がしてやったんだ？」

「手間をかける価値もないだろう」ヘイゼルミアがぼんやりと答えた。彼の目はドロシアの顔を探っていた。「それに、本人も言っていたように、そう思い込まされたんだよ」

「思い込まされた？　私はこの何週間か、ずっと彼を追い払おうとしていたのに。それを知っていればば！」どうしてヘイゼルミアがそんなことを知っているのかしら。ドロシアは突然めまいを感じた。

ヘイゼルミアは彼女のうつろなまなざしに気づいた。そしてテーブルの上に目をやり、そちらに注意を向けさせようとした。「あのお粗末なミスター・ブキャナンを的当ての練習台に使ったのか？」

ドロシアは彼の視線をたどった。「それはセシリーよ。でも、花瓶を投げつけただけだわ」

ドロシアが指さした場所には割れた花瓶のかけらがあった。「彼女はときどきものを投げるのかい？」

ヘイゼルミアは小声で尋ねた。

「すごく怒ったときだけよ」

ヘイゼルミアはドロシアの外套《がいとう》を取り上げて彼女の肩にかけた。「よく当たるのか？」

「そうね、たいていは」ドロシアは外套の紐《ひも》を結ぶのに懸命になっていた。「子供のころからずっと練習しているから、狙《ねら》いはかなり正確よ」

セシリーに気を取られているファンショーをちら

りと見て、ヘイゼルミアはにやにや笑いが抑えられなくなった。「いつかこのことをトニーに教えてやらないといけないな」

ドロシアは神経質そうに微笑んだ。ヘイゼルミアは彼女の手袋を取りに行き、それを手渡した。彼がうなずいたので、ドロシアは手袋をはめた。目を上げると、はしばみ色の瞳が温かく微笑んでいた。

「ただちにこの宿を出るべきだと思う。君とセシリーを無事な場所に連れ出したいし、それに、ここは人が多すぎる」

その言葉と口調が与えてくれたささやかな期待を無視しながら、ドロシアは微笑みを返した。あんなふうに特別な甘い笑みを向けてくれるかぎり、私は喜んでヘイゼルミアの望むとおりにする。相変わらず彼は当然のように命令を下したけれど、エドワード・ブキャナンを上手に追い払ってくれたのだから、文句は言えない。今ならロンドンに戻るまで彼にあれこれ仕切られても、反論せずに従えそうだ。まだこの前の話の続きもあるけれど、それさえすめば、私たちは将来のことを話し合うはずだ。まだ彼の本当の気持ちをはっきりと聞かせてもらっていない。それを覚えておかなくては。

ヘイゼルミアはドロシアを酒場に連れていき、ファンショーとセシリーもあとに続いた。無事に出てきた姉妹を見てベッツィは大きくため息をつき、指示を仰ぐために、ラングとともにそちらに近づいた。

ヘイゼルミアは懐中時計を確かめた。間もなく四時になる。二頭立て二輪の馬車なら、一時間もすればヘイゼルミアに着くだろう。四輪馬車だと二時間近くかかる。彼はにっこり笑ってファンショーに向き直った。「馬車とベッツィを君に預けるよ」

ドロシアはヘイゼルミアのそばを離れ、セシリーとともにベッツィをなだめていた。顔を上げたドロシアに、彼は穏やかに微笑みかけた。

「ああ、そう言うと思った」ファンショーは、これから二時間続く愛する女性とそのメイドとの旅を思ってげんなりした。「僕たちはまっすぐエグルモントに向かう。いずれセシリーも、ヘイゼルミア・ウォーターが見られるだろう。できれば夜明けじゃないときに。こんな目にあわされて、しかもご褒美ももらえそうにないとはね！」

「がっかりするな」ヘイゼルミアはドロシアが二人のやり取りを聞いていなかったのを確かめた。「君よりも僕のほうが、説明しなければならないことが多そうなんだから」彼はドロシアに近づいて、これからの段取りについて大まかに話した。なんの説明もなしに話し終え、ドロシアを外に連れ出そうとしたとき、彼女の舌がいつもの力を取り戻した。

「そんなことをする必要は何もないのに！　ただロンドンに戻ればいいんじゃないかしら？」ヘイゼルミアと長い時間二人きりで馬車に乗るのは、ドロシアの計画には入っていなかったのだ。

ヘイゼルミアは立ち止まり、ため息をついた。

「だめなんだ」

彼に腕を取られると、ドロシアは足を踏ん張った。

「一緒に引き返すのが賢明でないのはわかるわ。でも、セシリーと私がベッツィと一緒に馬車に乗ってロンドンに戻ってはいけないという理由もないでしょう。あなたたちはそれぞれの領地に行き、あとから戻ればいいはずよ」

ヘイゼルミアはファンショーのにやにや笑いに気づいた。ドロシアの頑固そうな顎と緑色の瞳にひらめく決意の光を見て、ヘイゼルミアは自分にできる唯一の方法で彼女を黙らせた――宿屋の主人、ベッツィ、ラング、驚きながらも納得顔のセシリー、そしてなおもにやにや笑うファンショーが見守る中、彼はドロシアを引き寄せるとキスをしたのだ。そして、ドロシアが何も言えなくなったと確信できるまでやめなかった。

ようやく理性が戻ってきたとき、ドロシアはヘイゼルミアの二輪馬車の御者席にいた。侯爵は隣に座り、葦毛《あしげ》を操って宿の中庭から出ようとしていた。その向こうの道は南に向かっている。ドロシアは目を上げて月の光の中に浮かぶヘイゼルミアの横顔を見つめた。彼からはっきりした言葉を聞きたいという思いがふくらむ。今の出来事が、将来二人のあいだにいさかいが生じたときに彼が使う和解策なのだとしたら、何か弱みを握らないかぎり、私は絶対に勝てないことになる。ドロシアは心を決めて、計画を吟味した。

タドワースからドーキングまでの道は細かったが、なめらかだった。ヘイゼルミアにとってそれは好都合だった。前方を銀色の月の光が照らしているにもかかわらず、両脇《りょうわき》に茂る灌木《かんぼく》が影を投げかけている。そして、愛する女性は長いあいだ沈黙を守っていた。宿屋を出るとき、ドロシアは気力をかき集めているのだとわかったが、今は考え深げにこちらをじっと見つめていた。その眉が上がり、無言で問いかけた。

ヘイゼルミアは微笑を返し、馬に注意を戻した。自分から話を始めるつもりはない。

だが、さほど長くは待たずにすんだ。「何がどうなっているか、私に話すつもりはないの？」

〝ない〟と言うほうがずっと安全な答えだと思いながらも、彼はこう答えた。「長い話なんだ」

「ヘイゼルミアに着くまでどのくらいかかるの？」

「約一時間だな」

「だったら説明する時間はたっぷりあるじゃないの。たとえ、あなたが葦毛を操っているとしても」

「だが、夜明け前にヘイゼルミア・ウォーターに着かなければならないんだ」

「どうして？」

ドロシアの愛らしい顔に浮かぶ戸惑いを見下ろし、ヘイゼルミアは安心させるように微笑んだ。「なぜなら、それがこの真夜中の旅をする建前上の理由だからだ。君たちはどうしてもあそこを見たいと言い張ったのだから、君だけでも見ておいたほうがいい。あれを見たことがあるサリー・ジャージーみたいな人物に細かいことをきかれたときのために」

目を上げてヘイゼルミアを見つめながら、ドロシアはうんざりしたあきらめの口調で尋ねた。「あなたが作り上げた話ってどんなものなの？　サリー・ジャージーみたいな人たちを納得させる必要があるとしたら、最初から話したほうがいいわよ」

比較的安全な話題が続いていることに満足し、ヘイゼルミアは言われたとおり説明した。まずドロシアがメリオン邸を発《た》ったあとの出来事から始めた。

「必ずファーディと仲直りするんだぞ」

「そんなに彼は怒っていたの？」

「かんかんだったよ」ヘイゼルミアは二人が婚約したも同然だというくだりを省いて、だいたいのところを話した。数分を費やし、セシリーとドロシアの評判を守るために、ファンショーが立派に犠牲を払ったと強く印象づけた。作り話を広く触れまわるファーディの役まわりを聞いたとき、ドロシアがくすくす笑った。ヘイゼルミアは自分が説明しなかった部分から彼女の気をそらせたらいいのにと願った。

笑いをやっと抑えると、ドロシアは馬の右側に目を据えながら心の中で今聞いた話を思い返した。この夜中の旅は、ヘイゼルミアから告白を引き出すまたとない機会かもしれない。通常なら、彼の存在が気になって、当たり障りのない答え口にするどころか、意味の通った質問すらできない。けれども今なら、彼も御者席に座って手綱を持って馬に注意を向けているから、勝算は五分だ。二人は無言のままドーキングを過ぎ、ヘイゼルミアに通じる田舎道に入った。ドロシアは視線をヘイゼルミアの顔に戻し、あいまいな口調で言った。「ミスター・ブキャナンの送ってきたもう一つの手紙ってなんのこと？」

　ヘイゼルミアはドロシアには質問をする癖があり、逃れるのは不可能だとファーディが言っていたのを思い出した。避けられないものとあきらめ、彼は答えた。「彼は二度ほど君を誘拐しようと試みた。僕が君に対する気持ちを社交界に知らしめようと決めたときには、そこまで見通せなかったんだ」

　月の光がすっかり消え、夜明けが迫っていた。二人はヘイゼルミアの境界を渡った。ヘイゼルミア・ウォーターという名で知られる美しい湖が見渡せる場所はそう遠くなかった。

「一度目はブレシントン邸の仮面舞踏会のとき？」

「そう。それについては君の知らないことはない。ただ、あれが悪ふざけではないのはわかった。突然、僕がかいがいしく君につき添うようになった理由はそれだ。あの日曜の退屈なパーティまでもつき添った。君の予定を前もって教えられなければ、どうしていたかわからないよ。うちの従僕の一人が君のメイドとよく出かけていたのは知っていたかい？」

　ドロシアが興味深げな表情をヘイゼルミアに向ける。彼はにっこりして先を続けた。

「二度目は、君がファーディと一緒に行ったピクニックだ。彼は君宛《あて》の手紙を渡すのをすっかり忘れていた。宛名がなかったので、翌日側仕《そばづか》えが手紙を見つけたときに開けてしまったんだ。僕の名が書いてあったが、ファーディは僕の筆跡を知っている。そこで、僕のところに持ってきた。トニーが一緒にいて、二人とも知ることになったんだ」

「あなたのほかのお友達が知ったのはいつなの？」

　答えないわけにはいかなかった。「水曜の昼食のときだ。僕は街を離れないといけなかったし、トニーとファーディだけでは、いつも君を見張っていられるとは思えなかったから」

「私に話そうとは思わなかったの？」

「思ったよ。だが、それで役に立つとは思えなかった」ドロシアのしかめっ面を見て、ヘイゼルミアはため息をついた。「また起こるかどうか、そしていつ起こるかは、誰にもわからないじゃないか」

ヘイゼルミアの左隣で、ドロシアはまったくの無言だった。一分後、ようやくちらりと見ると、彼女がこちらを見つめていた。「すでにご承知でしょうけれど、あなたって本当にどうしようもないほど横暴な人ね」

ヘイゼルミアはやさしく微笑んだ。「そう、わかっているよ。だが、善意でそうしているんだ」

馬車はなだらかな丘をのぼり、頂上を越えたところでヘイゼルミアは馬を草の上に進めた。そこは景色が眺められるように草が刈ってあった。

「あれがヘイゼルミア・ウォーターだ」

遠い地平線から太陽が顔を出す。ドロシアの足元に広がる光景は、息をのむほど美しかった。ヘイゼルミアは馬車から飛び降り、手綱をしっかりと枝に縛りつけた。そして彼女を馬車から降ろすと、一緒に急斜面を削って造られた小さな階段を下りていった。階段のふもとは小さな平地になっていて、古びたオークの木の脇に石のベンチがある。足元からは谷間の光景がとぎれなく続いていた。ヘイゼルミア・ウォーターは柳の木々に縁取られた大きな美しい湖だった。真ん中にさらに柳が密生した島があり、レースのような葉陰から白く塗られた東屋《あずまや》が見える。湖に流れ込み、そして流れ出ていくゆるやかな小川を、白鳥たちがゆっくりと泳いでいた。

太陽が高く昇るにつれて、風景の色彩が徐々に変化していった。最初のセピア色に日の出の暖かなピンクの色調が加わり、ようやく太陽が湖の向こうの丘の上に昇りきって余すところなくすべてを照らすと、草と柳の葉の鮮やかな緑と湖の深い青がはっきりと濃く見えてきた。

ドロシアはベンチに座り、声もなく喜びにひたっていた。並んで座るヘイゼルミアは、もう何度もこの景色を見ていた。今もすばらしい眺めだと思うが、今日は隣にいる女性に目を向けていた。彼は過去と将来に片をつけようと固い決意でロンドンに戻った。ところが独立心旺盛《おうせい》な愛する女性は彼の愛の告白を待つ代わりに、エドワード・ブキャナンと対峙《たいじ》するために真夜中に飛び出していった。実際は驚くことではないし、ドロシアなら解決できたとは思う。ただ、自分一人で何事も片付けようとする彼女の性格が、求婚するまでのもやもやした時期に、ちょっとした刺激を与えてくれた。ドロシアは冷静に見えるが、どこか身構えていた。今さら距離を置こうとしているのは、いささか奇妙だ。ヘイゼルミアはドロシアを見つめ、心の中でため息をついた。これから何が彼女を悩ませているのか突きとめなくてはならない。二人の仲を制御する手綱は、ずっともつれたままだ。彼は女性のことでこれほど苦労した覚えはなかった。これまでずっと手綱をゆるめて自由に走らせていたつもりだったが、今はその手綱がどういうわけかどこかに引っかかっているのではないかという気がしていた。

太陽が高く昇ると、ドロシアがヘイゼルミアに向き直った。彼女の目は輝いていた。「こんな美しい風景を見たのは初めてよ。ファンショー卿も夜明けにセシリーを連れてこないといけないわね」

ヘイゼルミアはファンショーとセシリーのことなど忘れていた。「彼には君からそう伝えてくれ。あの馬車とベッツィを押しつけたんだから、僕の言うことなんて聞いてもらえないよ」

ドロシアは突然息苦しくなった。目を落とすと、ヘイゼルミアが彼女の手を握っていた。彼が体を近づけるのを感じる。今キスをされたら、その口から告白を引き出すのに必要な自制心は消えてしまう。ドロシアが抗《あらが》うと、ヘイゼルミアは即座にあきらめ、しばらく深い静寂が二人を包み込んだ。目を伏せていたドロシアは、ヘイゼルミアの唇が皮肉な笑みにゆがむところは見ていなかった。

この事態をひっくり返すには、一つしか道がないと彼は考えていた。「ドロシア?」いつものからかうような調子はまったくなかった。「僕の妻になってくれるかい?」

その問いを予期していたにもかかわらず、ドロシアにはしばらく世界が止まってしまった気がした。それから、ヘイゼルミアに握られた両手に目を据えたまま、懸命に苦境から抜け出すための言葉を見つけようとした。本当に彼らしいわ! もし簡単に〝いいわ〟と言ってしまったら、私は二度と真実を知る機会は得られない。

「あの……わかっているの……あなたにそう言ってもらえるのはとても光栄なことだというのは。でも、私はあなたと結婚する……理由というか、基盤というものを見つけられないの」ドロシアはとても満足していた。うまくあいまいな言い方ができた。

ヘイゼルミアは驚きはしなかったが、なおも息切れしたように感じていた。いったいどうしてドロシアはこんなすばらしい結論に至ったのか? これから愛する女性にいくつか説明をする必要がありそうだ。ドロシアが尋ねているのは動機だろう。「どうして僕が君と結婚したがっていると思った?」

その真剣な口調に、ドロシアは真実を答えるしかないと感じた。「あなたは結婚する必要があるわ。だから従順な妻を欲しがっていると思ったの。あなたに跡継ぎを与え、家を切り盛りする妻が」いったん言葉を切ってつけ加える。「今の生活を邪魔しない人がいいのだと」

今度ばかりはヘイゼルミアも、まわりくどい言葉の裏の意味に気づかなかった。「僕の今の生活は、君との結婚でだめになったりしない」どういうわけか、この発言はドロシアを安心させるどころか、逆の効果をもたらしたように見えた。

ドロシアは呆然《ぼうぜん》とした。一瞬、そんなことは知りたくないと自分を納得させそうになった。それからかぶりを振った。「だったら、私たちは……ふさわしいとは思えないわ」

ヘイゼルミアはすっかり途方に暮れた。ドロシアが何を言っているか見当もつかない。だが、こんな遠まわしなやり方を続けていたら、時間のむだどころか、悲惨な結果になるかもしれない。ここは一度の勝負にすべてを賭《か》けよう。どのみち、もつれた手綱は切ってしまうのがいちばん早い――そのあとで馬を押さえることができるなら、だが。ドロシアの両手を握ったまま、ヘイゼルミアは彼女を引き寄せて自分にまっすぐ向き直らせた。「君が本気でそう信じて譲らないなら、僕も無理強いはしない。だけど、それを僕に納得させたいなら、僕の目を見て、僕を愛していないと言ってくれ」

彼の最初の言葉を聞いたとき、ドロシアの心は沈んだ。そして次の言葉で混乱した。どうして私にそんなことができるの？ そのあとの長い沈黙のあいだ、ヘイゼルミアの温かいまなざしを感じていた。彼の目を見たら、私は負けてしまうだろう。

「ドロシア？」

ドロシアは何も言えず、ただ首を振った。

「なぜだ？ 君はきちんと僕に説明する義務がある」ヘイゼルミアの声は信じられないほどやさしく、いつもの軽い感じもなかった。ドロシアは今にも泣き出しそうだった。なんとか視線を上げようとしたけれど、できない。ドロシアは手を引き抜くと、立ち上がって数歩飛び出し、オークの幹の前で立ち止まった。彼の告白を聞きたいと思って計画したのに、それが悪夢に変わってしまった。ああ、ひどい！　どうしてこんなことを始めたの？

　ヘイゼルミアはドロシアを見つめていた。ドロシアはどうやら想像上の悪魔と闘っているようだが、彼女が何も言わなければ、こちらはどうすることもできない。ドロシアの両肩をとらえ、ヘイゼルミアは彼女を振り向かせた。片手でそっとウエストを押さえ、もう一方の手でやさしく顔を上げさせようとする。彼女は何もかも映し出す美しい目をかたくなに下に向けていた。「ドロシア、どうして僕と結婚してくれない？」

　答えないわけにはいかなかった。とうとうドロシアは打ち明けた。あまりに小さくて自分のものとは思えない声だった。「だって、あなたは私を愛していないんですもの」

　ヘイゼルミアはほぼ一分近く呆然としたまま微動だにできなかった。ようやく事情がのみ込めてくると、彼はほっとした。ドロシアもまたじっとしていたが、突然ヘイゼルミアの手が震えるのを感じた。びっくりして顔を上げたとたん、激しい怒りがわいてきた。彼は笑っている！　本当に笑っている！　かっとなって、ドロシアは身をひるがえした――いや、身をひるがえそうとした。ドロシアの美しい瞳に浮かんだものに気づいて、ヘイゼルミアが乱暴に彼女の腕を引っ張ると、きつく抱きしめた。ドロシアの中では激しい怒りが燃えていたが、なぜか力が出なかった。それからヘイゼルミアの声が聞こえた。ドロシアの髪でくぐもったその声は、なおも抑えた笑いで震えていた。「ああ、いとしい君！　なんという貴重な宝石か！　僕は社交界すべてに――少なくとも重要な人たち全員に君を愛していると信じさせるために、どんなこともいとわずやってきたのに、君だけがそれに気づかなかったとは！」

ドロシアはさらに身を硬くして、顔を上げた。

「あなたは私を愛していないのに！」

黒い眉が上がった。そしてはしばみ色の瞳でなおも微笑んだまま、やさしく彼女に問いかけた。「愛していないわけがないだろう？」

ドロシアはその抗いがたい瞳から視線をそらした。これから答えを知るつもりなら、質問を続けなくてはならない。「賭《かけ》はどうなの？」

ヘイゼルミアはドロシアを抱きしめたままオークの木にもたれた。「ありあまる金を持ち、思慮のない若者たちのあいだでは、必ず賭が存在する。何も新しいことではない。ファンショーとセシリー、それにジュリア・ブレシントンとハーコートも賭になっている。ほかにも何組かあったよ」

ヘイゼルミアが説明をするあいだに、ドロシアは再び視線を彼に戻した。「本当に？」

ヘイゼルミアはにっこりしてうなずき、ドロシアはその肩に目を落とした。彼はドロシアの顔をじっと見つめている。彼女が沈黙したままなので、彼は先を続けた。「それに従順な妻を探すつもりなら、宿屋でスキャンダルになりそうな状況から二度も救わなければならないような女性を選びはしない」

「二度とも私のせいじゃないわ！」ドロシアは憤慨した。からかうようなはしばみ色の瞳を見つめていたが、ぱっと目をそらして小さな声でつけ加える。

「私と結婚するほうが気が楽だからだと思ったの……ミス・バントンと結婚するよりも」

「ミス・バントンだって？」ヘイゼルミアは身震いした。「いいかい、ミス・バントンと結婚するくらいなら、はりねずみと結婚したほうが気が楽だよ」

ドロシアが笑いを噛《か》み殺す。「誰がそんな考えを吹き込んだんだ……ああ、スーザンだね？」

ドロシアはうなずいた。それから別の考えが浮かんだ。「あなたが私と結婚しようとしているのは、今夜のことでスキャンダルになるからじゃないのね？」

「スキャンダルにならないようにあれほど手間をかけたのに？　もちろん違う」ドロシアが目を上げようとしないので、ヘイゼルミアは決定的な言葉を口にした。「仮にそうだとしても、それならなぜハーバートから君に求婚する許可をもらうんだ？」

それを聞いて、ドロシアが顔を上げた。「あなたはもう彼の許可をもらったの？」

「いとしいドロシア、僕に抱いているその間違いだらけの考え方を変えてもらわないといけないな。ハーバートから許可をもらっていなければ、僕が君に結婚を申し込むわけがないだろう」

そのいかにも高潔そうな口調がドロシアの癇《かん》に障った。「あなたの愛人たちはどうするの？」

はしばみ色の瞳がドロシアに据えられた。「どうするって？」

「私には何もわからないでしょう？」

「そのとおりだな！」ヘイゼルミアはため息をついた。「どうしても知りたいなら言うが、最後の愛人とは、去年の九月にロンドンに戻ったときに手を切った。君と会ったあとのことだ。僕は一生分の愛人とつき合った。だから妻が欲しい」

ドロシアはヘイゼルミアのネッククロスと自分の手を見つめた。その手は二人の体のあいだにあって、ネッククロスのしわを一心に撫《な》でつけている。

「魅力的で愚かなドロシア、僕を見るんだ。どうやらまだ成功していないみたいだが、僕はさっきから君を愛しているとわからせようと努力しているんだぞ。少なくともこっちに注意を向けてくれてもいいだろう！」

ドロシアが素直に顔を上げ、二人の視線が再びからみ合うと、ヘイゼルミアは満足げにうなずいた。

「それでいい。言っておくが、僕が君を愛するようになったのは、そうだな、モートンの森でブラックベリーを摘んでいる君を初めて見たときだと思う。さらに言うと、僕には村娘や、社交界にデビューしたての娘を誘惑する癖はない」

緑色の目が見開かれる。少し息切れした様子でドロシアは言った。「それも賭だと思っていたわ」

「僕が君をずっと誘惑しつづけた唯一の理由は、君に手を触れずにいられなかったからだ」ドロシアの驚いた顔を見て、ヘイゼルミアは続けた。「ああ、そうだ。僕が君になんらかの影響を与えているように、君も同じだけ、僕を圧倒しているんだ」

いかにも女らしい笑みがドロシアの美しい顔に広がると、ヘイゼルミアは彼女を抱く腕に力を込めた。「やっとこっちに注意を向けてくれたな。さて、愛しているとわからせるには何をすればいい？」

その言葉は質問ではないと察し、ドロシアは顔を上げてキスを求めた。ヘイゼルミアの唇が彼女の唇をそっとかすめ、じらすようなやさしいキスが何度も繰り返される。ドロシアは両手でヘイゼルミアの頭を押さえた。彼のくすくす笑いが伝わってくる。やがて二人の唇がしっかり重なり合い、徐々にキスは深まった。ヘイゼルミアはドロシアの外套を押しやり、薄い絹の夜会用のドレスに包まれた体に手を伸ばした。これでは、レディ・メリオンの居間のときとまったく同じだ。燃え上がる欲望にもかかわらず、なおも自制していたヘイゼルミアは、心の中で悪態をついた。ここまで進むべきではなかった。ここでドロシアを奪うなどとんでもない。初めて愛をかわすときのことは、嫌悪でなく喜びとともに思い出してもらいたい。だが前回は、彼女をこの状態で置き去りにしてしまった。同じことは繰り返せない。

ヘイゼルミアは顔を上げ、ドロシアを見つめた。彼女の目は見開かれ、長いまつげの下で濃いエメラルド色に輝いている。ドロシアが無意識に誘惑するように身じろぎし、体を押しつけた。荒々しいため息とともに、ヘイゼルミアはドロシアを抱いたまま向きを変えると、オークの幹に彼女の背を押しつけた。頭を下げて、彼女の喉のくぼみにキスの熱い跡を残していく。ヘイゼルミアの長い指が巧みにドレスの身ごろをとめる小さなボタンをはずし、その下の紐をゆるめた。むき出しの胸のふくらみが手のひらに包み込まれたとき、ドロシアは小さくうめき声をもらした。ヘイゼルミアの唇がもう一度彼女の唇に戻り、二人の情熱をあおり立てた。ドロシアが満足を感じられるやり方はほかにもある。ヘイゼルミアはそのすべてを知っていた。

その後しばらくたってから、ドロシアは再び外套にくるまれ、ヘイゼルミアの腕の中で安らいでいた。ドロシアが息を深く吸い、幸せそうにため息をつくのを感じ、ヘイゼルミアはくすくす笑って、彼女の頭のてっぺんにキスをした。「それは僕と結婚するという意味かい？」

ドロシアはうっとりと微笑んだ。顔を上げずに彼女は尋ねた。「ほかに選択肢はあるかしら？」

「実のところ、ないな。君が不満なら、僕は君をヘイゼルミアに連れていき、子供ができるまで部屋に閉じ込めるつもりだ。そうなれば、まったく選択肢がなくなる」

ドロシアは顔を上げて笑った。「本気なの？」

はしばみ色の瞳が光る。「間違いなく」

ドロシアはゆっくりとこの上なく気取った笑みを浮かべた。自分を抱きしめる腕に力がこもるのを感じる。「だったら、承諾したほうがよさそうね」

ヘイゼルミアはうなずいた。「実に賢明だ」しばらく、彼の目はドロシアの心を推し量るかのように顔を探っていた。「これを言うには、君が満ち足りている状況につけ入らないといけないようだ。実は、僕たちの結婚の告知が今日の『ガゼット』に載ることになっている」

その言葉の意味が伝わるまでしばらくかかった。

やがて彼女は尋ねた。「どうやって、そんな……」

「ファーディに頼んでおいたんだ」ヘイゼルミアはドロシアに腕をまわしたまま、階段に向かった。

ドロシアは怒ったふりをしながら足を止めた。

「だから、あんなに結婚を承諾させようとしたのね！」

再びドロシアの体にまわされた腕に力がこもり、彼女はヘイゼルミアに引き寄せられた。「その話は終わりだ。僕は君と結婚する、疑《うたぐ》り深いドロシア。なぜなら僕は君を愛しているから！」しっかりキスをすると、彼女を引き寄せて階段を上り始める。

「それに、もし君をすぐに自分のものにできなければ、僕の頭はどうかなってしまう」

ヘイゼルミアは愛する女性が喜ばしくも顔を赤らめるのを満足げに見つめた。

「屋敷は次の丘を越えたところにある。母のことだ、きっと何時間も前から待ちかまえているだろう」

ドロシアはヘイゼルミアを初めて見るのを楽しみにしていた。馬車が丘の頂上に達したとき、太陽の光の中で蜂蜜《はちみつ》色を帯びた巨大な砂岩の建物が谷の向こう側から現れた。そのあとはなだらかな坂道を下り、湖から流れる小川にかけられた橋を渡って、草地と幾何学式庭園を分ける低い石塀のあいだの門をすべるように抜けていく。広大な地所を抜ける曲がりくねった私道をたどるあいだ、ヘイゼルミアは馬を速足に保っていた。馬車は手入れの行き届いた庭園から芝生、低木の茂みや噴水を過ぎ、とうとう広い砂利敷きの正面玄関の前に到着した。葦毛の馬の無事を確認したジム・ヒッチンが、安堵《あんど》の笑みを見せながらかけ寄って手綱を受け取った。

ヘイゼルミアは馬車を飛び降りると、ドロシアを抱えて降ろした。砂利を噛む車輪の音を聞きつけ、朝の五時から朝食の間で待ちつづけていたレディ・ヘイゼルミアが玄関から現れ、二人を出迎えた。いつもは礼儀にかなった息子が、ミス・ダレントと二人きりで夜を撤して馬車を走らせてきたらしい理由を聞きたくて、うずうずしていたのだ。だが息子の顔を見て、尋ねてはいけないと彼女は察した。

夜通し起きていたのだと推測して、彼女はただちに用意していた二階の広い寝室にドロシアを連れていった。部屋に入ったところでようやくドロシアが外套を脱ぎ、窓辺に近づいた彼女に太陽の光が降りそそいだ。レディ・ヘイゼルミアは息子のしたことにすぐに気づいて、手伝いにやってきたメイドを追い払った。代わりに、眠そうなドロシアを自らベッドに連れていき、自分の寝巻きを着せてやった。その際、なくなった衣服については質問を控えた。息子の愛の行為を示すしるしが完璧《かんぺき》な肌にはっきりと現れているが、ドロシアが目覚めるころには消えているだろう。目ざとくて口やかましいメイドに知られる必要もない。息子の話では、ドロシア付きのメイドは、彼の側仕えとともにのちほどロンドンからやってくる予定らしかった。

うとうとしかけている彼女を残し、レディ・ヘイゼルミアは階段を下りて息子を捜しに行った。母親の好奇心を知っているヘイゼルミアは、いったんつかまったら、すべて話すまで決して解放してもらえないとわかっていた。だから母親に呼びとめられる前に、家令のリディアードに誰も通すなときっぱりと言い渡すと、自分の部屋に逃げ込んでいた。

思うように事が運ばず、レディ・ヘイゼルミアは息子と美しいドロシアがどうなったかを考えながら午前中の残りを過ごした。

ヘイゼルミアはカーテンのたてる音で目を覚ました。太陽の光が広い部屋に差し込んでいる。彼は再び目を閉じた。一時に起こすようにと命じていたのを思い出す。おそらく一時なのだろう。

記憶が戻り、今朝の出来事がはっきりとよみがえると、険しい口元に、まぎれもない幸せな笑みが浮かんだ。控えめな咳払《せきばら》いが聞こえたのでしぶしぶながら目を開けると、ベッドの脇にマーガトロイドが不服そうな表情で立っていた。

「だんなさま、こちらのものを私にどうせよとおっしゃるのですか?」人差し指と親指のあいだから婦人用の衣類が垂れ下がっている。一瞬戸惑ったあと、ヘイゼルミアは理解した。「だんなさまの乗馬用の上着のポケットからこれを見つけました」マーガトロイドは何年も側仕えをしているが、こんな経験は一度もなかった。それだけにひどく困惑していた。

ヘイゼルミアは大笑いしたい衝動をなんとか抑えた。「君から持ち主に返してもらえないかな」

容易に動じない側仕えの顔にショックに近い表情が広がった。「だんなさま?」

「ミス・ダレントだ」

マーガトロイドはこの情報をこわばった顔で受けとめた。「かしこまりました」彼はお辞儀をし、ドアに向かったが、ヘイゼルミアが呼びとめた。

「ところでマーガトロイド、ミス・ダレントと僕は二、三週間のうちに結婚する。こういう突発的な出来事にも慣れてもらわないといけない」

「さようですか?」マーガトロイドの胸は、あらゆる感情で波立った。彼は面倒の少ない独身男性の世帯を好み、既婚の紳士に仕えたことはない。前の職を辞したのもそれが理由だった。だが、ヘイゼルミアの下で働くのは快適だ。それに、もうじきレディ・ヘイゼルミアになるミス・ダレントはとても美しいし……とにかく主人はヘイゼルミアなのだ。マーガトロイドの硬い表情がゆるみ、笑みらしきものが浮かんだ。「お幸せを心からお祈りします」

ヘイゼルミアは微笑み、枕《まくら》に背を預けた。マーガトロイドはトリマーを捜そうと部屋を出た。

続く五日間は、あわただしく過ぎていった。ヘイゼルミアはぴったり二週間後にハノーヴァー・スクエアのセントジョージ教会で結婚すると決めていた。それまでに財産についていくつか決めなければならず、ロンドンとヘイゼルミアのあいだを書類が何度も行き来した。最初の日の午後、トニー・ファンショーとセシリーがロンドンに戻る途中に立ち寄った。結婚の知らせを聞いて、セシリーは興奮し、ベッツィはいきなり泣き出した。

レディ・メリオンからは、彼らのヘイゼルミア・ウォーターへの旅をめぐって街じゅうが大騒ぎだと聞かされた。望ましくない非難の言葉は皆無で、誰もが今シーズン一のロマンスだと言っているらしい。ドロシアが祖母からの手紙を折りたたんだとき、ヘイゼルミアは朝食のテーブルの反対側から不謹慎な笑みを向けた。「ヘイゼルミア・ウォーターで何が起きたか知られないでよかったな」ドロシアは息をのみ、訳知り顔のヘイゼルミアに向かってロールパンを投げつけた。頭を下げて、彼は抗議した。「ものを投げるのはセシリーだけじゃないのか！」

二人は月曜にロンドンに戻ることに決め、日曜の午後、ヘイゼルミアはリディアードと過ごした。結婚式の前には、たった一日しか仕事の時間を取れそうになかった。二人がイタリアへの新婚旅行から戻ってくる日まで、リディアードがすべての領地の管理をあずかることになっていた。

時間を持てあましたドロシアは、奥まった薔薇《ばら》園の石のベンチに座っていた。ここに着いて五日がたった。ヘイゼルミア・ウォーターで過ごした朝から数えて五日目だ。この五日間、マークは礼儀正しく思いやりを示していたが、奇妙によそよそしかった。控えめなキスしかかわしていない――情熱的な抱擁も、甘美な愛撫《あいぶ》も何もない。ばかげているわ！　いったいどうしたのかしら？

衣《きぬ》ずれの音で、レディ・ヘイゼルミアが近づいてくるのがわかった。二人はすでにすっかり意気投合していた。レディ・ヘイゼルミアは微笑みながら、ドロシアの隣に腰を下ろした。そしていつもの彼女らしく、率直に尋ねた。「いったいどうしたの？」

「なんでもないんです」

レディ・ヘイゼルミアは鋭い目で年下の女性を観察し、経験に基づいて推測した。「マークはまだあなたとベッドをともにしていないんでしょう？」

ドロシアは頬を薔薇色に染めた。

レディ・ヘイゼルミアは歌うように笑い、それからドロシアを安心させた。「動揺しないでね。あなたがここに着いた朝、衣類がいくつかないことに気づいてしまったの。ロンドンを出たときにはちゃんと着ていたんでしょう？」

思わずドロシアは微笑んでいた。「ええ」

「とにかく」レディ・ヘイゼルミアは流行のエレガントなドレスの裾《すそ》からのぞく靴の先端を眺めた。「マークはいろいろな意味で父親にそっくりなのよ。放蕩《ほうとう》者と結婚すると思っていたのに、結婚式の前になって大主教さまの息子みたいなふるまいをするんだから、けっこうびっくりするわよね」

ドロシアはくすくす笑った。

「まあね、まったく同じではないかもしれないけれど」レディ・ヘイゼルミアが訂正する。「でも、ヘンリー家の男性はみんなそうなのよ。一方ではスキャンダルになりそうなことをしておいて、もう一方では禁欲的。でも、覚えておいてね、うちの一族に処女の花嫁がそうたくさんいるとは思えないの」

ドロシアは背筋をまっすぐ伸ばした。「まあ」

「私からの助言よ。あなたが結婚式までまるまる二週間も待たされるのを望んでいなければ、何かしたほうがいいわ。あなたは明日ロンドンに戻る。私が息子を誤解していないとしたら、そこではもう機会はないでしょう。でも今、あの子の抵抗を突き崩せば、ロンドンで悩む必要もなくなるわ」

「でも、彼はよそよそしいんです。きっと――」

「よそよそしい？　いったいヘイゼルミア・ウォーターで何があったの？」レディ・ヘイゼルミアが声をあげた。「私に言わせれば、そういうことはよそよそしい男性だったら絶対にしないわ。マークはできるだけあなたと距離を置こうとしているの。自分が信じられないから――ぎりぎりのところまで行ってしまったとわかっているからなの。それだけよ。あなたが結婚式の前に愛してもらいたいと願うなら、もうひと押ししないといけないわ」

ドロシアは目をまるくして、じきに義理の母親となる女性を見つめた。頑固で傲慢《ごうまん》な婚約者にそういうことを迫るなんて、考えるだけで愉快だ。「どうやって？」

ドロシアの腕に自分の腕をからめると、レディ・ヘイゼルミアは楽しげに微笑んだ。「屋敷に戻ってあなたの着るものを見てみましょう」

その夜ヘイゼルミアは執事のペントンに先立って居間に着いた。いつものように婚約者と母親を夕食の席にエスコートするためだ。戸口を抜けたとたん、彼の目はドロシアに向けられた。彼はぎょっとして見直してから、すばやく立ち直った。

夕食のあいだ、ヘイゼルミアは自分の右側に座る象牙《ぞうげ》色の絹地に包まれた女性から目をそらそうと必死になっていた。珍しく母親は口数が少なく、ドロシアと彼だけが会話を続けていた。最後には、あえて彼女の顔だけを見つめようと心がけ、それもつらかったが、ほかの部分を見るよりは心を乱されずにすんだ。いったい彼女はこんなドレスをどこで手に入れたんだ？　象牙色の細身のドレスは身ごろにぴったりで上から羽織る紗《しゃ》の生地はあまりに薄く、下が透けて見える。生地を押さえているのは、一列に並ぶ小さな真珠のボタンだけだった。その夜ほど、夕食が終わってほっとしたことはなかった。

二階の客間に引き取るドロシアと母親を見送ったあと彼は安堵のため息とともに書斎に行き、三十分後には、暖炉の前に置かれた特大の肘かけ椅子に落ち着いた。そばには大きなブランデーのグラスがある。最新の雑誌に没頭しているとき、ドアが閉まる音が聞こえた。顔を上げ、ドロシアが近づいてくるのを見て立ち上がる。彼女はいつものように落ち着いた様子で、手には本を持っていた。「明日の朝私たちを見送るために、お母さまは早めにおやすみになったの。ここであなたとしばらく一緒に過ごそうと思ったんだけれど。お邪魔かしら？」

ドロシアの微笑みに応《こた》えて、ヘイゼルミアも微笑みを返し、向かい側の椅子に彼女を座らせた。ドロシアは本を開き、静かに座って読書をするだけで満足しているようだった。彼は雑誌に注意を戻した。

しばらく部屋の隅にある大きな床置きの振り子時計のかちかちという音と、暖炉の火のはぜる音しか聞こえなかった。ヘイゼルミアが目を上げると、ドロシアは本を脇に置き、燃える炎を見つめていた。ちらつく火に照らされ、彼女の体は薔薇色に輝き、濃い色の髪は銅のようなきらめきを反射している。彼は懸命に雑誌に注意を戻そうとした。

同じ段落を四度も読み、それでも内容はまったくわからなかった。ヘイゼルミアはあきらめて雑誌を脇に置いた。なめらかな動作で立ち上がり、ドロシアの前まで行く。そして彼女の手を取って立ち上がらせると、腕に抱き寄せて唇を求めた。部屋はしんと静まり返っていて、揺れる炎が、暖炉の前で重なり合う体を照らし出す。ようやく唇を離したとき、二人とも息を切らしていた。はしばみ色と緑色の瞳がしばし見つめ合い、無言で言葉をかわす。ヘイゼルミアは再び唇を合わせた。「愛しているよ」

二人を包む魔法が粉々になるのを恐れ、ドロシアは声を出せず、かろうじてささやいた。「私もあなたを愛しているわ」

険しい口元が、この上なく不謹慎な笑みを浮かべた。「ベッドに行こう」

それから長い時間がたったあと、ドロシアは満ち足りた幸せな気分で、未来の夫に身を寄せた。二人はヘイゼルミアの部屋にいた。隣のドロシアの部屋はまだ改装中で、二人の服がドアから暖炉の前まで点々と散らばっている。暖炉の前の大きな寝椅子の上で、二人は初めて愛をかわし、そのあとで、今横たわっているさらに大きな四柱式のベッドに移ったのだ。ドロシアは満足げなため息をつきながら、腕をヘイゼルミアの胸に置いたまま眠ろうとした。彼の腕はドロシアの体を抱いていた。

突然、暗闇《くらやみ》の中でヘイゼルミアがくすくす笑った。「ああ、なんたることか！　マーガトロイドになんと言おう？」

ドロシアは眠たそうに何かつぶやき、ヘイゼルミアの鎖骨にキスをした。マーガトロイドが誰なのかは知らないし、とくに興味もない。今は傲慢な侯爵に勝ったというすばらしい感覚にひたっていたい。たとえ、これからしばらく勝てないとしても、もう悩みはしない。あまりに満ち足りていて、気に病むことなどできないはずだから。

とっておきの、ときめきを。
ハーレクイン

求婚の掟
2008年3月5日発行

著　　者　ステファニー・ローレンス
訳　　者　杉浦よしこ（すぎうら　よしこ）

発 行 人　ベリンダ・ホブス
発 行 所　株式会社ハーレクイン
東京都千代田区内神田 1-14-6
電話 03-3292-8091（営業）
03-3292-8457（読者サービス係）

印刷・製本　凸版印刷株式会社
東京都板橋区志村 1-11-1

ISBN978-4-596-32319-4 C0297